新風記

日本創生録

吉川永青

講談社

目次

◉人物紹介

彦火火出見（ヒコホホデミ）
日向の里長・鸕鶿草葺不合《ウガヤフキアエズ》の四男。のちの神武天皇。

五瀬（イツセ）
長兄。穏やかな性格で、四兄弟のまとめ役。

稲飯（イナヒ）
次兄。狩りと剣の腕前に秀でる熱き男。

三毛入野（ミケイリノ）
三兄。人好きのする丸顔で、稲作の技術に長ける。

吾平津媛（アヒラツヒメ）
ホホデミの妻。ホホデミとの間に、二人の子を持つ。

日臣（ヒノオミ）
ホホデミの理解者。日読みを得手としている。

大来目（オオクメ）
北の里からやってきた海人（魚獲り）。

塩土（シホツツ）
広く物ごとを知るのが生き甲斐という、変わり者の老人。

珍彦（ウヅヒコ）
剽軽者だが、優れた操船技術を持つ。

神武東征地図

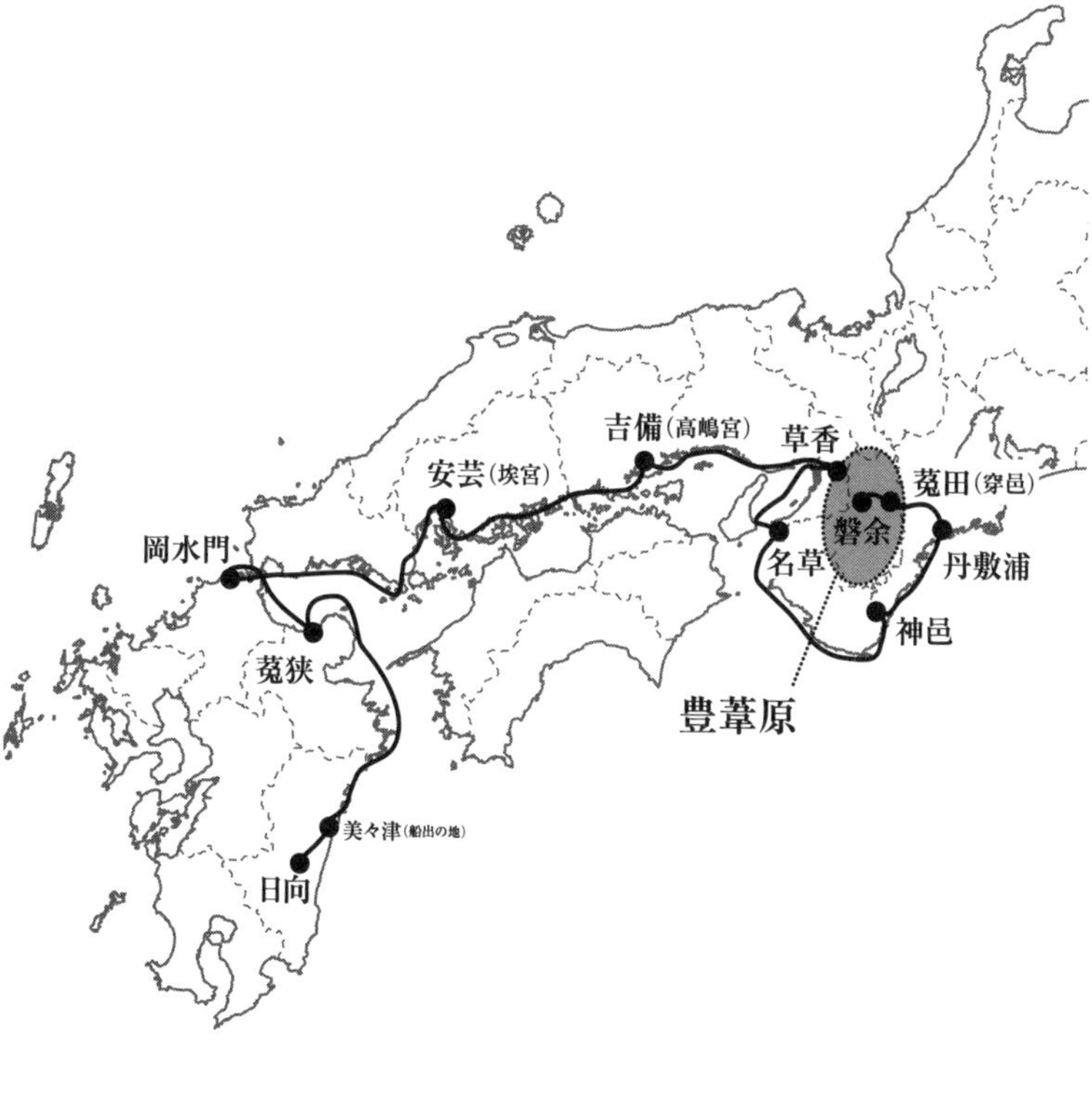

新風記

日本創生録

一　倭人《やまとひと》

静かであった。

遠く、森の奥深くで鳥が囀《さえず》る。さらさらと木の葉が擦《こす》れ、小さなざわめきを作る。

耳に届くのは、そればかり。

他には何もない。

夏も終わりの昼下がり、未《いま》だ力強い木《こ》漏《も》れ日が辺りを緑色に染めている。すう、と風が抜け、彦《ヒコ》火《ホ》火《ホ》出《デ》見《ミ》たちの許《もと》へ青臭い匂いを運んだ。

それと共に、木の葉とは違う音が渡った。微《かす》かに。しかし確かに、ぱり、と。

風上の遠く向こう、辺りの緑が濃くなった暗がりに何かがいた。目を凝らせば、思いきり石を投げても届かぬほどの辺りで、鹿が木の皮を齧《かじ》り取って食らっている。

獲物だ――。

右隣の若者、日臣《ヒノオミ》がこちらを見て静かに頷《うなず》き、音をたてずに弓を構える。ホホデミも頷き返し、人より頭ひとつ大きな身を草陰に隠した。細面《ほそおもて》に凜《りん》とした細い眉、すっきりした頬をさらに引き締めて狙いを定める。日頃は穏やかな切れ長の目も、今は厳しく獲物を見据えていた。

弓は下が短く上が長い。二人が矢を番《つが》えて引き絞ると、張り詰めた弦《つる》がキリリと鳴る。刹那《せつな》、鹿がこちらを向いた。木から剝《は》ぎ取ったばかりの皮を口から離し、森の暗がりへ返そうとしている。気付かれたか。

「ホホデミ様」

ヒノオミが小声を上げ、弓の弦を弾《はじ》く。ホホデミも黙ってこれに続いた。シュッと風を切る音を残し、二つの矢が飛ぶ。ヒノオミの放った矢が過《あやま》たず左の股を捉《とら》え、ホホデミの矢が首筋に立った。出し抜けの痛みに、鹿がピイと鳴いて倒れる。甲高《かんだか》い声が木立《こだち》の中へ吸い込まれてゆく。

「よし！」

ホホデミは立ち上がり、ヒノオミと共に草陰から躍《おど》り出た。地に落ちた梢《こずえ》を素足で踏み割り、獲物へと馳《は》せる。鹿は逃げようとして身を起こすも、股の節に受けた矢のせいで思うように足を動かせないらしい。

「止《とど》めを刺しますぞ」

「おう」

短く答えて、ホホデミは腰に佩《は》いた剣《つるぎ》を抜いた。鍛えた眞金《まがね》――鉄《くろがね》の刃《やいば》が、きらりと木漏れ日を跳ね返す。体の前で横向きに構えて間合いを詰めれば、鹿は逃げるのを諦めてこちらに向き直った。そして二つの前脚を大きく持ち上げ、キイキイと狂おしく叫び散らしながら右の蹄《ひづめ》を振り下ろしてきた。

「む！」

ホホデミはそれを剣で受け止めた。背骨も縮もうかという重い手応えを、逞《たくま》しい腕の力で堪《こら》える。蹄は半ばまで刃に食い込んで止まった。

鹿はなお暴れたが、左の後ろ脚と右の前脚が利かぬとあって、動きは限られている。それと見て取ったヒノオミが、さっと鹿の左に回り、後ろから襲い掛かって首に腕を回した。

「せえ、の！」

掛け声ひとつ、ヒノオミは獲物の首をへし折り、力任せに地へと組み伏せた。しばらく小刻みに身を震《ふる》わせた後、鹿は動かなくなった。

「ふう」

ヒノオミは大きく息をつき、獲物の首から腕を解く。細い吊り目の角張った顔に滝の如《ごと》き汗を湛《たた》えていた。野の獣《けもの》は恐ろしいもので、体の重さが人と同じなら、三、四人に当たるほどの力を持つ。そうした相手の命を奪おうとするからには、こちらも命懸けであった。

ホホデミは鹿の前脚を踏み、蹄に食い込んだままの剣を引き抜いた。

「やはり、あに様のようには行かないな。我ら二人で、ようやく鹿をひとつだけとは」

ホホデミには三人の兄があった。長兄は五瀬《イツセ》といい、次兄が稲飯《イナヒ》、三兄が三毛入野《ミケイリノ》である。この中で、特にイナヒは狩りと剣の腕前に秀《ひい》でていた。

右腕で額の汗を拭《ぬぐ》いながら、ヒノオミが問うた。

「イナヒ様は、いつお戻りで？」

「干し肉と米を換えて、もう戻っていなければならない頃だ。この度はやけに遅い」

「何かあったのでしょうか。もっともイナヒ様ほど腕の立つお人なら、襲われる恐れもないと思いますが」

「そうあって欲しいな」

ホホデミは小さな笑みで応え、鹿の脚を摑《つか》む。前で合わせた衣《ころも》の懐《ふところ》から、稲藁《いなわら》の細い縄を取り出し、ヒノオミが差し出した弓に括《くく》り付けていった。四つの脚を弓に縛り付けると、ホホデミが前、ヒノオミが後ろになって担《かつ》ぎ上げる。そして緩やかな山肌を下った。

麓《ふもと》に近付くと、やがて木々もまばらになる。森を出てしばらく南へ行くと、遠く向こうにある小さな丘を指して進んだ。

なだらかな丘を、人の背丈三つほど上る。辺りには緑が広がっていた。その色の中、黄金《こがね》に色付き始めたものが、吹き抜ける風にそよいでいる。稲穂であった。

「良く実った。前の年より豊かだ」

ホホデミが笑みを浮かべると、ヒノオミも「ええ」と目元を緩め、右手の山を越えて斜めに差す日を眺めた。

「秋分けの日まで、あと四十日《よそひ》です。刈り入れも近うございますぞ」

ホホデミは目を丸くした。夕暮れの前、西日は特に眩《まぶ》しい。ちらりとそれを見ただけで、日の動きを読めるとは。

「日読みの技、また腕を上げたのだな」

「それが俺の務めですから」

ヒノオミは「はは」と大声で笑った。これで気付いたのか、田の中で草取りに勤《いそ》しむ民たちがこちらを向いた。ホホデミの姿を認めると、皆は手を休めて立ち上がる。そして背筋を伸ばし、目上の人を敬《うやま》うべく柏手《かしわで》を打った。

「ホホデミ様じゃ」

「若長様」

ホホデミは日向《ひむか》の里長・鸕鷀草葺不合《ウガヤフキアエズ》の四男で、産まれた時の名は狭野《サノ》といった。母の玉依媛《タマヨリヒメ》は、サノの下に子を産まぬまま早くに亡くなった。これによって末の子となったサノは、次の長と定められ、祖父《ぢぢ》と同じヒコホホデミの名を受け継いだ。

末の子に里を継がせるのには訳があった。長が身罷《みまか》った時、上の兄では歳を取り過ぎていて、短い間にまた長が替わることになりやすい。里を導《みちび》く者が相次いで替われば、民の心も乱れがちになる。それを防ぐための習わしであった。

もっとも、日向の長の子はどれも若い。その中でも末のホホデミは産まれて二十年、瑞々《みずみず》しいものに満ちている。後ろで鹿を担ぐヒノオミも十と九年を生きただけの若人《わこうど》であった。

「ホホデミ様、お帰りなさいませ」

「我らが若長様」

柏手を打つ民が後を絶たない。ホホデミは少し面映《おもは》ゆいものを覚えつつ、左手を上げて応え、朗《ほが》らかに声を張った。

「皆、刈り入れ前は忙しかろう。私に構わず田を作るが良い」

民たちは、一様に「とんでもない」と畏《かしこ》まった。

「長が日読みを教えてくれるから、わしらも生きておられるんですわい」

「そのとおりじゃ。長の血筋がなければ、この痩《や》せた土で、こんなに米は穫れんですよ」

するとヒノオミが、幾《いく》らかつまらなそうに声を上げた。

「おい、おまえたち。いくら長の血筋から教わった技とは言え、今は俺の血筋が日と星を読んでおるのだぞ。少しは俺も褒《ほ》めてくれ」

民たちは「分かっておりますよ」と言って、けらけらと笑った。

話すうちにも、日はまた傾きを大きくしている。ホホデミは民たちに手を振って立ち去り、再び里への道を辿《たど》りながら、右前の遥《はる》か向こうに聳《そび》える高千穂《たかちほ》の峰を見遣《みや》った。火を噴《ふ》く山であるせいか、半ばから頂《いただき》にかけては草木のひとつもない。力強く流れる山の端《は》は、何とも雄々しき佇《たたず》まいである。日の光はやがて柿色になり、夕暮れには茜《あかね》に変わって、山際を紫に染めるだろう。明日になれば新しい日が昇り、東の海を眩《まばゆ》く煌《きら》めかせる。こうした眺め、日向の美しさを愛でることが、ホホデミは好きだった。

「お帰りなさいまし」

山を眺めながら歩いていると、道の向こうに嬉しそうな声が弾んだ。顔を前に戻せば、妻の吾《ア》平《ヒラ》津《ツ》媛《ヒメ》が迎えに来ている。浅黒い肌に大きな目、厚みのある唇が何ともかわいらしい。

ヒノオミが「お」と顔を綻《ほころ》ばせる。ホホデミも「ただいま」と手を振って返した。

「見よ。今日は良き獲物があったぞ」

アヒラツの顔が、この上ない笑みに彩《いろど》られる。獲物があったから、ではなかった。

「お体にも、傷を作ってはおられませんね。それこそ何よりの喜びです」

日向を継ぐ者として、七年も前から狩りで身を鍛えてきた。暴れる獣に噛み付かれ、蹴られ、傷や痛みには慣れている。それでも妻とは、いつでも夫に何ごともないことを祈っているものらしい。慕《した》われている喜びを改めて噛み締めつつ、幾らか申し訳ないものを抱いてもいた。

「落ち着かぬ思いをさせて、すまない。このところ、ずっとだ。しかし」

「分かっております。イナヒ様が取引に出ておいでの間は、これも若長の務めですものね。今日もお疲れ様でした」

物分かりの良い、賢い女だ。そして何より、温かな慈《いつく》しみの心がある。良い妻を取ったと思うと、ひとりでに頬が緩んだ。

「これを届けたら、すぐに帰る。先に戻っていなさい」

「はい。あの、ホホデミ様」

何かあったろうかと首を傾《かし》げる。するとアヒラツは浅黒い頬を染め、はにかみながら続けた。

「お慕いしております」

人前で、あまりに真っすぐな物言いを。共にあるヒノオミは肩肘張らずとも良い間柄だが、それにしても。照れ臭い笑いが「あは」と漏れた。

「ははははっ！　いつもながら、何とも仲のよろしいことで。早く獲物を届けて帰らねばなりませんな」

ヒノオミに冷やかされ、促《うなが》されて、ホホデミは「ああ」と頷く。暮れ始めた夕日の中でアヒラツに手を振り、再び歩みを進めた。

「今日も、良き日であった」

父・ウガヤフキアエズの佐野原宮《さのばるのみや》へと向かいながら、しみじみと呟いた。明日も、その次も、良い日が続くことを願いながら。

*

冬には最も昼が短くなる日、夏には最も昼が長くなる日があり、春と秋には昼夜が同じ長さの「春分け」と「秋分け」が訪れる。それらは流れる時の中、常に同じ数だけの日を隔《へだ》てて巡《めぐ》っていた。

日向の里長は昔からこれを知り、日の動きに従って田作りの手筈《てはず》を定めていた。いつ田の土を解《ほぐ》し、どの日に種籾《たねもみ》を蒔《ま》くか。どれほど経ったら田から水を抜くか。他の里では全て推し当てで進めているが、日向のやり方ならばより多くの米が穫れる。火の山が降らせた灰でできた土、田作りに向かない土でも実りを得られるのは、ひとえにこの技があればこそだった。

もちろん、日の動きに従うばかりではなかった。日照りや雨降りなども考え合わせ、それぞれの手筈を前か後ろにずらすことも少なくない。そのために、日読みの者は日々の空を見極めている。

そして——。

「皆々、聞け。今日より刈り入れとする」

里長の宮前に集った三百余りの民へ向け、ホホデミは声を張った。民を集めるのは刈り入れと定められた日か、良きにつけ悪しきにつけ何か起きた時に限られる。皆も「今日はどのような話か」と耳を傾けていたのだが、刈り入れを告げられると喜びに沸《わ》いた。

「待ちに待っておりました！」

「豊かに実っておりますぞ」

「刈り入れの日が何より嬉しいわい」

浮き立つ思いを口々に弾けさせている。皆の姿を見て、左隣に並ぶ兄たちが嬉しそうなものを漂わせた。もっとも右隣のヒノオミは、そればかりではない。浮かれたものを冷やせとばかり、持ち前の大声を張り上げた。

「まだ続きがある。この度の刈り入れは、四日で終えねばならんのだ」

これを聞くと、先までの騒ぎがぴたりと止んだ。民たちの中、最も前にある男が「え」と面持ちを曇《くも》らせた。

「まさか」

ヒノオミも「ああ」と苦い顔になった。

「嵐の前触れが見て取れる。いつ頃かは分からんが、十日は待ってもらえんだろう」

日読みは元々が里長の技であったが、いつの頃からか、これをより得手とする者たちの務めとなった。そうした中で最も巧《たく》みに読める者が「日臣」の名を受け継ぐ。若いヒノオミにこの名が与えられたのは、日や星の他、大まかにではあれ空の雲行きまで読めるためだった。

ともあれ、十日もせぬうちに嵐の恐れがあると聞き、民たちは「ようし」と引き締まった。手塩にかけて育てた稲を、嵐ひとつで失って堪《たま》るものかという顔である。

皆を見回し、ホホデミはまた声を上げた。

「聞いたとおりだ。人の手は少しでも多いが良かろう。我ら長の血筋や日読みの者も皆を手伝うゆえ、急いで刈り入れを済ませてしまおう」

民たちが「おう」と気持ちを入れ、足早に各々《おのおの》の田へと向かって行った。

「ホホデミ」

左からの声は、長兄のイッセである。

「私は里の全てを回って、遅れの目立つところを手伝おうと思う」

ゆったりとした面長が示すとおり、イッセは大らかな人だった。誰にも分け隔てなく当たり、困っている者は捨て置かない。ホホデミが里長の後継ぎとなった時も、真っ先に「力を合わせていこう」と言ってくれた。落ち着きがあり、諸々を弁《わきま》えた人となりで、兄弟にも里の皆にも慕われている。

翻《ひるがえ》って、三兄のミケイリノは民たちと同じに奮い立っていた。

「俺は、とにかく小さな田から手を付けるよ。小さいのを早く終わらせて、その田圃《たんぼ》の持ち主にも次を手伝ってもらおうと思う」

人好きのする丸顔が亡き母を偲《しの》ばせる。この兄は米の実りをより良くするため、常に里の田を回って皆を動かしてきた。それだけに、嵐に負けまいという思いが強い。

「おまえは、どこの田に行くのだ。決めていなければ私と回らないか」

イッセに誘われ、ホホデミは答えて言った。

「私はヌマクラジを手伝います。上の子が病だと聞きましたので、手は足りぬでしょう」

「ほう。それは困っておるだろうな。ならば私も、まずホホデミと共に行こう」

ミケイリノが「それでは」と笑みを向け、手を振って立ち去った。ホホデミはイッセ、およびヒノオミと連れ立って、刈り入れの手伝いに向かった。

田畑を拓《ひら》きやすい土というのは、大いに限られていた。

まず、近くに水の手がなくてはならない。ただし大きな川でなく、枝分かれした小川、或《ある》いは池などが望ましかった。太い流れでは、長雨で水が溢《あふ》れた時に稲や菜物が流されやすいためだ。

次に、やはり水が仇《あだ》とならぬよう、できれば少し高みにある土が良い。

そして終《しま》いに、そうした高みに平らな野があることだ。

これらに見合うところは少ない。もっとも日向の里は小さく人も少ないがゆえ、この三つを満たす田畑がほとんどの民に行き渡っていた。ホホデミたちが向かったヌマクラジの家も、そうした良い田を持っている。

「ところで、子の病はどうだ」

鉄の小刀で稲を刈り取りつつ、ホホデミは問うた。十と幾つか歩いた先で、ヌマクラジが「へえ」と声を上げる。

「何か踏んだらしくてね、足の裏が紫に腫《は》れ上がっちょるんですわ」

そのせいで身が熱くなり、飯も喉を通らないという。ホホデミは刈り取った稲株を手に腰を伸ばした。

「恐らく足が膿《う》んでいるな。膿《うみ》が抜ければ、遠からず身も癒《い》えよう。腫れを切り開いてやると良い。私の小刀を貸してやる」

「よろしいので？」

ヌマクラジが勢い良く顔を上げる。ホホデミは「ああ」と笑みを返した。

「眞金の刃なら切り口が乱れない。切った傷も早く治る」

「これはまた、ありがとうございます」

幾つも柏手を打って、何とも嬉しそうにしている。と、その後ろに二つの人影が現れた。この田は高台の縁に当たるところで、たった今、丘を登って来たらしい。

「それなら、この剣の方が良いぞ」

次兄のイナヒだった。ホホデミに似た顔は、しかし幾らか骨ばって目元鋭く、雄々しいものを湛えている。その面持ちを綻ばせ、腰に佩いた剣の鞘《さや》をパンと叩いた。

「おお、あに様。お待ちしておりました」

「遅くなって、すまんな」

いつもは厳しく口うるさい兄だが、帰りが遅れたせいか、今日ばかりはそういうところが見えない。力強く笑うイナヒの後ろ、もうひとりの男は見慣れぬ顔である。背はイナヒと同じくらいで、ホホデミよりわずかに大きい。がっちりした体つきで、太い腕と脚が逞しかった。真っ黒に焼けた顔の入れ墨は、山を越えた向こう、北にある里の者だろうか。

「大来目《オオクメ》よ。これが俺の弟、ホホデミだ。日向の後継ぎだぞ」

イナヒが声をかける。オオクメと呼ばれた男は太い声で「お見知り置きを」とだけ言い、顔の前で強く柏手を打った。

「ひとまず父君の宮に参り、帰りをお知らせする。その後で俺も手伝いに来よう」

兄はそう残して立ち去り、昼餉《ひるげ》を終えた頃、オオクメと共に戻って来た。

先に見たとおり、オオクメは口数の少ない男だった。なぜ日向に来たのかは、稲を刈りつつ兄から聞いた。

まず顔の入れ墨が示すとおり、生まれはこの筑紫《ちくし》でも北寄りの里だという。春先に戦《いくさ》があって里を焼かれ、行く当てをなくしていたそうだ。あちこち流れ歩いていたところをイナヒが拾い、連れて来たそうだ。入れ墨は、海に潜るに当たって海神《わだつみ》の守りを得る呪《まじな》いである。二つの眉根からそれぞれ筋が延び、鼻の頭で交わると、小鼻の脇でぐいと斜め上へ向きを変える。そして目尻から眉の外側の端へと延び、ぎょろりとした目をことさらに鋭く縁取《ふちど》っていた。

話を聞く限り、オオクメは海人《あま》――魚獲りだ。もっとも手先は巧みに動き、稲刈りも巧《うま》い。イナヒによれば、弓や剣も扱えるという話であった。

手が増えたことで、その日のうちにヌマクラジの田は半ばまで片付いた。

夕暮れを迎える少し前、ホホデミとイナヒ、オオクメは、ヌマクラジの家に向かった。

思ったとおり、床で臥せている子の足は酷《ひど》く膿んでいた。イナヒが剣を抜き、その足に切り傷を付ける。頼りない灯《あか》りに光る剣は、やはり鉄を鍛えたものだ。しかし今までに見たどの剣より切れ味が良く、腫れ上がった足に軽く触れただけで驚くほど綺麗《きれい》に切れた。

後の手当てをヌマクラジに任せ、ホホデミたちは里長の宮に戻った。兄弟は皆が妻を持ち、それぞれ別の宮を構えているが、各々の宮より父・ウガヤの宮の方が近かったためである。

「それで干し肉を、米ではなくこの剣と換えたと?」

酒を酌《く》み交わしながら、ホホデミは呆《あき》れたように問うた。イナヒは幾らかばつが悪そうに、宥めるような笑みを浮かべた。

「まあ、そういうことだ」

「どうしてです」

ホホデミは眉をひそめ、苦々しく返した。

日向は美しい里だが、豊かではない。日読みと田作りを組み合わせた技はあれど、それでもひとつの田から得られる米は、北の山向こうにある大きな里には遠く及ばないのだ。ゆえに他よりも狩りや魚獲り、木の実採りに頼るところが大きい。

そうして得られる干し肉や干し魚には、米と換えられるだけの値打ちがあった。狩りや魚獲りは命を危うくすることもあり、それを肩代わりしているからである。

「なのに剣と換えてしまわれるとは。倉にある米で食い繋げたから良いものの」

すると兄は、少しばかりむっとした。

「俺が何も思わずに、この剣を望んだというのか。これがあれば狩りが楽になるのだぞ。今までより多くの獣を獲れるなら安いものではないか」

「眞金なら日向でも鍛えておりましょう」

なお責めると、イナヒは小さく目元を歪めた。そして件《くだん》の剣を鞘から抜き、ホホデミの前に示す。

「同じ眞金でも鍛え方が違うのだ。刃を見てみろ」

手に取って目を落とせば、確かに日向で鍛えるものとは違った。自らも剣を使うから分かる。

小さな灯りの下で煌めく刃は恐ろしいまでに鋭く、そして美しかった。

「これは」

思わず息を呑《の》む。イナヒは「それ見ろ」と誇らしげに胸を張った。

「北の里ではな、鍛え方ひとつで、より硬い眞金を作れるのだ。その硬いのは刃だけに使って、並の眞金と合わせて鍛えるらしい。だから切れ味が全く違う」

鉄は値打ちの高いもので、元は筑紫の北に広がる海の向こう、諸越《もろこし》から伝わった。しかし諸越――今は国を「漢《かん》」という――と倭《やまと》では作り方が違った。漢では砂で型を作り、そこに融《と》かした鉄を流し込むのみだが、倭人は叩き鍛えて形を整える。

鍛えた鉄は漢の鉄よりずっと硬い。漢の剣に銅《あかがね》と錫の混ぜもの――青銅を用いたものが多く、倭では鉄を用いることが多いのは、そのためである。近頃では鏃《やじり》も石ではなく鉄のものが増えた。さらには民も、鍬《くわ》の先に鉄の刃を取り付けて使う者がある。鉄については倭の方が優れた技を持ち、それは北の里も日向も同じだと思っていた。

然《しか》るに。

「北の里には、これほどの技を持つ鍛《かぬち》がいるのですか」

この技が日向にあれば。思うほどに目が輝いてくる。それを見て、イナヒが「ほう」という面持ちになった。

「何か思い付いたらしいな」

「この技なら、民が使う鍬をより良いものにできる。さすれば日向の痩せた田圃でも、もっと多くの米が穫れるようになるのではないでしょうか」

捲《まく》し立てるが如き早口に、イナヒは少し呑まれたようであった。

「お、おう。そうかも知れぬ」

「あに様。私は日向の者に、この『合わせ鍛え』を学ばせたい。いずれの者か、この技を持つ鍛を連れて来られないものでしょうか」

「それほどに思うのなら、次にはホホデミも連れて行ってやろう。おまえは世の中を知らんからな。あれこれ学ぶには良き折だ」

嬉しい誘いだが、ホホデミの頬は少し渋くなった。山を越えて北の里に向かうのは、干し肉や魚と米を換えるためである。つまりは刈り入れ前、米の残りが少なくなる時だ。

「次の夏まで待てと？」

ほぼ一年の先では、とても待ちきれない。うずうずと心が騒ぐ。それと知ってか、イナヒが「おい」と睨《にら》んだ。

「冬には遠出をせぬに限る。弁えよ」

厳しく諭されるのは、いつものことだ。ただ、今ばかりは黙って聞こうとは思えなかった。

「民のため、里のためになるかも知れないのです。どうか、少しでも早く」

イナヒは少し黙ったが、二つ三つと数えた頃に、眉根を寄せて「やれやれ」と頷いた。

「俺とて長の血筋だ。そう言われると弱い。分かった、次の春だ」

ホホデミは面持ちに花を咲かせ、勢い良く「はい」と返した。

「して、あに様はいずこでこの剣を手に入れられました」

イナヒは大きく頷いた。

「山向こう……いや、筑紫で最も大きな里。面土《めんど》だ」

＊

明くる年の春、ホホデミはイナヒやヒノオミと共に面土への旅路に就いた。

筑紫は広い。まずは日向から少し西へ向かい、連なる山々を越える。次いで阿蘇《あそ》の山に行き当たると、麓をぐるりと右回りに進み、さらに連なる尾根伝いに北を指した。やがて広い野に至ったのだが、ここまで六日もかけていた。

朝焼けの野を見渡せば、日向より幾らか大きいだろう里と、高みにある田畑があちこちに見えた。人が多いだけに、米も多く穫れるだろう。だが他は日向とそれほど違わない。

「あに様。このようなところが、まことに我らの里より優れておるのですか」

肩透かしを食った思いで問うてみる。すぐに「違う」と返された。

「ここは狗奴《くな》という里だ。面土には今少し北へ行かねばならん。が……」

イナヒは遠くを見て忌々《いまいま》しそうに舌を打った。眼差しの向こうには、左と右、二つの山に挟まれた野がある。あそこを進めば面土なのだろうが、何かまずいのかも知れない。

「あの野は通れないのですか」

「ああ」

聞けば、この狗奴と面土はかなり仲が悪いらしい。北に見える狭い野の先には、各々の里の夷《ひな》守《もり》がいて、互いを見張り合っているそうだ。

「面土に行くと言う者を、容易《たやす》く通してはくれん。煩《わずら》わしい話だが、あの川を越えて――」

指差す先には東から西へ太い流れが横たわっている。ただ、ちらほらと流れが狭まったところもあった。向こう岸まで、矢を射て楽に届くだろう幅しかない。

「――川沿いに西へ下る。吉野《よしの》という里があるから、その辺りから山に入る。今からなら、昼を少し過ぎた頃に面土に出られる」

山には慣れており、辛いとは思わない。早く面土の里を見たいという昂《たか》ぶりの方が強く、ホホデミはイナヒやヒノオミに先立って歩いた。

川までは、朝日が昇りきる前に着いた。衣を脱ぎ、泳いで流れを渡る。そこから西へ進めば、日向を六つか七つも合わせたほどの里――吉野があった。

その辺りから山に入り、北へ向かう。ここまでもそうだったが、山の中ではヒノオミが日の傾きを読み、導いてくれる。昼下がりの頃、ようやく山を越えて裾野へ出た。

そして――。

「これが」

目の前に広がる面土の眺めに、ホホデミは言葉を失った。何という数の田、そして何という広さだろう。高みの野でもない、川に沿った低い野の全てに水が張られ、降り注ぐ日の光に煌めく。そうした眩さの中、若い稲の芽がどこまでも青く続いていた。

ヒノオミも目を丸くしている。イナヒは二人の様を見て軽く笑った。

「驚いたか。ここは我らの里と違って丘ではない。だが太い川から細かい枝分かれが幾つもあって、野の端々にまで行き届いている」

太い流れさえ外せば、水が溢れてもそれほど困らない。そしてこの辺りには、目立った火の山もなかった。それだけに土は肥えて、日向のような技がなくとも多くの米が穫れる。

「これだけの田で米を作って、面土はどれほどの民を抱えておるのです」

イナヒが、そこはかとなく苦い面持ちになった。

「日向の民は、田圃の持ち主が百人《ももひと》ほどか。その妻や子まで合わせて八百《やお》余りの民がおる。日向が六百《むお》も集まれば、面土と同じになるだろうな」

「まさか」

嘘としか思えない。しかし低い野の田が見渡す限りに続く様は、確かに日向の田を百ほど——否、さらに二十も集めたくらいの広さがあった。

そして、これこそ自らの里が貧しいという証だった。田の広さは百と二十を集めたくらいなのに、日向を六百も寄せたほどの民を抱えている。その訳は、ひとつしか思い当たらない。

「肥えた土か」

面土には稲を良く育てる技がない。土に任せ、手筈の決め方も推し当て頼みである。にも拘《かかわ》らず、それで夥《おびただ》しい数の民を養えるとは。正直なところ、この里が羨《うらや》ましくて堪らなかった。

「あに様。どうして我らの血筋は、土の痩せた日向などに里を構えたのでしょう」

ホホデミの小声を耳にすると、イナヒは目を剝いて「愚か者め」と叱り飛ばした。

「我らが曾祖父《ひおおぢ》君・瓊瓊杵《ニニギ》様が命懸けの旅に出られ、その末に拓いた里ではないか。悪し様に言うとは何ごとだ」

旅の末に里を拓く。それは今も昔も同じであった。

田を持つ家は、どこも二人か三人の妻を娶《めと》って多くの子を生《な》す。だが、親から田畑を受け継ぐ者はひとりだけなのだ。他は狩りや海人で身を立てるか、里を守る兵《つわもの》になるか、さもなくば自らの手で田畑を拓かねばならない。

とは言え、田を作り、人が集まって住むのに向いた地は少ない。面土のように、平らな野でそれができるというのは珍しい話なのだ。ゆえに親の田畑を継げない若者は故郷《ふるさと》を捨て、自らが生きて行く土を他に探す。今では東を目指す者が多いのだが、ホホデミたちの曾祖父・ニニギの頃には、この辺りから南に向かって根を張ったのかも知れない。

こうした旅には極めて重いものが求められる。肚《はら》を括り、自らの死を受け入れる心だ。良い土を得る前に手持ちの食い物が尽きれば、旅は終わらざるを得ない。命懸けなのである。そこを厳しく諭されて、ホホデミは「いかん」と俯《うつむ》いた。

「私は……何という」

曾祖父も死ぬ思いで旅立ち、やっと日向に辿り着いたはずなのに。そして日読みの技を使い、何とか田を作り、里を構えるに至った。その恵みを受けたからこそ、我が身は今、こうして生きている。なのに他を羨むなど、ニニギの思いを踏みにじるようなものだ。

「えい！」

面土を羨む心、恥ずべき思い。それを断ち切るべく、ホホデミは両の手で自らの頬を挟むように張った。

だから、ここへ来たのではないか。民の使う鍬をより良く改め、少ない田でさらに多くを穫れるようにしたい。そのために、鉄の扱いに長《た》けた者を求めて旅をした。

「いつか私は、日向を面土のようにしてみせる。必ずだ」

目元を引き締め、自らの心を励ました。ヒノオミが笑みを湛えて頷き、イナヒが「それでこそだ」と強く背を叩いてくれた。

　三人で連れ立って田の畔《ほとり》を進み、面土の町に入る。田畑の広がるところに人の住まいはなく、民の全てがこの町の中に家を築いていた。それは日向も概《おおむ》ね同じだが、ひとつ大きく異なるところがある。この町は、周りに深い濠《ほり》を巡らしてあった。イナヒによれば、面土が古くから開けていたからだという。

「朝に話したとおり、面土は狗奴と仲が悪いからな」

　新しく里を拓こうと旅立った若者が、自らの耕す土を得られるとは限らない。旅は命を形にした賭けなのだ。そして同じ賭けなら、既に拓かれている里を襲い、奪う方が早いと考える者もある。倭人はそうやって戦を重ねてきた。こうした濠は、争いの積み重ねによって成り立った備えであった。

「なるほど」

　兄の話に頷きつつ、ホホデミは濠に渡された土の橋を踏んだ。向こうには町と外を隔てる関があり、その扉を守る兵がいる。青銅の板で固められた鎧《よろい》は錆《さ》びが目立ち、青緑色であった。

「ようイナヒさん。いつもは夏なのに、ずいぶん早いじゃないか」

　兵は、兄の顔を見ると気さくに声をかけてきた。幾度も干し肉を持って来ているため、互いに顔見知りらしい。だが向こうは下っ端の兵、こちらは小さいながらも里の長たる者の子だ。いささか不《ぶ》躾《しつけ》なものを覚える。

　もっとも兄は、何とも爽やかに返した。

「やあ。今日は、肉と米を換えに来た訳ではないのだよ」

いつもの厳しさは、どこにもなかった。相手によって使い分けができる辺りに、兄弟の中で最も勇ましい人のしたたかさを見た思いがする。

「これを鍛えた者を探しておってな。合わせ鍛えの剣だ。わぬし、知らぬかね」

兄の問いに、兵は「ああ」と頷いた。

「この里の鍛ではないね」

「ほう？　だが俺は、ここで手に入れたのだが」

すると兵は、左手を真横に伸ばした。

「奴《な》の里で鍛えて、こっちに持って来たんだ。あの里は輩《ともがら》だからな」

奴の里は、今朝ほど通りたくても通れなかった、あの狭い野の辺りらしい。面土に与《くみ》しているのは、狗奴が面土に攻め込むに当たり、いつも踏み荒らされているからだという。そう遠くないが、ここからだと川を越えねばならず、今から訪ねると夕闇の頃になるそうだ。

また叱られるかと思いつつ、しかしホホデミは敢《あ》えて声を上げた。

「それでも、今日のうちには着くのでしょう。ならば」

しかし、叱られはしなかった。面土の兵の前だからか、或いは熱い思いが伝わったのか、イナヒは困ったように「行くか」と頷いた。

*

「この干し肉で泊めてくれんか」

背に負う荷の中から猪《いのしし》の肉を取り出し、イナヒが問うた。宿の主は、入れ墨のないイナヒの顔を珍しそうに見つつ、両手で持てるほどの塊《かたまり》を受け取って「ええ」と頷く。

「でも、部屋はひとつしか取れませんよ」

「構わないさ」

奴の里に至ったのは、やはり夕闇の頃であった。鍛を訪ねるにせよ、さすがに今からではなかろうと、三人は宿を取った。

宿という生業《なりわい》は、日向にはない。面土や奴にそれがあるのは、人の行き来が多いためだ。筑紫から北の海を越えれば、対馬《つしま》や一伎《いき》という島国がある。また諸越の東の端には太く突き出た岬があり、そこにも狗邪韓国《くやからくに》という倭人の国があって、それらと盛んに交わっていた。さらに面土や奴は諸越の漢帝国に貢《みつ》ぎ物を送り、後ろ盾を頼んでいる。

「まあ、そのくらい面土と狗奴は仲が悪いということだ」

三人で部屋に入り、並んだ筵《むしろ》に身を横たえつつ、イナヒが説いて聞かせる。ホホデミを挟んで右側から、ヒノオミが問うた。

「しかしイナヒ様、面土にはもの凄い数の民がおるではないですか。狗奴と戦になっても困らないのでは？」

「確かに、大きく困りはすまい。だが漢という国は、面土が二十《はた》も集まったくらいの民がおると聞くからな」

狗奴と戦になれば、たとえ勝っても面土は傷を負う。兵のみならず、民にも命を落とす者はいるだろう。その時、あれほど広い田を誰が作るのかという気《き》懸《が》かりがあった。これを少しでも避けるべく、漢に助けてもらうという逃げ道を作っているらしい。

「数の力か。嫌なものだな」

ホホデミは小さく呟いた。

面土と狗奴が相争《あいあらそ》っている。今はこの二つで済んでいるから良いが、どちらかが負けてしまえば、先々はどうなるのだろう。

「次に襲われるのは日向かも。私は争いなどせず、民たちを穏やかに保ってやりたい」

呟きを耳に、ヒノオミが返した。

「ならば、まずは明日です。日向に来てくれる鍛があると良いですな」

ホホデミは「そうだな」と微笑み、旅の疲れを癒すべく眠りに就いた。

だが――。

どれほど眠った頃か、ふと目が覚めた。部屋は真っ暗で、未だ夜中だと分かる。横たわったま首を左へ右へと傾けてみれば、まだ疲れも抜けきっていない。

なのに、何ゆえ目が覚めたのか。訝しく思って、ホホデミは身を起こした。

「ん？」

微かに、何かが聞こえた。常なる物音ではない。

と、左脇のイナヒも、がばと身を起こした。

「……おい。少し、きな臭いと思わんか」

小声を受けて顔を向ければ、闇に慣れた目に兄の強張った面持ちが飛び込んでくる。ホホデミは、くんくんと鼻を利かせた。

「確かに。何か燃えているような」

里の中に火でも出たのだろうか。だが、そうとも思えない。先に聞こえた物音は小さかったのに、次第に大きく響くようになっている。

「ヒノオミ、起きろ。何かあった」

肩を揺すって起こし、おかしなものを覚えたと告げる。そして三人で部屋を出ると、入り口の方から宿の主が駆け寄って来た。泡を食っている。

「ああ、良かった。目を覚ましておいででしたか」

「おう。何があった」

イナヒの鋭い問いに、主は喉を上へ下へと大きく動かし、早口で答えた。

「戦です。早いところ逃げてくださいな。南から襲われていますんで、北の口から」

「戦だと？　いずこの者が」

ホホデミが問うと、主は少し煩わしそうに口元を歪めた。

「狗奴ですよ。他にないでしょう。わしは、他の人らを起こさんといかんのです。いいですか、逃げてくださいよ。きちんと言いましたからね」

捲し立てるが早いか、主は「起きて、起きて」と叫びながら奥へと進んで行った。

「何たる」

ホホデミは臍《ほぞ》を噛み、部屋に戻って自らの荷を負うた。そして腰に剣を佩き、左手を鞘に掛けて強く握った。

「争いごとなど嫌いだ。それでも、我らも戦わねば」

眦《まなじり》を吊り上げ、絞り出すように唸《うな》る。ヒノオミが慌てて「お待ちを」と前に出た。

「宿の親爺が申しておったでしょう。逃げなければ」

しかしホホデミは、大きく首を横に振った。

「我らはまだ鍛を訪ねてすらいない」

そうでしょう、と兄を向く。ところが——。

「いや。ヒノオミの言うとおりだ。逃げよう」

「どうしてです！」

イナヒは両手を伸ばし、ホホデミの肩を強く摑んだ。

「面土ほどではないが、奴の里も大きい。これを襲うなら狗奴の兵も百《もも》や二百《ふたもも》では利かん」

「この里が潰《つぶ》されたら、そこまでではありませんか」

「軽はずみなことを言うな。おまえは日向の後継ぎだ。替えの利かぬ命だと知れ」

ぴしゃりと言われ、言葉に詰まった。兄が、摑んだ肩を小さく揺する。

「おまえは幼い頃から目端が利いて、心の優しい奴だった。今や体も心も健やかに育って……俺もミケイリノも、イツセのあに様も、おまえこそ日向を導く者だと思うておる。民とて、おまえを慕っているだろうに」

ヒノオミも「そのとおり」と口を添えた。

「この宿は里の南の口から近い。狗奴の兵が襲って参るまで、そう長くはかからんでしょう」

翻って、奴の兵は慌てふためいているだろう。数をまとめて駆け付けるにも、それなりに時を食う。三人で戦っても勝ち目はない、命を危なくするだけだと必死で諫《いさ》めてくる。

イナヒもこれに頷き、なお言葉を継いだ。

「この里は荒らされてしまうだろうが、それでも潰されはすまい。鍛の匠《たくみ》がここにいることは分かったのだ。落ち着いた頃に、また訪ねれば済む」

ホホデミはなお奥歯を噛んでいたが、やがて小さく頷いた。

「……分かりました」

「それで良い」

イナヒはようやく眉を開き、急ぎ荷を負うて宿を出た。外は未だ暗いが、南の口には火の手が見える。三人は家々の間を縫い、火から逃げるように進んだ。町は夜とも思えぬ騒がしさで、そこ彼処《かしこ》に弓を携えた兵が走っている。それらが作るまばらな流れに逆らい、北の口から外へ出ると、イナヒが「ふう」と息をついて傍らを見た。

「ヒノオミ、星を読んでくれ」

「はい。まずは……あちらへ」

真っすぐ北ではなく、少し東へ逸れた辺りを指差している。しばらく走れば森があったはず、そこに逃げ込めば戦の危うさはやり過ごせるはずだ、と。

これに従って闇を駆け、さらに暗い森に入る。ヒノオミが梢の隙間から星を読み、それだけを頼りに夜通し歩いた。そして、朝になれば日を読んで木々の間を進んでゆく。ようやくひと休みしたのは、次の日の夜であった。

日を読んでは進み、夜には休みを繰り返し、日向の里に戻った頃には十日も過ぎていた。

二　一統《いっとう》

佐野原宮の前に十幾人かの若者があった。各々が背負う竹籠には、米や干し肉、種籾の袋が詰められている。浮き立つ心と落ち着かぬ心、二つがない交ぜになって皆の面持ちを彩っていた。それらを眺めていると、彦火火出見《ヒコホホデミ》の胸は寂しい思いに満たされた。どの者も、歳は自分と大して変わらない。この里で共に暮らし、共に育ってきた民であった。

「そのような顔をするな」

左隣から優しげな声、長兄の五瀬《イツセ》が穏やかな笑みを向けている。眼差しが語っていた。皆の心に望みを持たせるのも、おまえの役目だ。笑って見送ってやろうではないか、と。ホホデミは喉の奥だけで小さく咳払いして「はい」と頰を緩めた。

「あ。ウガヤ様じゃ」

「里長様」

若者たちと、その親たちが声を上げた。皆の目がホホデミの背後、宮の方に向けられる。ホホデミも兄と共に向き直った。

宮を包む木々の下に、父・鸕鶿草葺不合《ウガヤフキアエズ》の姿がある。皆が柏手で迎える中、父は稲飯《イナヒ》と三毛入《ミケイリ》野《ノ》を左右に従え、ゆったりとした足取りで近付いて来た。生まれて五十四年目を迎えた顔にはイツセと同じような笑みが湛えられ、深くなり始めた皺《しわ》をさらに深めている。

「ついに、行くのか」

低く割れた長の声に、民たちが背筋を伸ばした。ホホデミは少しばかり、おかしな心の揺れを味わった。民と共に父と向かい合っているせいか、今の言葉が自分にかけられたように思えてならない。

もっとも、若者たちにその戸惑いが伝わる訳もない。旅立つ皆の長となる者、最も年嵩《としかさ》の男がひと足進み出て、再び柏手を打った。

「これまで日向で育んでいただき、まことに忝《かたじけの》うございました。我ら今日より旅に出で、自らの作るべき田を探しに参ります」

ウガヤは「うん、うん」と頷いている。しみじみとした面持ちに、ホホデミは父の心を見た。兄弟を見送る思いでいた自分と、恐らくは同じなのだ。父にとっては育てた子を送り出すに等しいのだろう。

「皆の先行きに、幸多からんことを祈っておるぞ」

父は今少し歩みを進め、ひとりひとりと笑みを交わしてゆく。

別れの挨拶が終わると、父の左後ろからイナヒが声を上げた。

「浜辺を北に行かば、船作りの匠と海人が住まう里がある。まずは、そこに向かって船を手に入れると良い」

はきはきと明るく語りながら前へ出る。その後ろから大来目《オオクメ》が進み出で、若者たちの長にひと振りの剣——イナヒが面土で得た合わせ鍛えとは違う——を手渡した。

「里で鍛えた剣だ。これと引き換えなら、船を二つも作ってもらえるだろう」

次いでミケイリノが、手に提げていた麻の袋を重そうに差し出した。

「少ないけれど、米と干し肉を入れてある。長からの餞《はなむけ》だからさ、持って行ってくれよ」

相変わらずの、人好きのする笑みである。ミケイリノは田作りに明るく、いつも民と共に稲を視てきただけに、若者たちも胸を詰まらせたようであった。

「まことに……今日まで、ありがとうござい……ました」

「おいおい、泣くなよ。望みを持って旅に出るんだろう？」

どの者も親から幾許《いくばく》かの種籾と、できる限りの食い物を持たせてもらっている。しかし、それが尽きれば死が待つのみ。或いは食い物を狙う盗人に襲われでもしたら、やはり生き延びられるかどうかは分からない。寂しい、心許ないと思うのが当たり前だ。それでも若者たちは先々の望みを見据え、危うさを受け容れて旅に出る。だからこそ父は、静かな笑みを絶やさない。兄たちも、努めていつもどおりの顔をしているのだ。

自らも、そうでなければ。ホホデミは湧き上がりそうな涙を堪え、朗らかに声を上げた。

「いざ皆々、旅立ちの時だ。里の外れまで私が見送ろう」

皆が嬉しそうに「はい」と応じた。

日臣《ヒノオミ》を従え、若者たちの親や兄弟と共に東の浜辺まで出る。麗《うら》らかな日差しが波頭を煌めかせる中、若者たちは手を振って北へと旅立ち、幾度もこちらを振り返っていた。見送る側も同じ、姿が見えなくなるまで誰ひとり帰ろうとしない。

遠ざかる人影を眺めながら、ホホデミは呟いた。

「皆、良き田に行き着いてくれよ」

あの者たちが、命を落とすまいことを。そう祈りつつ、心には憂いと悩みを抱えてもいた。

見送りを終えると、ホホデミはイツセの宮を訪ねた。長の住まう佐野原宮から少し西、山に近付いた辺りである。

四隅の柱とそれぞれの間、合わせて八つの柱が板葺《ぶ》きの屋根を支えている。柱の間には板の壁が張られているが、明り取りを大きく作っていることもあって、中が暗いという訳ではない。入り口から覗けば、イツセは弓の手入れをしていた。

「あに様」

「おおホホデミ。見送りは終えたのだな。まず上がりなさい」

促され、ひとつ柏手を打って中に入る。兄の前に座るなり、溜息に混ぜて口を開いた。

「皆を見送るのは、いささか辛うございました」

「分かるよ。私も、父君もそうだ」

イナヒとミケイリノも同じだろう、という思いが伝わる。ホホデミはひとつ頷いて、胸に抱える重さを吐き出した。

「日向がもっと豊かならばと、思わずにおれませぬ。どうしたら、この里を面土の如くにできましょうや」

耕すべき田が多くあれば、若者たちは危ない旅に出なくても済む。そのために手を尽くしているのは己だけではない。イツセは父を助け、民が互いに和み合えるよう骨を折っている。イナヒは獣を狩って他の里との取引に及び、ミケイリノはより良い田を作るため日々心を砕いている。にも拘わらず、どうしても今を超える形にならない。

苛立ちと苦しさを汲み取ってくれたのだろう、イツセは落ち着いた声で「なるほど」と頷く。

そしてしばらく思いを巡らした末に、ひとつを問うた。

「おまえが戦に巻き込まれたのは前の年の春か。面土と奴は未だ落ち着いておらんのだったな」

「はい。しかも」

聞くところによれば、あの戦で鍛たちの家も働き場も壊されてしまい、今は暮らしの立て直しに追われて他のことをできずにいるという。

「ゆえに、腕利きの匠を訪ねることも憚《はばか》られます」

「そうか。だが……やはり、そこから始めねばなるまい」

面土とそれに連なる里は土が肥えていて、しかも低い野でも田を作れるほど恵まれている。とは言え彼の国の豊かさは、それだけによるものでもない。北の里は合わせ鍛えの技を持ち、赤螺《あかにし》から色を取って絹を鮮やかな紫に染める技があった。

「漢にも、韓《から》の国々にも、こういうものを作る技はない。ゆえに漢も面土を重んじて、後ろ盾になってくれるのだ」

「あに様のお見立ても、私と同じでしたか」

物知りで、何に対しても考えの深い兄ならば、違う見通しもあるかと思ったのだが。やはり行き着くところはひとつである。諸々が遅れている日向は、まず面土との間にある開きを埋めなくてはならない。

「今すぐに、どうこうできるものではなかろう。だが」

向かい合って座るイッセが右手を伸ばし、こちらの肩を優しく叩いた。

「おまえは若く、私たちに比べて残された時も多い。手を尽くし続けるのだ。おまえの命があるうちに成し遂げられねば、子に受け継いで、孫に引き継いで、少しずつ歩んで行こう」

「……はい」

励まされて、しかし面持ちは晴れない。するとイッセは「はは」と笑って返した。

「民が安んじて暮らせる里か。おまえの願いは、父君の願いでもある。貴《とうと》き願いぞ。だから私も、イナヒやミケイリノも、この弟を支えて行こうと思えるのだ。ほれ、笑え。若長がそんな顔では、民たちも心細くなってしまうぞ」

若者の旅立ちを見送った時と同じということか。上に立つ者のありようは、下の者を生かしも殺しもする。教えられて、ホホデミはぎこちない笑みを作った。

その顔がおかしかったのだろうか。いつもは落ち着きのあるイッセが「ぶは」と噴き出し、腹を抱えて笑った。ホホデミの作り笑顔も苦笑いに変わった。

*

田圃の中にある東屋は、いつもなら民がひと休みするための屋根である。しかし、今日ばかりは違っていた。

「良いか。縄に、こうして稲藁を結ぶ」

ホホデミが見守る中、集った百人余りを前に、ミケイリノが珍しく目元を引き締めて早口に説く。そして藁束の端を細い縄で括ると、ぶら下がった先をばらばらと広げた。

「このくらい……親指と塩舐め指を、うんと開いたくらい間を空けて、同じように結んでいってくれ」

言い聞かせながら動かす手は、すこぶる速い。あっと言う間に四つ五つと藁束を結び付け、縄の片側をひとりの民に放り投げた。互いが端を持って引くと、ぴんと張った縄の下に藁束の笠が幾つもできた。

「あに様たちとヒノオミ、オオクメが人を連れて、畔《あぜ》に杭を打ってくれている。そこに、これを結んで田圃の上に渡して行くんだ。少しは雨風を凌《しの》げると思う」

民たちは、そわそわしながら「はい」と応じ、それぞれの家へと走って行った。皆がいなくなると、ミケイリノは「ふう」と苦しそうに息をつく。その姿を見て、ホホデミは「よし」と衣の袖を捲った。

「ミケのあに様。私も作ります」

民のために手を尽くすのが、長の血筋としての務め。その思いだったが、兄の言葉は思いがけぬものであった。

「いや、皆の手伝いは俺がやるよ。おまえは施しに備えておくといい」

「え？　しかし」

まさか、と顔が強張る。ミケイリノが泣き出しそうな目で「そうだ」と頷いた。

「藁笠の備えで、どうにかなってくれたら……。でも分からない。この度の嵐は、そのくらい激しいと言うんだ。ヒノオミが」

向こう二日のうちに嵐が来る。初めにそれを嗅ぎ取ったのはオオクメだった。北の里にいた頃のオオクメは、海に潜って魚を獲っていた。日向に住み着いてからはイナヒと共に狩りをする日も増えていたが、そうでない日はやはり海人として働いていた。それが四日前、海が荒れかけていると言ってきたのだ。

これを聞いて、ヒノオミは「そんな莫迦《ばか》な」と空を読み始めた。雲の流れは穏やかで、夜の星も瞬きに乱れはなかった。

ところが今朝になって、俄《にわ》かに掻き曇ってきた。時が過ぎるほどに風も強くなり、雲も黒々と分厚く渦巻いている。今も、真昼だというのに夕暮れを思わせるほど暗い。

あまりに嵐の足が速すぎたのだ。ヒノオミたち日読みの者は改めて空を見張り続け、そしてこう見立てた。この嵐は、日向の民がかつて知らないほどの雨風になるだろう、と。

「向こう二日……。そうか」

ホホデミの眉根がきつく寄った。二日の間に嵐が来るとは、二日の後に来るということではない。この東屋を出て、すぐに空が荒れてもおかしくないのだ。

間に合わぬかも知れぬ、そして役に立たぬかも知れぬ備えに関わるのは、おまえの役目ではない。兄の思いを眼差しから読み取り、ホホデミは父の佐野原宮へと走った。

まずは宮の中に部屋をひとつ借り、土師《はじ》の器を焼く匠たちに、できる限り多くの高坏《たかつき》を持って来させた。炊き出しの粥を盛る器は六十も集まった。さらには鍛の匠を訪ね、大人二人でひと抱えという銅の釜を六つ運ばせる。ひととおりが終わる頃には夕暮れを迎えていた。さらに厚みを増す黒雲の下、真夜中と変わらぬ暗さであった。

次いで、松明《たいまつ》を手に自らの宮へ走った。佐野原宮から南へ、かなり離れている。だが宵《よい》の口には辿り着き、そして妻と二人の子を呼んだ。

「嵐が来ることは、耳にしておるだろう」

妻の吾平津媛《アヒラツヒメ》と長子の手研耳《タギシミミ》が、おずおずと頷く。次子の岐須美美《キスミミ》は物心付く前で、ただ眠そうにしていた。

「アヒラツ、どうか二人の子を守ってくれ。私は、またすぐに父君の宮へ戻らねばならぬ」

妻は「え」と目を丸くした。

「このような時こそ、あなた様と共にありたいのに」

驚き。心許ない思い。寂しさ。妻の気持ちは良く分かる。しかし。

「許してくれ。私は民のためにできることを、しなければならぬ」

苦しい面持ちで返す。するとアヒラツは「違うのです」と小さく頭《かぶり》を振った。

「若長の務めは、わたくしとて分かっております。ですが、愛しきお人が危うい目に遭いはしないかと思うと」

胸の内を聞き、ホホデミは柔らかな笑みを浮かべた。かわいい女だ。

「憂えずとも良い。おまえたちを悲しませたくはないからな」

妻と二人の子を腕に抱く。それによって、アヒラツは少し落ち着いたようであった。

「何ごとも起きませぬよう、お祈りしております」

「ああ」

ホホデミは今ひと度、妻と子を抱く腕に力を込める。そして「すまぬ」と言い残し、再び父の宮へと走った。

急いで走り抜けながらも、道々、近くに民の家があれば明かりを向けて確かめてゆく。どの家も戸を閉めきって、ひっそりと息を殺していた。田畑への備えが済んでいるかどうかは定かでない。それを思えば気懸かりは尽きないが、まずは人の命が残らねばならぬと言い聞かせ、皆の取り組みが実を結ぶようにと祈りながら走った。

「いかん。もう風が強い」

松明の炎が煽《あお》られ、大きくなった火が右から左へ激しく靡《なび》く。なお風が強くなれば、或いは雨が降り始めれば、この火は消えてしまうかも知れない。星も見えぬ空では進むも退くもできなくなろう。急がねばと、疲れた体に鞭打って足を速めた。

ようやく戻った佐野原宮は、扉や明り取りを閉め切って、どこも彼処も真っ暗であった。まずは父を訪ね、変わりないことを確かめる。

「父君。ただ今、戻りました」

「おお、ホホデミか。早く戻れて何よりぞ」

父はそう言って、この身の恙《つつが》なきことを喜んでくれた。日読みの者によれば、嵐の足はなお速くなっていて、今宵のうちにも来そうなのだという。

「おまえも部屋に籠《こも》り、自らを守るが良い」

「はい。嵐の後に備えます」

柏手をひとつ打って父の前から下がり、昼のうちに集めた土師の器と釜の部屋に入る。明り取りと入り口の扉を閉めると、すぐに雨音が聞こえてきた。今になって分かったが、我を忘れて駆けて来る間に、足の裏に幾つも切り傷を作っていた。

その夜、嵐は日向の里を激しく襲った。

雨は叩き付けるが如し。風はごうごうと唸りを上げ、休むことを知らない。壁板や扉は常にがたがた震えている。ごろごろと空が吠え、ばき、と激しい音が突き抜ける。真っ暗な部屋が、わずかの間だけ薄暗い紫色に満ちた。稲光が走ったのだ。

「うわ」

ぐらりと宮の建物が揺れて、思わず声が出た。風の力だろうか。或いは、何か飛ばされて来てぶつかったのかも知れない。

「我らが血筋の大本、天津《あまつ》神々に聞し召《め》せと畏《かしこ》み畏み申す。日の神・天照《アマテラス》様、嵐の神・素戔嗚《スサノヲ》様のお力を以て、日向の里を救い賜《たま》え」

およそ生きた心地がしない中、ホホデミはひたすら祈り続けた。

それが通じた、のだろうか。明け方が近付くほどに外の騒がしさも薄れてきた。

もっとも、人心地が付く訳ではない。民たちも同じだろう。田畑は持ち堪えているだろうか。春から手を掛けて育てた稲は、きちんと刈り入れができるのだろうか。朝日を迎え、この目で見なければ、心安くなどなろうはずもなかった。

やがて雨が止み、風も勢いを失ってゆく。扉の隙間から、わずかな光が入り始めた。

「過ぎ去ったか」

まんじりともせぬまま朝を迎え、自らに言い聞かせるように呟いた。これからが我が身の務めなのだ。ホホデミはすくと立ち、明り取りを開けた。外は湿り気に蒸れ、雀《すずめ》の声さえ常と違って煩わしく思える。

扉を開けて外に出れば、日の光は常と変わらず降り注いでいる。が、いつもと違わないのはそれだけだった。父の宮を囲う木立は、あちこちで太い枝が折れ、中には幹がへし折られたものもある。根こそぎ倒され、昨夜まで立っていたのだろう土に大穴を開けた木さえあった。この世の終わりかという酷い有様は、ヒノオミの見立てを大きく超えている。

「宮の屋根さえ、良くぞ吹き飛ばされずに済んだものだ。これでは」

　面持ちは、曇らざるを得なかった。ミケイリノが施した備えも役に立ったとは思い難い。それでも我が目で見るまではと、宮を出て田圃へ向かった。

　そこには、およそ何かしらの望みというものがなかった。

　稲という稲が全て潰れている。水を抜いて久しいはずの田は、あたかも種籾を蒔く時のようであった。黄色が目立ち始めた葉も、黄金に色付き始めた穂も、全てが薙ぎ倒されて水に漬かってしまった。

　何より酷いのが稲を浸す水の色だった。土色を湛えていない。透き通って幾らか白っぽく濁っている。

「土まで」

　日向は米を育てるのに向かない。土が痩せているから、だけではなかった。白みを湛えた土は火の山の灰で、稲や菜物を育てても多くが立ち枯れてしまう。そうした中、曾祖父・瓊瓊杵《ニニギ》は、どうにか稲を作れる土を探し当てた。民たちはそこを耕し、冬の間に稲株を腐らせて肥やしと為し、長く時をかけて土から育ててきた。

　なのに。その土が流され、田にならない土が顔を出してしまっている。

「……ああ。あ……お、おおお、ああああああっ」

後ろから、悲しみを絞り出すような叫びが上がった。振り向いてみれば、父と同じくらいの齢らしき男が泣き崩れている。

共に泣きたい。だが、とホホデミは堪えた。長の血筋がしっかりしていなければ、民たちの心を萎《な》えさせるばかりだ。歯を食い縛り、自らの弱さを捻じ伏せ、男の前に片膝を突いた。

「それでも我らは、ここで生きて行かねばならない」

「でも……でも！　土が、せっかく作った土が」

男が顔を上げた。脂のような涙で、どろどろになっている。それを見ると、やりきれない思いが胸に満ちた。

「泣きたい気持ちは分かる。泣くなと言うのが、おかしいのだ」

全ての田がこうなった訳ではあるまい。だが悔しい。悔しくてならない。どうして民たちが辛い目を見なければならないのか。

「土を作り直そう。おまえたちの親も、そのまた親も、長の血筋が教えた技を使い、そうしてきたではないか」

励ましながら、ついにホホデミも自らの目元を拭った。

「私から父君に、皆を助けてもらえるように頼もう。だから」

それより多くの言葉は、ついに継げなかった。

この日から、佐野原宮では倉を開いて施しが始まった。もっとも里長の倉とて、いつまで開いていられるかは分からない。少なくとも、このまま施しを続けていれば、次の夏を迎える前に底を突くのは明らかであった。

「ひとまず、この粥《かゆ》を食え。そして」

動く力を付けたら狩りに出よう。魚を獲るのも良い。秋が深まれば、山に入って柿や栗を採ることもできる。ホホデミはそう言って、施しを受けに来る民たちを励ました。

「私も狩りをする。イナヒのあに様が、その肉を米と換えて来てくれるぞ」

皆で力を合わせて――口にするほどに、胸には虚しいものが広がっていった。

日向の里に嵐は付きものであった。刈り入れを前に、或いはその後に、必ずと言って良いほど雨風に晒《さら》される。それでも今まで何とか田を守ってきた。この度は最も酷い形で厄《わざわい》を受けたに過ぎないのかも知れない。

だが。

果たしてこの日向で、民は豊かになれるのだろうか。この里で、まことに民を幸せにできるのだろうか。自らの願いに疑いを抱きつつ、ホホデミは少しでも明るく振る舞い、皆の気持ちを支えようと努めた。

そして朗らかな顔を見せるほどに、苦しさを募らせていった。

*

「悪いなあ。田圃、貸してもろうて」

「なあに。わしの田圃が、われの家みたいになっとったかも知れんし」

日向は次の春を迎えた。見遣る先の田には水が張られ、二つの家が共に種籾を蒔いている。土を流された家が再び田を作れるようになるまで、里の皆で助けてやって欲しい――里長・ウガヤフキアエズの頼みを、民たちは快く容れてくれた。皆が常に貧しい、だからこその美しい心根なのだろう。これなら食えずに死ぬ者も少ないはずだ。

しかし、皆を見回るホホデミの面持ちは晴れなかった。

とりあえずの落ち着きは素直に嬉しいが、貧しいから美しいというのは、決して良いことではない。豊かで美しくあって欲しいのだ。民たちの正しい心根を目の当たりにするほどに、自らの至らなさを思う。そうして悩みは深くなるばかりであった。

里を富ませて民を安んじ、皆が幸せに暮らせるようにしてやりたい。ずっとそう願ってきた。だが願うだけ――否、願うほどに虚しくなるのかも知れない。

あれほど酷い嵐は珍しい、初めてだと日読みの者も言っている。だが「珍しい」で済ませて良いはずがない。そういう嵐がひと度でも来たからには、それは「再びあるかも知れないこと」なのだ。

「より良い土があれば」

呟いて、自らを嘲《あざけ》る笑みが浮かぶ。甲斐《かい》のない思いだ。もっと肥えた土が近くにあるなら、とうの昔に祖父や父が里を移していたはずである。或いは曾祖父・ニニギとて、ここに里を拓きはしなかったろう。

良い土と言って思い出すのは、やはりあの面土であった。土に頼りきって田を作りながら、目も眩《くら》むばかりの民を食わせている。

「あの田が、我らのものであれば」

さらに豊かになれるだろうに。偽りのない思いを口に出し、ホホデミは背に粟を立てた。それは面土に戦を仕掛け、奪い取ることに他ならない。できるはずもない話であった。面土と日向では里としての力が違い過ぎる。加えて面土は漢帝国に後ろ盾を頼んでいるのだ。勝てる見込みなど、どこにあるものか。

「新たなる里か」

塞《ふさ》いだ溜息をつき、いつの間にか俯いていた顔を上げる。ぼんやり歩いているうちに、海が近く見える辺りまで来ていた。波打ち際の潮騒が、前の春に旅立った若者たちを思い起こさせた。

あの者たちはそれを求めて東を目指した。或いは己も、豊かな土地を求めた方が良いのだろうか。いや、と寂しく頭を振った。自らが生きる土を求め、故郷を捨てる。それは倭人にとって常に取り得る道だ。しかし己にはその道が与えられていない。次の里長となる身が、何の当てもなく旅に出るなど許されるはずもなかった。

「良い里を拓けると分かってさえいれば。どこかに……ないものか」

「なくは、ない」

背から投げ掛けられた、いきなりの声。ホホデミは小さく「わっ」と叫び、びくりと身を震わせて後ろを向いた。

「あ。わぬしは」

「覚えておってくださったか」

皺だらけの顔に垢じみた衣、髪は顔の脇で結い上げる美豆羅《みずら》ではなく、長く伸びた真っ白なものを後ろで束ねたのみ。腰が曲がっているせいか、背は人の胸までしかない。塩土《シホツツ》という年寄りであった。

「翁《おじ》ではないか。久しいな」

「ずっと南の島を、いくつか旅しておったのでな」

遠い昔に祖父を助けた縁があり、それから日向の民になった男だと聞く。だが、およそ里に腰を落ち着けようとしない。あちこち旅して、広く物ごとを知るのが生き甲斐という変わり者である。それは今も同じなようだ。懐かしむ思いを胸に、ホホデミは笑みを浮かべた。

「それにしても、あまり老けたように見えないぞ。幾つになった」

「分からん。十年《ととせ》くらい前までは数えておったが、煩わしくなってやめた。ホホデミ様はお幾つになったのだね」

「生まれて二十《はた》と三年《みとせ》を迎えたよ。前に会うたのは、確か六年《むとせ》前だ」

「ほう。それほどに前かね」

子供の面影もなくなる訳だと、シホツツの眉がひょいと上がった。ふさふさした白い眉の陰、どこを見ているのか分からない眼差しに、どきりとする。ホホデミには、シホツツが目に映らないもの――我が胸の内を見ているように思えた。

ならばと、心を定めた。先のひと言について改めて問うてみよう。それによって、この悩みに道筋が付くかも知れない。

「ところで翁よ。良き里を拓けるところがあると申しておったが、何処のことだね。教えてくれないか」

「あるとは言うておらぬ。なくはない、じゃ」

煮えきらぬ言いようである。だが「ない訳ではない」というのは「ある」と同じだ。わずかばかりの望みを得て、ホホデミの眉にぐいと力が籠もった。

「それで構わぬ。私は、民に面土の如き豊かさを与えたいのだ」

「面土の如く、か」

「ああ。新たな土を得られるなら、私はそこへ行って里を拓き、日向の皆を呼び寄せたい。民を富ませたら、面土の如く漢に使いを出して後ろ盾を頼もうと思う」

ホホデミは熱く語った。漢には夥しい数の民があると聞く。あの面土が頼みとするくらいに、多くの兵も抱えているのだ。その力を借りることができれば、皆も心安く田作りに励めるのではないかと。

だがシホッツは、隙間だらけの歯から息を漏らすように「ひゃ、ひゃ」と笑うばかりだった。どうにも小莫迦にされているようで、思わず眉根が寄る。

「何を笑うのだね。民を幸せにしたいというのが、それほどおかしなことか」

「いいや。ホホデミ様の願いは尊い。じゃが、やり方が間違うておると思うてな」

戸惑いを覚えた。民のために豊かな里を拓きたい。そのために、シホッツの知る良い土地を教えて欲しい。どこが間違っていると言うのだろう。

「私には良く分からぬ。なお教えてくれ」

年寄りは、すっと顔を左に向けた。眼差しの先、北の遥か向こうには諸越がある。

「面土に倣《なら》うというのが、いかん。それでは民の幸せも遠からず終わってしまうじゃろう」

「何ゆえだ」

するとシホツツは、今度は東の海へと、幾らか顔を向け直した。

「多くの若人が、新たな田を求めて日の出づる方《かた》へ進む。そうして拓かれた里にも、わしは行ったことがあってな」

安芸《あき》という里だそうだ。ここでも鉄を用いた鍬を使って田畑を耕している。日向や面土などと暮らしに違いはない。

「とは申せ、眞金を使いはすれど、自ら作る技がない」

ホホデミは「おや」と首を傾げた。

「今はその技がないというだけだろう。眞金を鍛える里から旅に出た者たちなら、鍛のやり様を知れば再び作るようになると思うが」

「それじゃよ」

シホツツの口髭が、もそりと動いた。

「今はあれこれの技を持たぬ者も、いつかはそれを手にする」

そしてシホツツは再び北を向き、遠くの空を指差した。

「漢も同じではないかね」

「あ！」

がん、と頭に響いた。

そうなのだ。鉄という使いでのあるものに於《お》いて、倭は漢より優れている。稲を育てるに於いても漢を凌ぐだろう。赤螺貝を使って美しく染めた絹も、倭人にしか作れない。進んだ技を幾つも持つからこそ、漢も倭を重んじ、面土や奴の後ろ盾になろうとするのだ。

しかし倭の鉄や染め物は、いつか諸越にも作り方が伝わるだろう。ことに鉄は、そもそも諸越から伝わったものである。加えて諸越では、倭人が稲を育てるよりも前から麦を育ててきた。これがあるからには食い物に困っている訳でもない。そういう者共が倭と同じ技を手にしたら、どうなるか。

「いつか我らは、強みを失うのだな」

ホホデミは俯いて唇を噛み、強く眉をひそめた。シホツツが肩越しに眼差しを寄越し、小さく頷く。

「技とは、そういうものじゃ。さて、漢が眞金を鍛えられるようになった頃、倭人は今を超える技を必ず手にしていると言えるかね」

言えるはずがない。奴の里ではいつの間にか合わせ鍛えを編み出していたが、日向には同じ技が生まれなかったではないか。

何も返せずにいると、年寄りのしわがれ声に厳しさが満ちた。

「同じ技を持たば、漢はもう倭を重んじまい。さすれば、ただひとつ漢に遅れておるところを以て、我らは風下に立つ」

その時、漢はどう出るか。知れたこと、倭を組み敷き呑み込もうとする。シホツツは言葉の端にそう匂わせていた。

「ただひとつ遅れておること、とは。民の数か。数の力なのだな」

「違うのう」

ゆったりと首を横に振りつつ、こちらに向き直る。

「漢には何ゆえ数多の民がおるのか。諸越にはな、漢の前に秦《しん》、秦の前に周《しゅう》と申す国があったと聞く。どれも全ての民を束ね、ひとつの宇《いえ》としておったのよ」

倭には全てを束ねる王《きみ》がいない。それが最も大きな遅れだと、シホツツは言った。技に勝りながら、面土のように多くの民を抱える里でさえ漢を頼むのは、各々の里がひとつになれず、互いに争っているからだと。

「ひとつの宇……。民を」

ホホデミの中に、かっと光が走る。大嵐の夜の稲光にも似た、出し抜けの光であった。

「全ての……民を！」

如何に里を富ませようと、今のままではいつか漢に踏み付けられてしまう。それでは、いけないのだ。それでは、民は幸せになれない。

「そうか。そうだったのだ」

眼差しを引き締め、真っすぐにシホツツを見た。

「翁よ。今の教え、胸に響いたぞ」

「ほう？」

「私は日向を豊かにしたいと、ずっと願ってきた。だが、それは小さきに過ぎる願いだったのだ。民の幸せを思うなら、日向も面土もない。狗奴も末盧《まつら》も伊都《いと》もない。遍《あまね》く倭の民が、安んじて暮らすための道を探すべきであった」

目指す形は面土にあらず。漢と同じように国を建てれば、あれこれの技という強みがなくなっても渡り合って行ける。その思いを熱く吐き出すと、シホツツは大いに驚き、豊かな眉をはっきりと上げた。

「倭の一統を目指すと仰せか」

倭人をひとつの宇に束ね、統べる。これぞ我が願いなりと、ホホデミは老爺の前に跪《ひざまず》いて頭を垂れた。

「教えてくれ。翁の申しておった豊かな土とは、どこにあるのだ。そこに国を建てられようか」

二つ息を吐き、吸ったほどの後、静かに答が返った。

「……豊葦原《とよあしはら》と申すところじゃ。四方《よも》を美しき山に囲まれ、土も肥え……。山に守られておるがゆえに襲われ難く、嵐も及び難い。そして、面土が二つも入るほど広いと聞く。ここを手に入れて基と成さば、倭人を束ねる国とて建てられるやも知れぬ」

ホホデミの顔が、ぱっと明るくなった。垂れていた頭が、がばと上がる。

「どのように行けば良い」

食らい付くが如き問いに、シホツツは呆れたように返した。

「そう『聞く』と申したであろう。行き方は分からぬ。海を越えた遥か向こう、日の出づるところとしか知らぬわい」

いささか、がっかりした。頭に上っていた血が引く。

「見て、知っている訳ではないのか」

「まだそこまでは旅しておらぬでな。じゃが、確かな話ぞ」

だから「ある」と言わず、あやふやに「なくはない」と言ったのだろうか。

どうにも、もやもやする。豊葦原に惹かれるものはあれど、この話だけを当てにして軽々しく旅に出るなど以ての外だ。

「確かな話だという証は？」

「ある。何しろ豊葦原には、もう里が拓かれておるのじゃからな」

二十年も前、石見《いわみ》なる里に旅した折、シホツツはひとりの男と会ったらしい。その者は豊葦原の兵に里を襲われ、命からがら逃げて来たのだという。

「山を伝って逃げたそうじゃ。どこをどう歩いたか分からぬゆえ、自らが暮らしておった里も、豊葦原も、遥か日の出の方にあるとしか分からぬ……とな。石見からは、とても遠いらしい」

「何と。それでは戦って奪い取るしかないのか」

豊葦原には、あの面土が二つも入るとシホツツは言った。その里と戦うなど、できることではない。あっと言う間に面持ちが曇ってゆく。

「ゆえに『なくはない』と申したのよ」

それにしても、とシホツツは呆れた笑みを見せた。豊葦原に住まう者がなければ、なるほど里を拓くまでは楽にできたろう。だが倭を一統とするには、いずれ他の里を従えねばならない。ならば戦いを見据え、端から兵の備えを考えておくべきであろうに、と。

「幼き頃より賢いお方じゃと思うておったが、いささか浮かれておられたな」

ホホデミは力なく首を横に振った。

「翁の言うとおりかも知れない。だが倭人は元々、穏やかな心根の民だ。新たに里を拓いた後、日向だけが持つ日読みの技を伝えて、豊かに米が取れるよう助けてやれば……他の里とも手を取り合えると思うておった」

できぬこと、ではなかったはずだ。豊葦原の肥えた土に日向の技を使えば、それだけで里の力は大いに増すだろう。そうして大きくなった里が、周りの里を潰すのではなく、生かす形で技を教え、共に栄えようと手を差し伸べるのだ。恵みを受けたら正しく報いようとするのが倭人である。進んで従ってくれる里もあるに違いない。

シホツツは「ふむ」と口髭を揉んだ。

「そこは、まあ正しいのう。が、それで倭の民を全て束ねるには長くかかり過ぎる。ホホデミ様が生きておいでの間には、とても成し遂げられまい」

ホホデミはゆらりと立ち、奥歯を噛み締めた。

「戦を見据えておらなんだのは、日向に力がないからだ。が、それだけでもない」

争って他を束ねるばかりでは、皆が擦り減ってしまう。そうするうちに倭の技が強みでなくなったなら、瞬く間に諸越の国に組み敷かれてしまうだろう。

「人々は和み合い、睦み合うべきなのだ。少なくとも私はそう願うておる。だからこそ争わずに民を、里を束ねたかった」

シホツツが言うとおり、それは長きに過ぎる道のりだろう。だが、それでも良いのだ。イッセも言っていた。我が命のあるうちに成し遂げられねば、子に受け継いで、孫に引き継いで、少しずつ歩んで行けと。

苦しいほどの思いを込めた言葉に、シホツツは身動きひとつせず耳を傾けていた。そうして全てを聞き終えると、確かめるように問うた。

「自らが戦う力を持ち、そして戦うしかないのなら、争いも厭《いと》わぬと言いきれるかな？」

「他に道がなければ。だが、できる限り戦いたくない。豊葦原とも、他の里とも。倭の民は全て日向の皆と同じなのだ。だから争って脅《おびや》かしたりせず、皆を安んじてやりたい」

「ホホデミ様は昔から、心根のお優しい方じゃった。しかしな……」

しばし黙った後、シホツツは「いや」と頭を振って溜息をつく。そして、どこかあやふやに映る笑みを浮かべた。

「豊葦原を教えたのは、このわし……か。ならば、ひとつだけ望みを差し上げよう。饒速日《ニギハヤヒ》という名を知っておるな」

思いがけぬ名に、大きく目を見開いた。

「知っているも何も。我が曾祖父君の、あに様ではないか」

「そのとおり。今の長が何という名かは知らぬが、豊葦原はニギハヤヒ様の血筋が治めておるという。それを巧く使いなされ。さすれば、あなた様が取って代われるやも知れぬ」

沈んでいた面持ちが、じわりと血の色を増す。与えられた一筋の光は、ホホデミの中で大きな輝きとなった。

日向と豊葦原が同じ流れを汲む里だったとは。民を安んじ、里を富ませ、皆で幸せに生きる。そして倭の全てを束ねる。遥かなその夢に、道が拓けたのかも知れない。

「取って代わらずとも良い。私の願いは、翁の申した倭一統の礎《いしずえ》を作り、末永く倭の民を栄えさせることなのだ。そのためには、自らが長でなくとも構わぬ」

「ふむ?」

「わぬしも日向の者なら知っていよう。我らは古くから、互いに助け合うことが何より尊いと教えられてきた。それは、いつからだ。ニニギ様の頃からではないのか」

何しろ曾祖父は、この日向に里を築いたのだ。人と人が手を取り合い、和み合って生きねばならぬ、この瘦せた土に。助け合いの心は初めからあったはずである。

「ニニギ様の兄たるニギハヤヒ様の血筋にも、同じ心が息づいているのではないか」

「それも、なくはない……と申せよう」

「ならば私は、豊葦原が我らを受け容れてくれることに賭けたい。それが成らば、日向の技で豊葦原を助け、皆を富ませられよう。そうして互いに手を取り合い、やがて倭を束ねるのだ」

あまりにも大きな志が定まり、心と面持ちが引き締まった。

「遥か東を訪ねてみたい。まず、あに様たちと話し合う。翁もしばらく里に留まってくれ」

年寄りは静かに頷き、真っすぐこちらを見た。摑みどころのないものを呑み込み、肚を据えたという顔であった。

三　船出

「何と」

四人で輪を成して座った中、真向いの五瀬《イツセ》が目を丸くした。右手の稲飯《イナヒ》は強く眉を寄せ、左手の三毛入野《ミケイリノ》は口をあんぐりと開けている。兄たちが驚くのも当たり前であった。

「この里では、民を安んじられませぬ」

豊葦原を目指して旅に出たい。佐野原宮の中、ひとつの部屋に兄たちを集めて、彦火火出見《ヒコホホデミ》はその思いを語った。

日向の里は嵐ひとつで暮らしが傾き、容易《たやす》く元に戻せないほど貧しい。ゆえにこそ、民は互いに助け合うを旨としている。それは美しいことだ。しかし、果たして今のままで良いのか。嵐に強く土も肥えたところがあると分かったからには、そこへ向かうべきだと思えてならない。塩土《シホツツ》と語らった中に見出した光を、熱く訴えてゆく。

すると、イツセが静かに口を開いた。

「少し待て。豊葦原とは、どこにあるかも分からぬのだろう」

常に落ち着いてものを考え、何ごとも手堅く進める人ならではの言葉であった。なるほど兄の言うとおり、確かに心許ないものはある。それでも、と直向《ひたむ》きな眼差しを送った。

「シホツツの翁が申すのです。遥《はる》か東、日の出づるところに、確かに豊葦原はあるのだと」

「我らが曾祖父君・瓊瓊杵《ニニギ》様は、天津神の孫と言い伝えられておる。そのお方が拓かれた里を捨てると言うのか。次の長たる、おまえが」

　辛い言葉であった。だが、これはただの賭けではない。今の日向にとって選べる道が限られているからなのだ。

「我らの血筋は常に民のために骨を折り、皆を安んじるべく力を尽くして参りました。私も後を継いで、同じように生きてゆくものだと思うておったのです」

　それが崩れかけている。今のままでは、この秋の米はいつもの年の半ばにも満たぬだろう。次はどうだ。さらに次は。それほど短い間で元に戻せるほど、あの嵐の爪痕は生易しくない。

「耐え忍べ、助け合えと、いつまで民に言い続ければ良いのです。先を示してやれなければ、民の心は萎えてしまうでしょう。おまけに」

　山向こうでは面土と狗奴の争いが続いている。日向に火の粉が飛んで来ないと、どうして言えようか。むしろ足踏みを続けるほど狙われやすくなる。その時にこの里を保っていられる裏付けなど、どこにもない。

「私は皆に先々の望みを与えたい。だからこそ豊葦原と話し合いたいのです。向こうが受け容れてくれたら、日向の皆で技を伝えて共に栄えられる。そして、ニニギ様が天津神の孫なら、我らはニニギ様の曾孫です。他の里では今、同じ倭の民が互いに争っている。日向が神の血筋だと言うのなら、この愚かな争いを止めるのが務めではないのですか」

　熱い思いを全て吐き出した。イツセが困り顔で唸る。イナヒは腕を組み、難しい顔で目を伏せたまま何も語らない。

　言葉のない静けさが、しばし続く。それを破ったのは、左隣のミケイリノであった。

「なあ。俺たちが認めなければ、旅は取り止めにするのかい」

ホホデミは、きっぱりと首を横に振った。

「たとえひとりでも、私は参ります。戦をしに行くのではありませんし、兵を連れて行くこともありますまい」

目に揺るぎない思いが宿る。それを見て、ミケイリノはにこりと笑った。

「分かった。俺も行くよ」

ホホデミの心に熱い潤いが満ちた。面持ちに、ひとりでに花が咲く。イッセが慌てて「おい」と身を乗り出した。

「兄として止めるところだろうに」

するとミケイリノは、幾らか悲しそうに頭を振った。

「イッセのあに様。悔しいけれど、ホホデミの言うことは正しいよ。俺はいつも民と共に田圃を見ている。だから分かるんだ。あの嵐で流れた土は、少なくとも二十年《はたとせ》……もしかしたら、もっと先まで……。ニニギ様の頃から育んできた土なんだ。俺たちが生きている間には、元に戻せないかも知れない」

日向にあって、ミケイリノは誰よりも田作りに詳しい。その人の言葉だけに計り知れない重みがある。イッセはまたひとつ唸り、そして口を噤んだ。

「やれやれ」

イナヒが腕組みを解き、細く目を開けて溜息をついた。

「ミケがそう言うなら望みは薄かろうな。よし、俺も行くぞ。付いていてやらんと、ホホデミは何かと危なっかしい」

「おまえまで」

面持ちを渋くしたイッセに、イナヒの苦しげな眼差しが向いた。

「旅に出るのが危ないのは分かっているさ。だけどね、あに様。面土と狗奴の争いが収まらんことにはなあ……。火の粉が降り掛かるかどうかまでは分からんけれど、少なくとも取引は思うとおりにならない。俺はそう思うね」

面土に干し肉を持って行けば、今までなら同じ重さの米と換えてくれた。狗奴と面土の諍《いさか》いは前からのことだったが、争いが激しくないうちは幾らかでもゆとりがあったからだ。

だが、これからは違う。戦を続けるに於いて、面土は兵の飯を重んじるようになるだろう。

「日持ちするように干してあっても、やはり肉は腐るものだ。いつまで争いが続くか分からんのだから、面土としても、腐らない米をできるだけ手許に残したいだろうさ」

取引で得られる米は、間違いなく目減りする。では日向の民が干し肉を食えば良いのかと言えば、それも違うだろう。米は概ね見積もったとおりに穫れるが、狩りには同じような見通しを立てられない。魚も同じで、嵐が来ないまでも、潮の流れひとつで全く獲れない日は間々《まま》ある。

「皆で助け合えという、この里の教えは尊いよな。けれど、今の辛さを長引かせては皆の心が疲れ果ててしまう。そこはホホデミの言うとおりさ。いついつまで堪えてくれと言えれば、歯を食い縛ってくれると思うが、それができない」

イナヒの言葉に、イッセが静かに俯く。もっとも、ホホデミも同じように面持ちを曇らせていた。旅に出て豊葦原を見付け、話し合って受け容れを頼む。そこまで持っていくだけの時が、多くは残されていないと思い知らされたからである。

知ってか知らずか、ミケイリノとイナヒが意気込んで声を上げた。

「よし！　そうと決まれば旅の備えをしなくちゃな」

「いつ発つんだ。決めてあるか」

苛《さいな》まれるような気持ちに「えい」と踏ん切りを付け、ホホデミは顔を上げた。

「でき――」

「待て」

できるだけ早く。そう答えようとしたら、イッセに遮《さえぎ》られた。やはり何かしら諭されるのかと思い、皆がそちらを向く。長兄は俯いたまま、呟くように続けた。

「私も行こう」

新たな里を求めたいという思いに、正しく筋が通っているのは分かった。ミケイリノやイナヒの見立ても、もっともである。ひととおりを認めた上で、イッセは「だが」と眉をひそめた。

「今のホホデミは焦り過ぎている。イナヒとミケも、いたずらに煽るな」

そして顔を上げ、真っすぐにこちらを向く。

「こういう旅は命懸けだ。おまえが里長の子でも、そこは変わらん。食い物をどれだけ持って行くのか。身を守るだけの剣や弓、鎧をどれだけ揃えるか。まず、ここから決めていかねば。日の出の方に向かうなら船も欠かせまい。漕ぐのには頭数が要るし、体の強い者でなくては持たん」

豊葦原に辿り着き、望みどおりに受け容れてくれたとしても、日向の技を伝えるなら日読みの者は必ず要る。旅する間に魚を獲り、獣を狩って腹を満たす日もあるだろう。剣や矢を失うこともあろうからには、鍛の技を持つ者とて伴わねばならない。

「そこに、きちんと筋道を付けなさい。私も手伝う」

「はい……」

いつになく厳しい物言いに、呆けた顔で返す。手堅さと落ち着き――イッセという兄のあることが、改めて頼もしく思われた。

ホホデミは咳払いして気持ちを引き締めた。時は限られているが、確かに備えは怠れない。この旅が成らなければ、日向は衰えを待つばかりなのだから。

「では、あに様が仰せの備えを整えます」

柏手を打って「忝い」と示す。そこに、イッセはなお厳しく言い添えた。

「もうひとつ。次の長たるおまえが命懸けの旅に出るのだ。ひとまず……里は父君にお願いするとして、残してゆく者にも筋道を付けるように。それができねば、旅に出るなど以ての外だぞ」

ぎくりとした。死ぬつもりで別れを告げておけ、ということである。ホホデミの胸に、妻・吾《ア》平津《ヒラツ》の大きな目、浅黒い頬とかわいらしい笑みが浮かんだ。手研耳《タギシミミ》と岐須美美《キスミミ》、二人の子を思うと胸が締め付けられる。

だが、兄の言葉は正しい。慕わしい里と愛しい者を捨てて、なお「それでも」と思えるか。そういう強い心を持てぬ男に、道を切り拓けるはずもない。

ホホデミは目を瞑《つむ》り、大きくひとつ息をして、再び瞼《まぶた》を開いた。胸の内を確かに定め、すくと立ち上がる。

「まず、アヒラツと話します」

イナヒが「ああ」と頷いた。

「俺たちも妻と話さねばなるまい」

「父君には私から話して、お許しをいただいておくよ」

イツセの声も、常なる優しげなものに戻っていた。兄たちとしっかり頷き合い、ホホデミは佐野原宮を後にした。

＊

遥か昔。

天地《あめつち》は未だ分かれず、光と陰の違いもなかった。全ては、あたかも鶏の卵を溶いた如くに混ざり合っていた。

ただ、わずかながら何かの生まれる兆しがあった。澄んで明るいものは広がって空になり、重く濁ったものは集まって土となった。

そして神が生まれた。初めに三柱、次いで八柱。その七代として伊弉諾《イザナギ》と伊弉冉《イザナミ》が生まれた。

イザナギとイザナミは天浮橋《あめのうきはし》に立ち、遠く下へ天之瓊矛《あめのぬぼこ》を差し出して、海原を探り当てる。引き上げた矛の先から雫が落ち、磤馭慮島《おのころじま》となった。

二柱の神はこの島に天降って夫婦《めおと》となり、倭の島々と世の全てを生んでゆく。だが火の神・軻《カ》遇突智《グツチ》を生んだ時、イザナミは身を焼かれて命を落とし、黄泉《よみ》へ渡った。

悲しんだイザナギは、妻を連れ帰るべく黄泉の国へ向かう。だがイザナミの身は腐り、崩れて見る影もない。変わり果てた妻の姿を恐れ、イザナギはひたすら逃げた。そして日向の小戸《おど》の橘《たちばな》に至り、阿波岐原《あわぎはら》にて禊《みそぎ》をした。

身を洗って清めると、そこから様々な神が生まれてゆく。左目からは日の神・天照《アマテラス》が、右目から月の神・月読《ツクヨミ》が、鼻から嵐の神・素戔嗚《スサノヲ》が生まれた――。

「日向を拓いたニニギ様はアマテラス様の孫に当たると言われている。我らだけが日読みの技を持つのも、これを田作りに使えるのも、そのためだ」

アヒラツを前に、ホホデミは日向の言い伝えを語った。この話は妻も知っている。嫁いで来た折、父・鸕鷀草葺不合《ウガヤフキアエズ》から詳らかに教わっていたからだ。

それを敢えて再び聞かせる。話の裏にある心を、アヒラツは――朧《おぼろ》げにではあろうが――嗅ぎ取ったようであった。

「……仰《おっしゃ》りにくいこと、なのですね」

ホホデミは少し息を呑み、しばし黙ってから、小さく「ああ」と頷いた。

「旅に出ようと思う。日向の民が生きてゆくために新たな里を求め、ゆくゆくは倭人の全てをひとつにしたい。誰もが安んじて暮らせるようにするためだ。天津神の子と言われ、皆が慕ってくれる身なら……その務めを果たさねばならぬ」

日向は貧しい。嵐に襲われてからは、なおのことである。それを知るがゆえだろう、アヒラツは何も言わずに俯いている。

話を噛み砕くだけの時を、与えねばならない。心の痛みに耐えながら、ホホデミは妻のひと言を待った。

十幾つも息を吸い、吐いた頃だろうか。アヒラツは涙を落とした。

「わたくしには、分かりません。ホホデミ様は天津神の末である前に、わたくしの愛しいお方ではないのですか。二人の子の父君ではないのですか」

胸が痛い。張り裂けそうに痛い。痛まぬ方が、どうかしている。

だが、捻じ伏せねば――。

「おまえと子らに別れを告げるのは、私とて辛い。それでも今の日向が、倭が、このままで良いとは思えないのだ」

絞り出すような、掠れた小声であった。

妻は何も言わず、両手で顔を覆って泣き声を殺した。左の手首を飾る貝輪――貝殻で仕立てた腕輪が小刻みに震えている。その姿をじっと見守っていると、震えはだんだん小さくなり、やがて消えた。

俯いたアヒラツの顔から、両の掌が外される。背を丸め、だらりと腕を下ろした姿が、少しの間だけ続いた。

「……辛い、ですって？」

囁くような、それこそ蚊の鳴くような声だった。しかし、ひと言の裏には極めて強い何かが宿っている。口を挟めない、挟むことが許されない、そういう凄みがあった。

「ならば、旅になど出なければ良うございましょう！」

金切り声が飛んで来る。先までとは打って変わって、この上なく激しい口ぶりであった。がばと上がった妻の顔は、醜《みにく》いまでに歪《ゆが》んでいる。大きな目は見開かれ、眦を裂かんばかり。吊り上がった眉に激しい怒りの迸《ほとばし》りが見て取れた。

「アヒラツ、少し」

待ってくれ。落ち着いてくれ。言おうとしたのに、言葉が出ない。いつもかわいらしい笑みを見せている女が、これほどの激しさを秘めていようとは。妻の生まれた吾田《あた》の里は、海に生きる荒くれ揃いである。その血筋の成せる業なのだろうか。

たじろいでいると、アヒラツはなお強い声音を寄越した。

「あなた様の情けは、いつも他に向いてばかりでした。あの嵐の宵も、わたくしと共にいてくださらなかった。その上に、此度《こたび》は子まで捨てて旅に出ようなどと」

「どうしたのだ。おまえは、もっと聞き分けの良い女だったろうに」

「何をどう聞き分けろと仰るのです。おまえを捨てると言われて、黙って従う女がいるものですか。あまつさえ、辛いだなんて。辛いとお思いなのは、まことは旅になど出たくないからでしょう。あなた様は自らのお心を偽っておいでなのです！」

ぐさりと、胸に刺さるものがあった。

日向の民を安んじたい。遍く倭の人々をまとめ、皆が睦《むつ》み合う国を作り上げたい。翻って、妻や子らを捨てて行くのは、やはり忍びないのだ。どちらも偽らざる思いなのに、二つがぶつかり合って軋《きし》んでいる。妻の言うとおり、自らを偽っているから、なのだろうか。

いや。そんなはずはない。あっては、ならないのだ。

「分かってくれ。おまえも民も、私にとっては等しく重いのだ。嘘ではない」

「いいえ、分かりません。あなた様は嘘つきです。わたくしも民も重いというのは、どちらも軽んじておられる証《あかし》です。そうに決まっています」

違う。そうではない。ひとりの人、女として、おまえを重んじている。だが長には長の務めがあるのだ。民が安らかでなければ、里も、長の血筋も幸せではないだろう。おまえも長の家に嫁いだ身なら、分かるはずだ。

ホホデミは言葉を尽くし、粘り強く理《ことわり》を説いた。長く、それこそ昼の日が傾き始める頃まで時をかけて。

だが、何を言っても巧みに言い返される。しかもアヒラツは、極めて激しい言葉を叩き付けながらも、自らの逃げ道だけはどこかに残していた。女が臍《へそ》を曲げた時の常ではあるが、これではまともに話もできない。説き伏せるには、まず落ち着かせねば。

「では、もしも……もし私が旅を諦めると言えば、心を落ち着けてくれるのか？」

すると、アヒラツは黙った。驚いた顔で、言葉が押し込まれたかのようである。

互いに、何も言えずにいた。だが少しすると、妻の面持ちに小さな笑みが浮かぶ。くすくすと肩を揺らし、そして。

「あなた様は、わたくしを宥《なだ》めるために願いを捨てると仰るの？　そのような、お心の弱いお人など！　わたくしの夫ではありません」

なお強く、激しい怒りが向けられた。浅黒い顔が血の色を帯び、赤黒く染まっている。

「ええ、良く分かりました。ホホデミ様は、ずるいお方です。民のため、里のためと仰せになっていれば、わたくしの如きは黙らせられるとお思いだったのでしょう。ですが、これでも人の端くれです。そこまで――」

「待て。少し落ち着いてくれぬかと思うて、申したまでだ」

「これが落ち着いていられますか！　そこまで侮《あなど》られては立つ瀬もございません。わたくしなどは、ただの足手纏いだと、妨《さまた》げだとお思いなのですね。ならば吾田の里に追い返してくださいまし。もう、妻だとお思いにならずとも構わぬでしょう」

「アヒラツ！」

ついに大声を出してしまった。筋道を立て、細やかに説いて聞かせ、分かってもらうつもりだったのに。悔いる思いが胸を満たし、目元が歪む。

その顔を、妻は睨んでいた。さも憎らしそうに、親の仇《かたき》を見据えるような目であった。

「……どうあっても、分かってはもらえぬのか」

「はい。わたくしを捨てると仰せなら、縁を断って里にお帰しください。でなければ、わたくしの気持ちは、とても……収まりません」

どうしたことか、言葉尻が微かに揺れていた。怒りに任せているようでありながら、やはり悲しいのだろう。おまえも民も等しく重いと言いながら、己《おのれ》は命懸けの旅に出ようとしている。詰まるところ、それは妻より、民をこそ重んじたということなのだから。

「私は、やはり旅に出たい」

アヒラツを残して行くにせよ、しばしの別れだと思っていた。この旅が成れば、きっと皆を呼び寄せよう、さすれば妻も幸せになれると思っていたのに。

しかし。妻の思いの丈を、我儘のひと言で片付ける気にはなれなかった。こうまで頑《かたく》なにさせたのは、間違いなく己である。いきなり「永の別れと思ってくれ」と言われては、こちらの話こそ我儘に過ぎると聞こえて当たり前だ。

「許してくれとは言えぬ。疎《うと》んじられても致し方なかろう。望みどおり……里に帰るが良い」

豊葦原を探す旅の、安らかならんことを――妻の、そういう言葉をこそ望んでいた。独りよがりではあろうが、それが偽らざる思いだった。

だが今、その祈りは妻に向けられるべきである。

「まことの話とは、思うてくれぬやも知れぬが。私は心より、おまえを愛しく思うていた。だから……今となっては祈ろう。アヒラツヒメの先々に、幸の多からんことを」

思いを込めた眼差しに、アヒラツがひと雫の涙を落とす。そして、静かな柏手を打った。

*

ニニギから曾孫のホホデミまで、日向の長となる者は皆が吾田から妻を娶ってきた。二つの里の繋がりはそれほどに深い。またホホデミとアヒラツの仲は、それは睦まじいものであった。

にも拘わらず、である。アヒラツから「里に帰りたい」と聞かされて、父・ウガヤフキアエズは倒れんばかりに驚いた。天地《あめつち》が逆しまになったような思いだったろう。イツセによれば、四人の子が全て旅に出ると聞いた時でさえ、もっと落ち着いていたらしい。

もちろん父もアヒラツを宥め、思い直してくれと説き勧めた。このまま日向にいてくれ、子らの母ではないかと。

だが、どうしても心を変えてはくれなかった。

アヒラツは春のうちに日向を去り、高千穂の峰を越えて、遥か西の海辺へと帰って行った。体ひとつであった。風の便りによれば、夏には他へ嫁ぎ直したそうだ。相手は吾田の僕《しもべ》の中でも位の高い者であったという。

そして、秋を迎えた。

「ようやく刈り入れも終わりますな」

右隣に並ぶ日臣《ヒノオミ》が、ほっと息をついた。里の外れから眺め下ろす田は、ほとんどの黄金色が消えている。

ホホデミは「ああ」とだけ返した。声には、しみじみとしたものが浮かんでいる。

「如何なされました」

「何でもない」

問われて軽く脇を向き、笑みを返す。だが幼い頃から共にある僕は、それが取り繕ったものだと容易く見破った。

「アヒラツ様のことですか」

「……おまえに嘘はつけないな」

溜息をひとつ、田圃と民たちに目を戻した。

「日読みの皆が手を尽くしてくれたお陰で、思ったより多くの米が穫れた。今までの半ばにも及ぶまいと見ておったのだが」

前を十とすれば、此度も六くらいの実りがあった。それを喜びつつ、また溜息をつく。

「アヒラツがここにおれば、共に喜んでくれたろうに」

ヒノオミは「ええ」と返して、少し黙った。こうした物腰には覚えがある。もっとも、そういうものを見せたのはヒノオミではない。春の海辺でシホツツに会った時だ。シホツツはあの時、何かを言おうか言うまいか決めかねているという様であった。それに似ている。

「おまえこそ、どうした。何か話があるのか」

「それは」

軽く俯いて、なお言いにくそうにしている。さては隠しごとでもあるのかと、ホホデミは首を傾《かし》げて下から顔を覗き込んだ。

「私には言えぬ話か」

「いえ、そんなことは」

驚いたように顔を跳ね上げ、大きく首を横に振っている。先の己と同じく、これは何かを取り繕っているな、と知れた。

「ならば聞かせよ」

ヒノオミが伏し目がちになる。憂いを帯びた面持ちであった。が、少しして何か思い当たったように目を見開いた。

「豊葦原への旅、やはり日読みの者は、私を連れて行ってくださいませぬか」

「おい」

旅の備えについては、長くかけて人を選んできた。かつてイッセに示されたとおり、鍛の匠や船の漕ぎ手、魚獲りの海人である。

漕ぎ手は里の若者から募り、健やかな十人を選んだ。どれも親の後を継ぐ身ではない。鍛は若い腕利きを二人、これには船の漕ぎ手も兼ねさせた。海人は、北の里から移り住んだ大来目《オオクメ》とした。この男なら狩りの折にも働けるし、剣や弓も扱える。何より、イナヒが連れて来た者であることが大きい。

そうした中、日読みの者はヒノオミの下にある若者を選んだ。ヒノオミが旅に加わってしまえば、日向の田作りに心許ないものを残すからだ。

「おまえは、この里を守ってくれと言って聞かせたろうに」

「しかしですな、ホホデミ様が旅に出られるのですぞ。長く共にあった私に残れとは、あまりに寂しい仰せではございませぬか」

幾らか拗ねたような顔を見せる。先には「何か取り繕ったな」と読んだのだが、思い過ごしだったろうか。

思ううちに、少しの間が空く。するとヒノオミは、にやりと笑った。

「憂えずとも良うございます。下の者には我が技を全て伝えました。この度の刈り入れについても、私はあまり口を出さず、皆に任せておったくらいですからな」

「そう、なのか？」

「はい。この度の実りが思ったより良かったのは、皆が腕を上げた証です。それに」

ヒノオミはたった今の笑みを流し去り、目元を引き締めた。

「豊葦原が饒速日《ニギハヤヒ》様の血筋なら、ニニギ様と同じ技を持っていたとしても、おかしくないでしょう。そこに受け容れてもらうのなら、日向の中で最も日読みに秀でた者が行くのが良い。そうは思われませんか」

　的を射た物言いであった。日読みは日向だけの技と伝えられてきたが、それは飽くまで「この辺りでは」という話なのかも知れない。

「……まず、イッセのあに様と話してからだ」

　ヒノオミは「お」と声を上げ、細い目を見開いた。

「ホホデミ様には、お許しいただいたと思うて良いのですな。それなら、私からイッセ様にお話ししておきましょう」

「ああ」

　頬に浮かんだ苦笑いには、素直な喜びも潜んでいた。付き合いの深い僕が共にあるというのは、やはり心強いことであった。

　四日の後、旅立つ者たちが朝日煌めく浜辺に並んだ。

　ホホデミの四兄弟にヒノオミとオオクメ、鍛の匠が二人、船の漕ぎ手が十。そしてホホデミの傍らには、生まれて六年を迎えた子・タギシミミの姿があった。

「おまえたちが里を後にするのは、長として……。いや……父として寂しい限りよ。生きて再びまみえる日とて、ないかも知れぬ。もっと良く顔を見せておくれ。他の皆も、親兄弟の顔をしっかり見ておきなさい」

　見送りに来た民たちの前に立ち、父が名残惜しそうに語った。その腕にはホホデミの二人目の子、生まれて三年を迎えたキスミミが抱かれている。

　ホホデミは、タギシミミは旅に伴い、キスミミは里に残すことにした。幼いから、というだけの話ではない。次の長になるはずだった己が命懸けの旅に出るのである。ゆえに、末の子が里を継ぐという日向の習わしに従い、若長の位をキスミミに譲ったのだ。タギシミミを伴うのは、旅が成って豊葦原に至った時、ホホデミの後を継ぐ者が要るからであった。アヒラツをひとりで吾田に帰したのも、それゆえである。

　あどけないキスミミに手を伸ばし、ゆるりと頬を撫でてやる。

「我が子よ。私は必ず、この里の明日を切り拓いて来るぞ」

　きょとん、と大きな目が向けられる。かわいらしい眼差しに、この子を産んだアヒラツの面影が見えた。顔には子を慈しむ笑みが、胸には痛みが浮かんできた。

「ホホデミよ。キスミミを少し抱いてやるが良い」

　父に促されて幼子を腕に抱く。と、父は後ろを向いて「あれを」と言い付けた。宮に仕える僕が「はい」と返して小走りに下がり、すぐに細長い箱を運んで来た。父はそれを受け取り、ホホデミに差し出した。太さは人の脚ほど、長さは腕より少し丈がある。

「おまえのことだから、これは置いて行くだろうと思うておった。だが持って行きなさい」

「何を仰せられます。これは長を継ぐ者の証ではありませんか」

　己は旅立つ身、若長の位はキスミミに譲ったのだ。ならば証の品もキスミミが受け継がねばなるまい。ホホデミはそう言って強く眉を寄せた。しかし父はゆったりと首を横に振る。

「わしとて長く日向を治めた身だ。あの嵐で土が流れたのが、どういうことか。そのくらいは分かっておる」

ホホデミの旅が成らねば、いずれ日向は滅びるだろう。生き延びるにせよ、どこか他の――それこそ面土のように力のある里を頼り、従う外はない。

「おまえが言ったとおり、この旅こそが日向の明日を切り拓くのだ。長の証を里に残したところで、旅が成らねば虚しき話となろう」

しかも向かう先は豊葦原、ニニギの兄・ニギハヤヒが拓いた里ではないか。この品と同じものが、向こうの血筋にも受け継がれているはずだ。先行きの暗い日向に残しておくより、血を分けた者の証として持って行くべきではないか。

強く勧められ、ホホデミは箱を受け取ってキスミミの身を父の腕に戻した。

「分かりました。父君が仰せのとおりです」

「それで良い。おまえが日向を救ってくれる日を、楽しみに待っておるぞ」

穏やかな、慈しむ笑みであった。ホホデミは少し目頭を熱くし、キスミミの頭を優しく撫でると、皆へと顔を向けた。

見遣る先では、兄たちも皆との別れを惜しんでいた。イツセとイナヒは、それぞれの子と言葉を交わしている。イツセの子は生まれて十と六年、ホホデミたちが旅立った後、ウガヤと共にキスミミを見守り、日向を支えるべき若者であった。四兄弟の中で、ミケイリノには子が産まれていない。その代わりに、これまで苦楽を共にした民たちと笑みを交わしていた。

「さあ。名残は惜しいが、そろそろ発たねば。皆、荷を負え」

ホホデミの声に、旅の僕たちが「おう」と声を合わせる。漕ぎ手と鍛は、麻袋に詰めた米と種籾、干し肉を担ぎ、身を守るための弓と盾を手に持った。旅の中で取引に及ぶ時のため、ヒノオミとオオクメには値打ちの高い諸々の品を任せてある。

そうした中でイッセは弓を背負い、イナヒとミケイリノは剣を佩《は》いた。

ホホデミは美豆羅に束ねた髪に紅色の鉢巻き、白い絹の衣という出で立ちである。衣の上には、薄い鉄の板を貼り付けた鎧を重ねた。首には勾玉の飾りを掛け、右の手首に管玉の手纏《たまき》を、足首にも同じく管玉の足纏《あゆい》を飾り、腰に剣を佩いた。

「いざ――」

参ろう、と言いかけた時であった。

「待った。わしも連れて行ってくれんか」

しわがれ声に曲がった腰、後ろで束ねた白髪頭は、シホツツであった。

「おお、翁も共に参るか」

「いやいや、豊葦原へ向かうつもりはなくてな。前に話した石見の里に行きたいのよ。ホホデミ様は船を手に入れるのじゃろうし、乗せてもらえば楽ができるのでな」

道すがら、どこかで別れるという。それでも、いてくれたら何かと頼りになるだろう。何しろシホツツは旅慣れている。ホホデミは快くこの頼みを容れた。

「分かった。よろしく頼むぞ」

「できる限り力になろう。それに」

「それに？」

「いささか、愁《うれ》いごともあるでな」

愁いとは何だろう。訝《いぶか》しく思い、眼差しを以て訊ねる。もっともシホツツは、やや苦々しく映る笑みで頷くのみ。いずれ分かる、とでも言いたげな姿であった。

引っ掛かるものはあるが、重ねて問うても答えてくれそうにない。旅そのものを止められた訳でなし、皆が旅立ちの時を待ってもいる。肚に落ちぬものは追い追い明らかにするとして、まずはこの里に別れを告げなくては。

もやもやしたものを呑み込み、ホホデミは見送りの人々に向いた。

「では里の民よ。父君にキスミミ、あに様の子らよ。しばしの別れだ」

旅立つ者は、シホツツまで入れて二十を数えた。見知らぬ里へ向かうにしては、いささか少ないかも知れない。

もっとも、それには訳があった。この辺りで作る丸木船には、六人から七人しか乗れない。人を増やせば船も多くを揃えねばならず、持ち出しが嵩《かさ》み過ぎる。そこまでのゆとりが、日向にはなかった。

「まずは海沿いを北へ向かい、船の匠を訪ねる」

ホホデミの声に、見送りの皆が柏手を打って応える。旅立つ者は、各々、親しい人に手を振って歩き始めた。

日向の海辺には涼やかな風が流れている。昼と夜が同じ長さになる秋分けの日から、五日後の朝であった。

＊

夕暮れも近くなった頃、ホホデミたちはひとつの川に行き当たった。奴の里の戦から逃げた折にも渡った川で、日向からそう離れておらず、身ひとつなら日のあるうちに行き来できる道のりである。朝に発ち、夕暮れになるまで辿り着かなかったのは、あれこれの荷を負うているがゆえであった。

流れが時に太く、時に細くなるのは川の常だが、この川は分けてそれが大きい。流れの終いに至ると、いきなり南の——こちら側の岸が手前に引っ込み、それまでの流れを三つ並べたほどに幅が広がる。ところが海への注ぎ口に至ると岸は再び張り出し、また向こう岸も大きく迫り出して幅を狭めている。川でありながら、この辺りだけを見れば大沼のような形であった。

川尻の狭まった岸には多くの船が引き上げられている。もっとも人の姿は見えない。イナヒが「うん」と両手を突き上げ、疲れた体を伸ばした。

「さすがに、日暮れ近くには誰もおらんようだ。なあオオクメ」

「はい」

墨の入った面持ちを少しも変えず、極めて短く返す。相変わらず口数が少ない。そうと知りつつ声をかけたのは、元々が海人だからであろう。この川の近くにある里では、皆がオオクメと同じ魚獲りか、それでなければ船作りで身を立てている。中でも海人の朝は早く、日が昇る前には船を出し、日が高くなる頃には魚獲りを終えて戻って来るのが常だ。日暮れ近くなら、もう皆が眠っている頃であった。

　ホホデミはイナヒの傍《かたわ》らに歩みを進めた。

「あに様。船の匠を訪ねてみましょう。ほれ、私たちが戦から逃げた帰り道で、この川を渡してくれた者がありましたろう」

「シホビコだな。奴には船を頼むつもりだったが、ついでに倉を借りて夜を明かすとしよう」

　イナヒは頷き、皆に「こちらだ」と声をかけて歩き出した。大きく南に広がった河原を、二十人が遡る。しばらく行った辺りに、七つ八つと家が散らばっていた。それらの中、イナヒは最も構えの大きな家に足を止めて入り口の戸を叩いた。

「おい、いるか。俺だ。イナヒだ」

　少しして扉が押し開かれる。きい、と軋む音と共に、むっつりした面持ちが突き出された。かつて顔を合わせたシホビコに間違いなかった。

「イナヒ様かい」

　がらがらに割れた汚い声を寄越し、シホビコはこちらにも目を向けた。

「何や。ホホデミ様も、おったんか。良う来た……て言いてえとこやがの、人を訪ぬるには遅いんと違うか」

　あまりに素っ気ない物言いに、イッセとミケイリノは大いに戸惑っていた。もっともイナヒは涼しい顔である。

「そう言うな。遅くなったからこそだ。わぬしの倉で、夜明かしをさせてくれんか」

　シホビコは、くいと顎をしゃくって川上を示した。

「寝るだけなら構わねえ。けど置いてあるもん、いじくんじゃねえぞ」

「それと、もうひとつ頼みがある。船を四つ、大急ぎで作って欲しい」

シホビコは少しばかり目を見開き、皆を見回す。

「旅にでも出るんか。物好きなことするんやな。あんた里長の血筋やろ」

「里長の血筋だから、というところでな」

イナヒはなお詳しく話そうとしたが、向こうは煩わしそうに「聞きとねえ」と返す。そして両手を組んで揉むように、指の節をぽきぽきと鳴らした。

「そんなら明日は朝から船作りや。日が出る前に叩き起こすぞ」

「構わんよ。よろしく頼む」

イナヒがシホビコの肩をぽんと叩く。向こうは何とも答えずに扉を閉めた。示された川上へと歩く中、イツセとミケイリノが呆れたように口を開いた。

「驚いたな。あの男、いつも、ああなのか」

「民がホホデミに手を叩かんとは、何とも太い奴じゃないか」

ホホデミはくすくす笑って、二人の兄を宥めた。

「悪い男ではありません。奴の里が襲われて逃げた折など、まこと助けられました」

北から尾根伝いに日向へ戻るに当たって、この川に阻まれた。もっとも、ここは自らの里に近い。大沼の如き流れは先んじて知っており、ゆえに川上へ行って流れの細いところを渡るつもりでいた。だが、そこでシホビコが声をかけてきて、船で渡してくれたのである。

イナヒも「そうだな」と頷いた。

「向こう岸にいた俺たちのために、こっちの岸から船を回してくれたくらいだ」

その時の船は、何とも良くできていた。ゆえに、この旅でもシホビコに船を頼むつもりだったのだと、イナヒは続ける。

ホホデミたちの話を聞いて、イツセは「なるほど」と肚に落ちたようであった。

「頼れる男ということか。ところで、船の見返りはどうする」

「これを渡せば済むだろうさ」

答えて、イナヒは懐を探る。取り出されたのは貝輪であった。親指ほどの幅があり、白地の上へ斑《まだら》に散った橙色が美しい。

「旅の荷は、あまりあれこれ持てん。だが貝輪なら小さく軽いし、位の高い者が身に着けるものだから、食い物でも眞金でも、かなりの嵩と換えられる。船四つの値打ちはあるだろう」

イナヒの手にある貝輪は、アヒラツがいつも身に着けていたものと似た色柄であった。ホホデミの胸に、締め付けられるような思いが満ちた。

心優しく賢い女だった。それがなぜ、あれほど激しく罵り、あまつさえ縁を断てなどと言い出したのか。

――否。己はアヒラツに甘えていたのかも知れない。何かと言えば「長の務め」で片付けてきた。長い間にあれこれの苛々を溜め込み、ついにそれが弾けてしまったのだろう。女の身ではあれ、荒々しい吾田隼人《はやと》の血を引く者なのだ。心の底に激しさを持っていたとしても、何らおかしいことではなかった。

「アヒラツ。おまえは」

口の中だけの呟きに、気付く者はなかった。幸いである。これでお終いにしよう。過ぎ去った時は元に戻らない。今の己は旅を率いる身、皆の命を預かっているのだ。湿った思いには蓋をしなければ。ホホデミは胸の内で「えい」と叫び、どうしても俯いてしまう顔を前に向けた。

しばし行くと左手に深い森が見えてくる。楠が多く生い茂っており、中には大人が二人でひと抱えというものまであった。匠たちは、これを切り出して船に使う。

今日の寝屋となる倉は、森からほど近い川辺にあった。夕暮れの時はとうに過ぎ、辺りには濃い夕闇が染み出していた。

*

明くる朝から、シホビコは他に三人の匠を伴い、船を作りに掛かった。

日向で船と言えば丸木船である。匠倉の中には、いつ船を頼まれても良いように、楠の森から切り出して干した丸太が十幾つも蓄えられていた。

匠たちは丸太の皮を剝ぐと、田畑で使う鍬にも似た横斧——釿《ちょうな》を振るい、船の形を削り出してゆく。でき上がりは四日の後ということであった。

船作りが始まると、匠倉は木屑で埋め尽くされる。今宵からはここに寝泊まりする訳にもいかなくなるため、イツセたちは里の海人を訪ね、皆の宿を頼んで回った。

初めに訪ねたのがシホビコだったせいか、ミケイリノなどは「他も同じでは」と身構えていたのだが、それは穿《うが》ち過ぎであった。あれほどぶっきらぼうな者など、そうそういる訳がない。むしろ里の者たちは大らかで、船出の日には餅を作って祝おうとまで言ってくれた。

イッセたちが宿を探している間、ホホデミはヒノオミと共に空の雲行きを確かめていた。

「ふむ。これなら船ができて三日ほどで出られましょう」

船旅は概ね岸を見ながら進むが、それでも海が荒れていては漕ぐのが難しい。ヒノオミによると、船ができて三日ほど過ぎれば、晴れて風のおとなしい日が幾日か続くという。話を聞いて、ホホデミは「よし」と頷いた。

「船ができるまで四日だ。さらに三日の後なら、今日から七日の先だな。それを船出の日と定めよう。皆に伝えておいてくれ」

ホホデミたち兄弟とタギシミミは、里長の家に部屋を借りて宿とした。残る皆も、海人たちの家にそれぞれ寝泊まりさせてもらっている。

待ち遠しく思いながら三日を過ごし、そして四日目が訪れた。

「おう、おるか」

昼下がり、里長の家にだみ声が響いた。シホビコである。ホホデミは「お」と目を輝かせ、すぐに庭へ出た。イッセとイナヒ、ミケイリノも間を置かずに集まって来る。

「よう。できたのか」

イナヒが確かめると、シホビコはいつもの素っ気ない面持ちで頷き、くるりと背を向ける。そして歩きながら右手を持ち上げ、ちょいちょいと指先を動かして手招きした。

匠に付いて行くと、導かれたのは倉ではなく川の畔であった。

「おお、これは」

ホホデミの目が輝いた。真新しい船が四つ、岸に引き上げた形で着けてある。舳先《へさき》は川面に向き、艫《とも》がこちらに向いていた。

歩み寄ってみれば、船の肌は何とも滑らかに整えられていて、横斧で削り出した上に小刀で細かく整え、砂で磨き上げたのだと分かる。清々しい木の薫りが、すぐ向こうの海から届く潮風と混ざり合い、胸を洗うかのようであった。

「これほどの船を、こしらえてくれるとは」

喜びに満ちた顔を向ける。シホビコは傍らのイナヒをちらりと見て、どこか照れ臭そうなものを漂わせた。

「ええもん、もろうたかぃな。それに見合う船やねえと男が廃るわ」

「忝い。ようし、いよいよ三日の後に船出だ」

ホホデミは皆を集めてこの船を見せ、夜ごと誰かが見張るように申し渡した。

嬉しさゆえか、その夜は寝付きが悪かった。もっともそれで疲れたらしく、次の日の夜は深く眠った。

その眠りも、明け方が近くなれば浅くなる。そして、ふと目が覚めた。辺りはまだ暗い。

「まるで子供だな」

船出にはあと一日あるのに、こうして目覚めてしまうとは。ホホデミは苦笑いを浮かべ、今少し眠ろうと目を瞑り直した。

だが。目覚めたのは、逸る気持ちゆえではなかった。

「ホホデミ様」

部屋の外から声が聞こえる。太く低い声はオオクメだ。今宵の見張りだったはずだが、もしや船に何かあったのか。

「どうした」

愁いを胸に身を起こす。するとオオクメは、いつもの如く言葉少なに語った。

「潮の流れが良うございます」

「うん？」

軽く眉をひそめ、首を傾げる。ともあれ、と立ち上がって部屋の扉を押し開けた。オオクメはすぐ外の土に跪いていた。

「流れが良いとは？」

「最も漕ぎやすい日です」

これでもかと瞼が開いた。オオクメは海人、それも潜って魚を獲る男である。ゆえに、潮の流れにも詳しい。その男が言うのなら間違いはなかろう。しかし――。

「明日には、どうなる」

「潮が緩みます」

確かな声音であった。ぶるりと身が震える。何かに衝き動かされ、ホホデミは庭に下りた。空には明々と月が輝き、辺りを青白く染めていた。今まで眠っていた目は闇に慣れている。月明かりがあれば夜道も危うくない。

「オオクメ。あに様たちと、タギシミミを起こしておいてくれ」

言い残すと、ホホデミは駆け出した。

里長の家を出て右斜めに道を取る。浜の近く、海人の家が並ぶ辺りまで力の限りに走って来ると、額には薄っすらと汗が滲み、息は大きく弾んでいた。

「起きよ！」

乱れた息をものともせず、ホホデミは叫んだ。

「起きよ。皆、起きるのだ」

大声を上げながら家々を回る。それらの家から、まず家主の海人が顔を見せた。朝の早い生業《なりわい》ゆえ、或いはもう起きていたのかも知れない。空は漆の如き黒を薄め、海を煮詰めたような深い青となっている。明け方まであと少しという頃であった。

やがて皆が目を覚まし、或いは家主に起こされて外に出る。そうこうするうちに、オオクメが兄たちとタギシミミを連れて追い付いて来た。

「オオクメから話は聞いた。出るのか」

イツセの問いに大きく頷き、皆を見回す。そして旅の二十人が揃っていることを確かめ、高らかに声を上げた。

「潮の流れが良い。今こそ船を出す時だ」

すわ、と皆が家々に駆け込んでゆく。しばし待つと各々が荷を背負って再び集まった。

「川の津に向かえ。船出に備えよ」

誰もが待ち望んでいたのだろう。慌ただしく船出を告げられても、恨み言を漏らす者はひとりとしていない。むしろ、どの顔にも快い昂ぶりの笑みがある。旅の僕が諸々を整えている間に、ホホデミの四兄弟も鎧を身に纏い、弓や剣を携えて川へと向かった。

船は既に荷の積み込みを終え、水面に浮かべられていた。艫から伸びた綱で、岸に打ち込まれた杭に繋いである。

「長ぁ！　いつでも出られますよ」

「早う早う。わしら、うずうずしちょんです」

漕ぎ手たちの声に「おう」と応え、川に踏み込んで水を蹴り分け、船に乗り込んだ。四つの船に漕ぎ手はそれぞれ三人ずつ。ホホデミたち四人に加え、ヒノオミとオオクメも分かれて乗り込み、漕ぎ手を手伝う手筈である。

「皆、待たせたな。いよいよだ」

兄たちが乗り込むのを待って、声を上げる。そこへ里の海人たちが駆け付けて来た。

「待ってくんない！」

「ホホデミ様、イッセ様ぁ」

皆が運んだのは、土師の皿《かわらけ》に盛られた餅であった。

「これ、持ってってくんない」

餅は赤紫色に濁っていた。元々は、炊いた小豆《あずき》を餅に包むつもりだったらしい。だがホホデミが前触れもなく船出を決めたため、慌てて豆と米を合わせ、搗き上げたということだった。

「忝い。もらって行こう」

ホホデミは海人たちに笑みを送る。そして皆に向け、声を張った。

「船出の時だ」

岸の海人たちが艫綱《ともづな》を解く。漕ぎ手がそれを船の内に引き上げる。そして皆で櫂《かい》を取り、水を掻いた。

川の出口は狭く、幾らか流れが速い。それに乗って海へ出ると、横合いからさらに速い流れが押し寄せ、舳先が左を向いた。

「潮に乗れ！」

イナヒの雄々しい声が、皆の思いを後押しした。

「そうれ！」

「そうれっ」

ミケイリノの掛け声に合わせて皆が櫂を使う。右手の遥か先には、じわりと橙色が染み出ていた。日の出を前にした海に、ひんやりと渡る潮風が心地好い。

その風と潮の流れに押されるように、船足は滑るが如し。見送りに出た海人たちの声はすぐに小さくなって、やがて波の向こうへ消えていった。ホホデミが生まれて二十と三年目、秋が深まり始めた日の朝であった。

四　未然

良い潮は、いつまでも続くものではない。船を出した昨日は軽い駆け足ほどの速さで進んでいたのに、明けて今日は歩くより少し速いだろうか、くらいに落ち着いていた。

流れの良し悪しは、概ね潮の満ち引きがどれだけ大きいかで決まる。それには月の動きが関わっていた。ゆえに船出の日取りは日臣《ヒノオミ》の見立てを重んじたのだが――。

「珍しいな。おまえが見誤るとは」

皆と共に水を掻きながら、彦火火出見《ヒコホホデミ》は左隣のヒノオミに声を向けた。初めに決めたとおりならば、今日こそ船出の日だったはずである。昨日の方が旅は捗《はかど》っていた。

ヒノオミは幾らか驚いたように「いえいえ」と応じた。

「読み損なった訳ではありませんぞ」

潮の流れには、もうひとつ、風の力も関わっているのだと言う。昨日の朝に良く流れていたのは、そういう風が吹いていたからに過ぎないと。

「嵐の時でもなければ、空の動きはあまり変わりませんので」

「そういうものか」

「ええ。月の動きで見れば、昨日より今日の方が潮は良い。もっと言えば、今日より明日の方が良くなりますぞ」

ホホデミは右の向こうを向いて、大来目《オオクメ》を見た。

「だ、そうだ。まことか」

オオクメは短く「さあ」と答えるのみ。その右脇では、稲飯《イナヒ》が櫂を使いながら大口を開けて笑っている。釣られて、漕ぎ手たちもげらげらと笑った。ヒノオミが少しむくれて「わぬしら」と大声を上げた。

歩くのとそう変わらない速さでも、少ない力で多くの荷を運べるのだから、やはり船とは優れものだ。それでも日がな一日を水の上で過ごす訳ではない。満ち引きによって潮の流れは逆しまにもなり、さらに船足が遅くなる。ことによると押し戻される時さえあった。そうなるより先に岸へ着け、日が落ちる前には陸《おか》に上がって夜を明かした。

次の朝は、ヒノオミが言ったとおりの良い流れであった。

が、どうした訳か船が進まない。それどころか舳先が左へ右へ揺れてしまい、真っすぐ保つことさえできないのだ。朝のうちは良かったのに、昼前からおかしくなっている。しかも引き潮ゆえではない。ヒノオミやオオクメによれば明らかに満ち潮で、進みやすいはずだというのに。

「おい皆、どうした」

ホホデミは自らの船の漕ぎ手に向け、憂える思いを吐き出した。

「分からんわ、そげなの」

「わしら元々、海人と違うんやがい」

返る声は苛立ちに満ち、旅の長を敬う物言いではなくなっていた。皆がそれだけ力を尽くしている証である。なのに、どうして。何が起きている。

ホホデミの船ばかりではなく、五瀬《イツセ》の船も、三毛入野《ミケイリノ》の船も同じだった。イナヒとオオクメの船に至っては、水の渦に呑まれる木の葉の如く、ぐるりぐるりと同じところを左に回っている。回る船をどうにかしようと、イナヒはあれこれ水の掻き方を変えていた。だが、全くと言って良いほど効き目がない。

「おいオオクメ。おまえ海人だろう。何とかしろ」

「わしは潜って魚を獲るので」

船には詳しくないのだと、このような時でさえ言葉少なに返す。イナヒは「ええい」と苛立った声を上げ、再び、ああでもない、こうでもないと漕ぎ方を変えては試し続ける。

「む。これは」

ついにホホデミの船も、大きく左に向いた。常に左手に見なければならない岸が、真っすぐ前にある。

「左側、逆しまに水を掻け。私たち右側は今までどおりだ」

少しでも船の向きを直そうとするも、かえって舳先が右に向き過ぎ、すっかり沖を向いてしまった。

「それは、もう俺がやった。自らの船だけでなく周りを見ろ。長だろう」

イナヒが「他のやり方を試せ」と大声を寄越す。と、沖を向いた舳先の向こう、斜め左の奥から張り出している岬が目に入った。

「どうやら、あれか」

岬はずいぶんと長い。遠く霞んでいるが、山がちであることは容易く見て取れた。北へ流れる潮が、あそこで阻まれて向きを変え、それによって乱れているのだ。

「ホホデミ！　これはいかん。まず陸に上がろう」

潮が落ち着くのを待たねばと、イッセが大声を寄越す。確かにそうするしかない。このままでは船が沈んでしまう。たとえ皆の命が助かっても、積み荷が沈めば旅は続けられないのだ。

「分かりました。皆、岸に着けるぞ」

四つの船は何とか舳先を岸に向けようとする。だが、乱れる潮の中ではそれすら難しい。あちらへ、こちらへと、ふらふらしながら、皆が玉の汗を浮かべていた。

「――い。おうい！」

右手の向こう、遥か北に声がする。

顔を向ければ小船があった。海人がひとりで使うものだろうか。親指の頭ほどに見えたその船は、驚くほど速く近付いて来た。潮に乗るどころではない。波頭を飛ぶが如き動きであった。

「それじゃ、いかんちゃ。ここにゃ通り方があるんや」

思いきり石を投げれば届くくらいの水を隔て、海人と思しき者が声を張り上げている。

「ホホデミ。あいつに従ってみよう」

自らのやり方では、どうにもならない。ミケイリノのなりふり構わぬ声音を聞いて、ホホデミも頷いた。

「そこな海人、頼む。助けてくれ」

「おう！　わしの漕ぐとおり付いて来いちゃ」

海人の小船は、時に右へ行き、そうかと思えば左に向かう。ある時は岸へ近付こうと船の向きを変え、次にはまた北へ舳先を向ける。およそ訳の分からない動きだったが、これに従うだけで潮の乱れをやり過ごせたのだから、驚くべきことであった。

「やった！　岬を越えたぞ」

しばしの後、ミケイリノの嬉しそうな叫び声が上がる。右手の岬と左手の岸、二つの間の狭い海を抜けると、ようやく潮の乱れが収まった。

人心地がついて、ホホデミは大きく「ふう」と息をついた。汗みどろの顔を、血豆のできた掌《てのひら》で荒く拭う。

「ぼつぼつ引き潮や。岸に着くるとええちゃ」

先の海人も「まずはひと息」という声であった。四つの大船と海人の小船は、連れ立って左手の岸に向かった。

「おまえ、すごいな」

「ええ腕じゃ」

陸に上がると、漕ぎ手たちが海人を讃えて肩を叩いた。ホホデミも兄たちと共に、そこへ向かった。

「助かったぞ。良くぞ、あの難しい潮を導いてくれた」

柏手をひとつ、ホホデミは「忝い」と笑みを浮かべる。兄たちや旅の僕もそれに倣った。

「いやあ。おまえ様方が、困っちょったけんね」

大きく頭を振って返された。えらの張った横広の顔には、海人ながら入れ墨がない。オオクメの故郷とは違う習わしの里で育った者らしい。

それにしても、とホホデミはひとつを問うた。

「私や兄たちは剣を携えている。身を鎧ってもおるし、船には弓も見えたろうに」

取引の船を襲う、ならず者。そう思われても致し方ないところだった。にも拘らず助けてくれたのだから、喜びは計り知れない。海人は「そうやね」と照れ臭そうな笑みを見せる。眼差しには賢そうな、引き締まった光があった。

「ならず者やろうと、わしに悪さした訳やねえ。それが死にかけちょるんやけん、見捨てる訳にゃいかねえちゃ」

その言葉に、爽やかな風のような清々しさを覚えた。この男の心は清い。

「わぬし、名を何というのだ」

「わし？　珍彦《ウヅヒコ》やけど」

「ではウヅヒコ、少し私の話を聞いてくれぬか」

きょとん、とした顔で頷いている。ホホデミはまたひとつ「忝い」と応じ、自らが旅に出た訳を語った。日向の里は今、息も絶え絶えになっている。それを何とかしたい。さらには倭人の行く末を明るく照らすため、全ての民をひとつにまとめ、穏やかに暮らせる国を作りたいのだと。

「私に成せるかどうかは分からない。だが遍く全てのことは、できないと思ってしまえば成し遂げられないものだ」

我が願い、思いは遥か高みにある。手が届かないと諦めるより、倭のため、民のため、諦めずに手を尽くしたい。胸の内を熱く語るほどに、ウヅヒコの目がじわじわと見開かれていった。

「私たちの生きている間には、できないかも知れない。だが子や孫に受け継いでゆけば、できるかも知れない。そう思うのだ」

「なるほどな。人の願いちゅうの、そげなもんかも知れんね。分かるちゃ。わしも山ほど魚獲りたいて思うちょると、それには届かんでも、小山くれえにゃ獲れるけん」

ふは、と笑いが漏れた。ウヅヒコの言うことは正しい。

「なあウヅヒコ。わぬしの潮読みは何とも頼もしかった。それに、分け隔てなく人を助けようという心は、私が旅に出た訳にも沿うものだ」

ホホデミは柏手を二つ打ち、心からの言葉を吐いた。

「豊葦原への旅に加わってくれんか。この先も船の旅は長い。わぬしの如き者がいてくれると嬉しいのだが」

兄たちは驚かなかった。イツセは「うむ」と頷き、イナヒやミケイリノも同じ思いを滲ませている。

ウヅヒコは何とも言わず、じっとこちらの目を見据えた。先ほど見えた、引き締まった眼差しの光——頭の冴えと清い心が飛び込んで来る。

少しの後、答が返った。

「豊葦原か。面白そうやなあ。わしゃ海人のまま死ぬんやち思うちょったけど、おまえ様に夢ぇ見とうなってきたわ」

「おお！　では、わぬしは今から、我らの心強い連れ合いだ」

するとウヅヒコは、ちらりと目を逸らした。兄たちの後ろにある皆を見ている。そして少しの後、再びこちらを向いて柏手を打った。

「連れ合いと違うな。他の人らと同じで、おまえ様の僕や」

やはり、この男は賢い。日向の民が旅の僕であると見抜いたばかりか、後から加わった者がそれより上ではいけないと慮《おもんぱか》り、自ら同じところに立つ道を選んだのだから。これなら、すぐに皆とも打ち解けるに違いない。

「良き男を加えたのう」

後ろから、のそりと塩土《シホツツ》が近付く。ホホデミはこの上ない笑みで「ああ」と頷いた。

その日の夕餉は、ウヅヒコから皆に魚が振る舞われた。ホホデミたちを助ける前に獲っていたものである。焚火を囲んでのささやかな宴は、遅くまで続いた。

*

ウヅヒコが加わったからには、潮の乱れも恐くない。いざ東へ向かおうと思うが、どうだろうか――明くる朝、日が昇る少し前に、ホホデミは兄たちとシホツツに諮った。

「任せるよ」

「そうだね。旅の長は、おまえだからな」

イツセとミケイリノはそう応じた。が、シホツツは豊かな白い眉をひそめている。

「……それは、よしたが良かろう」

「どうしてだね。豊葦原は日の出づるところなのだろう」

いささか焦れったいものがある。シホツツは窘めるように「そこじゃ」とこちらを指差した。

「日の出づるところにある、ではない。日の出づる方の何処かにあるとしか分からん」

「しかし、翁でさえ詳しい行き方を知らぬとあらば、探るしかないと思うが」

すると、二つの声が「いや」と重なった。ひとりはシホツツ、もうひとりはイナヒだった。二人は顔を見合わせ、互いに手を差し出して「どうぞ」と譲り合っている。するとイナヒがなお譲る。シホツツは「それでは」と口を開いた。

「わしは、確かにホホデミ様より多くを知っておる。が、それを以て誰よりも知っているとは言えん」

イナヒは「やはりそうか」とばかりに頷いて、後に続いた。

「翁より詳しい者が、他にいるかも知れぬということだ。従っておけ」

如何にしても、豊葦原は海を越えて遠く東である。だとすれば、取引のために船を使う者を当たってみるのも手だと、イナヒは言う。他の里との取引を担い、シホツツほどではないにせよ旅慣れた兄である。ホホデミは「む」と唸った。

「分かりました。そうしましょう」

話がまとまり、イツセが「ふふ」と笑ってウヅヒコを呼んだ。

「おうい。少し良いか」

「へえ。何ですやろ」

ウヅヒコは船出の手筈を整えていたが、他の皆に「すまんね」と断ってこちらに来た。そしてイツセから今のあらましを聞く。

「取引の船ですか。ほいだら、岡水門《おかのみなと》がええわ。そっち行くんなら、わしの里にも寄れますちや」

このまま北へ進めば、東に広がる海と西に続く海の細道があり、その細道を抜ければすぐに着くそうだ。そこなら東の里――かつてシホツツから聞いた安芸なる里の船が、良く来る。また安芸より東の吉備《きび》なる里からも、たまに訪れる者がいるらしい。

ホホデミは「うん？」と首を傾げた。

「わざわざ岡水門とやらに行かずとも、安芸なら翁に教わって真っすぐ行けば良さそうだが」

どうなのだ、とシホツツを向く。真っ白な瞼が上がり、やや濁った眼差しが返された。

「ひとつ、お忘れよな。豊葦原の名は、彼の里の兵に襲われて逃げた者から聞いたと話したじゃろう」

それは今を去ること二十年も昔で、今は諸々が変わっているやも知れない。やはり細かい話を聞いてから向かう方が良いのだと続く。

「ことによると、じゃ。旅を続ける値打ちも、なくなっておるかも知れん。豊葦原が周りを襲って従えておれば、そもそもホホデミ様を受け容れてはくれぬのではないか？」

引っ掛かる物言いである。そう言えばシホツツは、豊葦原を教えてくれた時も、どこかあやふやな物腰だった。

「私が旅に出たのは間違いだと言うのか」

「そうではないよ。まあ、わしは道すがら、この旅から外れるでな。その折にホホデミ様が今のままなら、思うところを話すつもりではある」

今のままでは、しくじると言いたげであった。先の「引っ掛かる」どころか、はっきりと気に入らない。どうしても、むっつりとした顔になってしまう。

「ならば、ここで話してくれても良さそうだ」

「そのとおりじゃが、ただ言われるだけではホホデミ様の血肉にならん。御自ら思い知らねば学べぬこともある」

ホホデミは押し黙った。辺りに、ずん、と重いものが満ちる。ミケイリノやウヅヒコは、この嫌なものをどう打ち消そうかと頭を働かせているようだ。

しかし、イナヒは違った。じろりとこちらを睨み、強い声を向けてくる。

「おい。ここは翁に従えと言ったろう」

「しかし、あに様」

「しかしも何もない。前にも言ったが、おまえは世の中を知らん。自らの考えのみが正しいとでも言うのか。思い上がるな」

面白くない——ホホデミの面持ちに苛立ちが滲む。皆の心に、さらなる重石が乗った。

が、それはイッセの笑い声で押し流された。

「あっははは、はは！　良いではないか。今は、それで」

兄は言う。日向の夕暮れ、空の茜色を映した高千穂の峰がどれほど美しいか、話に聞くだけでは分かるまい。自らの目で見て、心に染ませてこそだと。

「それと同じだ。何よりホホデミはまだ若い。知らぬことが多くて当たり前だろう」

いずれ分かる日が来る。その時を迎えたら、きっとシホツツやイナヒの小言をありがたく思うはずだと言って、強張ったものを柔らかく搔き混ぜた。ミケイリノは胸を撫で下ろしたようで、ウヅヒコは「へえ」という顔でイッセを見ている。ずっと押し黙っていたオオクメも、くす、と笑った。

　ホホデミは「そうですね」と小さく頷き、鼻から長く息を抜いた。

「まずは翁よ、すまなかった。子供扱いをされて臍を曲げるのは、まさに私が幼いからだ。どこかで旅を外れてしまうのは惜しいが、それまで私を導いてくれよ」

　シホツツは「うん、うん」と聞き、二つ手を叩く。イナヒもようやく厳しい面持ちを改め、ホホデミが詫びると笑みを浮かべて頷いた。

　この日の船足は速かった。既に難しい海を抜けているとあって、ウヅヒコの潮読みも要らぬくらいである。それでも昼過ぎには陸に上がった。この先は潮の満ち引きによって恐ろしく流れが速まるらしい。ウヅヒコによれば、岡水門に向かうなら引き潮に乗り、川の如く細い海の道を通るのだとか。では、とヒノオミに問えば、今日の引き潮は終わっていて、次は夜中、その次は明日の昼前という見立てだった。どこかで夜を明かさねばならない。

「ここなら、わしんとこの里が近いっちゃ。長に会うて、泊めてもらおうえ」

　ウヅヒコの勧めに従い、船を着けた岸からしばらく北へ進む。そこから丘を登ると、日向よりも小さな里があった。里長の宮は、父・鸕鷀草葺不合《ウガヤフキアエズ》の住まう佐野原の半ばにも満たない。

　宮の入り口で、ウヅヒコが柏手を打った。

「菟狭津彦《ウサツヒコ》様、おられるかえ。ウヅヒコやけど」

　すると、この里——菟狭の長が姿を現した。ホホデミと変わらぬくらいの若い男である。宮の奥から早足で出て来る様は、どれほどウヅヒコを重んじているかの現れだった。

「良う参った。して、そちらに連れておるお人は？」

「ホホデミ様ちゅうお方ですわ」

ウサツヒコが「お」と目を丸くした。

「聞いたことがある。もしや日向の若長様では」

「ああ。初めてお目にかかる」

挨拶を交わすと、ウヅヒコが後を引き取り、ホホデミがここにいる訳と、自らも旅に加わることを告げた。

「何と」

ウサツヒコは悲しげに言葉を失った。ウヅヒコは菟狭の里にとって、それほど重みのある男なのだ。連れて行ってしまうのが、いささか申し訳なく思えてくる。

もっともウサツヒコは、すぐに「いや」と頭を振ってホホデミに向いた。

「ホホデミ様。このウヅヒコは頭が冴え、海人としての腕前も並ぶ者がありませぬ。この菟狭、海人の集う里の柱とも言える男が、あなた様に手を貸すと決めた。それだけで、あなた様がどれほど善きお人か分かります」

「だが、ウヅヒコを手放したくないのでは？」

「それは、そのとおりです。が……」

ウサツヒコは面持ちを曇らせ、溜息をついて続けた。

「見たとおり、菟狭の里は小さい。加えて面土からそう遠く離れておらぬのです。面土と狗奴が争うておるからには、遠からず我らも巻き込まれましょう」

だから、と面持ちを引き締める。ホホデミの言うとおり、倭の民は、ひとつになるのが望ましい。さすれば争いも止み、菟狭の里も安らいで日々を暮らせるようになるのではないかと。

「誰よりも頼りにするウヅヒコが、あなた様に先行きを委ねようと申すのです。ならば私も、同じ夢を見てみたい」

強い思いを受け、ホホデミは「手を尽くします」と居住まいを正した。

旅の者はウヅヒコまで入れて二十とひとりを数えるに至ったが、菟狭の宮はそれだけの数が寝起きできるほど広くない。ウサツヒコは里の民に人の背丈三つほどの柱をひとつ立てさせ、柱の頭から四方の土に縄を張らせた。さらに縄と縄の間に麻布を渡し、雨風を凌げる形を作り上げる。ひと夜だけの仮宮、一柱騰宮《あしひとつあがりのみや》であった。

皆でそこに入ると、酒と夕餉が振る舞われた。ホホデミは盃の酒を嘗《な》めつつ、傍らのシホッツに声をかけた。

「菟狭の如く、争いを避けたく思う里もある。他も……ことに小さな里は、同じく願うておるのではないだろうか」

豊葦原に至り、話し合って受け容れを頼む。それが成った暁には、この菟狭と同じ形で里を束ねて行けるかも知れない。その思いに、シホッツは「ふむ」と返した。

「そうかも知れぬ」

「私は思った。ウヅヒコを手放してでもという、長の心は重い。応えなければと」

今までは自らが「そうしたい」というだけだった。だが、この身に先行きを託してくれる者があると知った今、この旅は「成し遂げなければならぬもの」に変わった。

「良きお心がけじゃ。ホホデミ様が仰せのとおりになるなら、それに越したことはあるまい」

シホツツの笑みは和らいでいた。しかし面持ちには、そこはかとなく「菟狭のような里ばかりではないぞ」と滲んでいる。それを肌で受け止めつつ、ホホデミはまた酒を嘗めた。

＊

向かう先、左手に眺める川尻の手前には、浜が窪んだ静かな内浦——入江がある。そこには多くの船が泊まっていた。このような太い川の尻には津、つまり湊のあることが多い。岡水門もそうしたところであった。

「ここか」

陸に上がったのは兄弟四人とヒノオミ、オオクメ、ウヅヒコ、シホツツ、この旅の柱となる者のみで、他は船に残した。何かしら実のある話が聞けなければ、ここに留まるより先を急ぐべきであって、その時すぐに船を出せるように備えておくためだった。

「こういう里は珍しいな」

辺りを見回し、ホホデミは呟いた。岡の里は狭い。岸の間近まで山が迫り出しているからだ。しかし行き交う人はすこぶる多く、少し歩くだけで某《なにがし》かの荷を担いだ者と幾度も擦れ違った。その狭い里に多くの家がひしめき合い、宿らしき佇まいの建物もあちこちに見える。翻って、家が多いのに田圃や畑はあまり拓かれていなかった。取引で潤うのだから、狭いところで米を育てずとも良かろう、ということなのだろうか。

「ここは栄えているな。菟狭と比べても、なお面土に近いと思うが」

イナヒの声に、ウヅヒコが「そうじゃね」と応じた。

「日の入りの方へちぃと行けば、河原の周りに野があって、その先は山ですわ。山ぁ越ゆると奴の里に出ますっちゃ」

「ほう。奴までは、どれほどかかる」

「川渡りと山越えがあるけん、二日も見らんと」

聞いて、イナヒは「へえ」と目を見開いた。

「それでも二日の道のりとは、近いじゃないか。にも拘らず、誰も面土と狗奴の争いを恐れていないようだ」

つまりこの里には、争いを恐れずに済むだけの力がある。ホホデミは腕組みで唸った。

「取引で潤っているから、面土も狗奴も下手に手を出せないのでしょう」

諸々の荷を運び、生業に勤しむ人々を見れば分かる。この里なら身を危うくせずに取引ができると知っているのだ。

「ならば東の海から来ている者も多いはずだ。誰か捉まえて色々と――」

色々と聞いてみよう。イッセがそう言いかけた頃には、既にミケイリノが向こうで話を聞いていた。誰とでもすぐ親しめるのは、この兄ならではか。

「そうか。ありがとうな」

話の相手に笑みを向け、手を振って見送ると、ミケイリノは小走りに戻って来た。

「あに様。何か分かったのですか」

ホホデミの問いに、ミケイリノは円《まろ》やかな笑みで返した。

「いや、さっぱりだ」

腰を砕かれたような思いがして、眉尻が下がった。

「笑っておいでだから、良い話でも聞けたと思いましたのに」

「そうは言うけどさ、やはり豊葦原は遠きに過ぎるんだよ。今の男も言っていた。そういう里は確かにあるが、どう行ったら良いのかは分からん、とさ」

と、皆の目が「お」と喜びを湛えた。イナヒがミケイリノの肩を摑む。

「おいミケ。そういう里は『ある』と言ったのか」

「え？　あ、はい。豊葦原で鍛えた眞金の剣が、安芸で取引されていたそうですよ。だから、あるのは間違いないって」

話を聞いたイツセが、苦笑いと共にこちらを向いた。

「聞いたか、ホホデミ」

「はい」

先の男が詳しい行き方を知らなかったため、ミケイリノは「役に立たない」と思ってしまったのだろう。だが男は、豊葦原は確かにあると言った。それだけでも、良い話を聞けたと言える。

「少し、粘ってみる値打ちはありそうだ」

ホホデミはしばし岡の里に留まると決め、船に残していた皆も陸に上げた。船には持ち回りで夜ごとの見張りを付け、他の者はホホデミの兄弟やヒノオミと手分けして、取引の船が至るたびにあれこれを聞いて回った。

しかし。

「東の果てか。海の行き止まりがあって、さらにその向こうとは」

月の満ち欠けがひと廻りするまで留まるも、豊葦原がどこにあるのかについては、そのひとつしか知り得なかった。宿の薄暗い部屋の中、ホホデミは旅の柱となる者たちを前に「よし」と心を定めた。

「もう少し進んでみないと、やはり何とも言えない。安芸に行ってみよう。どうだね、翁」

右前、イッセとイナヒの向こうにある白髪頭へ顔を向けた。

「海の行き止まりの話とは別に、安芸で豊葦原の剣が取引されたという話があった。それも、豊葦原に襲われたという訳ではない。翁が行った頃とあまり変わっていないと思うが」

シホツツは「悪くはなかろう」と頷いた。

「仰せのとおり、そうするしかあるまいて」

今日の受け答えには、何も含むものがなさそうである。ホホデミは素直な笑みを湛えた。

「では決まりだ。翁に導いてもらおう」

次の朝、四つの船は岡水門を発ち、ついに筑紫を離れた。前を行くイッセの船にはウヅヒコとシホツツが乗り込んだ。ウヅヒコは潮を読み、シホツツの言葉に従って進み方を定める。ホホデミたちの三つの船は、これに導かれて後に続いた。

*

「ここを登るのか」

安芸の海に至って船を着けたのは、内浦の中に突き出た岬であった。陸に上がってすぐ目の前には、崖と言って差し支えないくらいに険しい坂が控えている。

ホホデミは振り返って、シホツツに目を向けた。

「もう少し楽な道はないだろうか。私は構わないのだが」

日向では山に分け入って狩りをする日も多く、山歩きには慣れている。里から連れた皆も同じではあろうが、どちらかと言えば田作りや鍛の生業に多くの時を費やしていた者ばかりだ。これほどの坂を登るとなれば、かなり骨が折れるのではなかろうか。

「何より翁が辛かろう」

老いた身を労《いた》わって心を砕く。しかしシホツツは「いいや」と首を横に振った。

「他の行き方とて、あるかも知れん。じゃが、わしはこの道しか知らんのよ」

そして旅の若者をひとり捉まえると、手を高く挙げて、その背をぴたぴたと叩いた。

「わぬし体が強そうじゃの。わしを背負ってくれ」

「ええ？」

困った、という顔であった。さもあろう、旅の僕は手分けして何らかの荷を背負っている。食い物、種籾を詰めた袋、身を守るための盾や弓矢、どれもそれなりに重い。

ホホデミは「やれやれ」とシホツツの袖を引いた。

「翁の身は私が負うよ。さあ」

「そうかね」

シホツツは躊躇《ためら》いなくホホデミの背に体を預けた。老いた細身にも拘らず、ずしりと重い。腕や脚の肉が未だ確かな証だ。これなら自ら登れるだろうに、と呆れながら岩肌を進む。吹き抜ける風は冷たかったが、額には玉の汗が浮いた。

「よい、しょ！」

　ぐいと太腿に力を込め、終いのひと足、階《きざはし》の如き石を登る。見遣れば、しばらく向こうに森があり、岬の付け根に向いて続いていた。木々は半ばまで葉を落としていたが、残りは青々と繁ったままである。それらが日を遮るせいで、木立の奥は昼なお暗い。

「ヒノオミ。今、どのくらいだ」

　続いて登り終えた僕に声をかける。ヒノオミは「ふう」と疲れた息を吐き、二の腕で額を拭うと、その手で庇を作って軽く空を見上げた。

「昼過ぎですな。ただ、暮れるまで長くはかかりませんぞ」

　岡水門を出てからは、まず菟狭まで戻り、その上で東へと船を進めた。

が、ここまでの旅は全く捗らなかった。東の海は恐ろしく潮が速く、押してくれる満ち潮の時は良いが、引き潮の時は何をどうやっても押し戻される。

　しかも、冬であった。岡を出てからも、日に日に昼が縮まり、夜が延びている。短い昼と満ち潮が重なる時しか船を動かせなかった。

「どうします。まだ昼餉を取っておりませんが、腹ごしらえで時を食えば、あの森を抜けられるかどうか分かりませんぞ」

　今日は最も昼の短い「冬の至り」から四日を過ぎたばかり。日が傾きかけたと思ったら瞬く間に暮れてしまうと、ヒノオミは言う。ホホデミはシホツツの身を下ろし、先に見た森へと再び目を遣った。

「見通せないな。かなり長く続いていそうだ」

シホツツが「この道しか知らぬ」と言うのなら、森の中で迷うことはないはずだ。とは言え、それも日の光が届く時に限られるだろう。年老いた目で夜の森を導けるとは思えない。

「では皆に昼餉を取らせ、今宵はここ――」

「ほれ、行くぞ」

ここで一夜をやり過ごそう。そう言おうとしたら、シホツツはどんどん森へと歩いて行ってしまった。

「待て翁。少し待ってくれ」

「ん？　どうしたね」

何か障りがあるのか、とばかりに振り返る。ホホデミは眉を寄せて溜息をついた。

「翁がこの道しか知らぬと言うから登ったのだ」

翻って、シホツツは自らの脚で坂を登っていない。疲れていないからといって先に行くのはどうしたものか、と苦々しく諭す。

「私は構わんが、昼餉も取らずに皆を歩かせるのは憚られる」

返った言葉は「そんなことか」であった。

「若い者が情けないのう。今からなら、暮れるまでには森を抜けられるわい」

ここで疲れを抜くのも良かろう。だが寒空で夜を明かせば、なおのこと疲れてしまう。先を急ぐに限るのだと、シホツツは眉根の皺を深くした。

「それに、飯なら安芸の里でたんと食わせてやる。わしが食わせるのではないがな」

「呆れたものだ」

致し方ない。ホホデミは皆に詫び、すぐに里を目指す旨を言い付けた。

身を疲れさせ、腹を空かせた者たちの足は遅い。夕闇かと見紛うばかりの森の中、誰もが言葉少なにシホツツの背を追った。

すると。

「おや。あれは」

木陰の中に、それより黒みの濃い塊がある。どうやら人だ。安芸の里の者だろうか。ホホデミは「おうい」と声を上げた。

「そこな者。そなたは誰ぞ」

人影はこちらの声を聞き拾い、ゆったりと近付いて来た。右の肩には獣らしきものを担いでいる。左の肩からは弓が覗いていた。

「久しいのう、安芸津彦《アキツヒコ》」

答えたのはその男ではなく、少し前を歩くシホツツだった。アキツヒコと呼ばれた男が、嬉しそうに「おお」と叫ぶ。張りのあるだみ声は、イツセより少し年嵩といったくらいに聞こえた。

「その声はシホツツ様か」

「恙《つつが》なさそうで何よりじゃ」

二人は古い知り合いか。交わす言葉を聞いていると、どうやらその昔、アキツヒコは自らの耕すべき土を求めて旅に出た男らしい。そしてシホツツに会い、田を拓くに足るところがあると聞いて、ここに根を張った。

アキツヒコは昔を懐かしんで笑った。

「しかしまあ。相変わらず、ふらふらしておいでじゃな」

「それが生き甲斐ゆえ、致し方ないわい。ところで」

シホツツが、ちらりとこちらを見る。そして、今はホホデミたち四兄弟と旅を共にしていることを告げ、詳しくを話して聞かせた。

「このお方たちは、おまえさんの昔と同じよ」

「とは申せ、この辺りに耕すところは残っておらんよ」

少し離れたところに低い野があり、そこなら手付かずで残っている。だが、そこで水の手となる川は太く、面土と違って細い枝分かれの流れも少ない。ひとたび水が溢れたら田が潰れてしまうため、日向の皆が移り住むには足りないだろうと言う。

シホツツは「違うわい」と笑った。

「豊葦原に行きたいと申されるのよ、ホホデミ様は」

「ほう！」

アキツヒコが少し歩みを進めて来た。先に思ったとおり、やはり長兄・イツセより幾らか年嵩である。骨ばった頬に大きな顎の、勇ましい顔つきであった。

「で、豊葦原がどこにあるのか聞きに来られたのだな。だが俺も、彼の里がどこにあるのかは知らんぞ」

「では、この話はどうだろうか」

岡水門で、取引の種として豊葦原の剣が安芸に流れて来たと聞いた。それを持って来た者について、何か知らないかと訊ねてみる。

　アキツヒコは「それか」と、少し難しい顔で唸った。

「吉備の者が持って来たのだ。そこまでは分かっておる。が、その男がどうやって剣を手に入れたのかは知らん。すまんな、力になれんで」

　ホホデミは「いいや」と目を輝かせた。

「わぬしの話からすると、安芸と吉備は互いに行き来しているのだろう」

「そのとおりだ」

「ならば、吉備なる里の暮らしも穏やかなはずだ。そこに行かば、もっと詳しく分かるだろう。手掛かりをもらえただけでも、ありがたい」

　心が騒ぎ、体が疼いた。

「あに様たち、どうでしょう。吉備への行き方はアキツヒコに聞くとして、明日になったらすぐ向かおうと思いますが」

　だが思いの外、三人の兄は気乗りがしない顔であった。イッセが重そうに口を開く。

「なあ、ホホデミ。ここは——」

「はっははは、いやっは、ははははっ！」

　アキツヒコの濁った笑い声が遮る。そして、なお笑いながら言った。

「わぬし、ここまでの海が難しいとは思わなんだかね」

　問われて、岡水門からの船旅を思い起こした。昼の間、しかも満ち潮の時にしか進めない。確かに難しい海だった。如何にシホツツの導きがあったとて、ヒノオミとウヅヒコがいなければ、この安芸にさえ辿り着けたかどうか。

口籠もっていると、アキツヒコは左目から涙を拭い、なお続けた。

「この先はもっと難しい。小さい島が海の上にばら撒かれておる」

そういう海を、しかも、この寒い冬に越えて行こうと言うのか。たとえ越えられたとしても、心が参ってしまうぞと諭された。

シホツツが、抜け落ちた歯の間から「ふは」と笑った。

「冬を越してから動いても良かろうて」

向けられた面持ちには、呆れたものが浮かんでいる。おまえは、まだまだ足りない——そう言われているかのようであった。幾らか口惜しく思い、奥歯を強く噛む。

と、イツセが肩を叩き、穏やかに語った。

「それが良いと思うぞ。先を急げないのは悔しいだろうが」

然り。確かに悔しい。イツセは「先を急げないから」と推し量りつつ、言葉の裏には「シホツツに子供扱いされたからだろう」とも含ませている。

だが、違うのだ。悔しいのは、むしろ自らが「まだまだ足りない」ことなのだ。

旅に出ると決めた。兄たちのため、従ってくれる皆のため、長として足りる者でなければならないのに。どうしたら良い。どうすれば、皆のための長になれる。この旅の長には、日向を継ぐために培ったものとは別の何かが要《い》る。

「焦りは、良いものを生まぬぞ」

重ねてイツセに諭され、ホホデミは「はい」と頷いた。長兄はいつもこうして宥め、諭してくれる。今まで、それに耳を貸して悔いたことはなかった。此度も同じか。この安芸で冬をやり過ごす間に、自らに足りぬものが見えてくるかも知れない。

「アキツヒコよ」

ホホデミは安芸の長に顔を向け直した。新たな里を求めて成し遂げた人が、ここにある。春を待つ間、アキツヒコから学べるだけ学ぼう。

「この近くに、しばし留まろうと思う」

「ああ。そうしなさい。とりあえず、今宵は俺のところに来ると良かろう」

では、とアキツヒコが歩き始める。従って安芸の里へと向かった。

その晩はホホデミたちのために、アキツヒコの宮で賑々しい宴が催された。ひとえに、如何にシホツツの顔が広いかの表れである。

皆の楽しむ様を眺めながら、ホホデミは思った。

目指すべきもの。摑み取りたいもの。シホツツは未だ、この身がそれに足りないと匂わせている。我が身に欠けるものとは、果たして何なのだろう。

*

アキツヒコと会った森の手前、船を着けた岸から登ったばかりの高台に、ホホデミは仮宮を構えた。この埃宮《えのみや》で冬をやり過ごす間、食い物は自ら得ることにした。アキツヒコに頼めば米を分けてはくれようが、何もかも頼りきる訳にもいかない。ホホデミを始め、狩りに出られる者は獣を獲り、それができぬ者は木の実を探し、山で芋を掘る。猪や鹿を干し肉にして里に持って行けば、皆で十日ほど食えるくらいの米と換えることができた。

　そして、待ち望んだ春が来た。

　春分けの日まであと十五日、ホホデミはアキツヒコの宮を訪ねた。

「明日は船を出す日だ。これまで助けてくれて忝く思う」

「もう、そんなになるのか。早いものよな」

　しみじみと頷きつつ、アキツヒコは少しばかりこちらの顔色を窺った。

「それにしては嬉しそうに見えん。シホツツ様とお別れだから、かな？」

　幾日か前に告げられた。シホツツはここで旅を外れ、船出を見送ってから石見の里へ向かうという。とは言え、それが寂しくて浮かぬ顔をしているのではない。

「道すがら別れるのは、日向を出る時に聞かされていた」

「ふむ。では、豊葦原について新しい話が聞けず終いだったからか」

「それも違う」

　もっと大きな、満たされぬものがある。我が身に足りぬ何か、その姿が見えない。月の満ち欠けが三度も廻ったというのに。

　旅の末に里を拓き、長となった男。アキツヒコを見ていれば何か分かるかも知れないと思っていた。だがアキツヒコは、日向の若長だった頃の己と何も変わらない。新しく学べることはなかった。

それでも己より長く生きている。話を向けてみれば、何かしらの手掛かりくらいは摑めるのではないか。うん、と踏ん切りを付けて口を開いた。

「ことあるごとに翁が言うのだ。いや……言うのではないな。私には足りないものがあると匂わせる。それが何なのか分からず、楽しまぬ思いを持て余すばかりで」

「足りないもの、ねえ」

アキツヒコは腕組みをして「ううん」と唸った。だみ声が低く凝り固まり、地鳴りでも聞いているのかと思ってしまう。

しばしそうしていたものの、返ってきたのは「分からんなあ」のひと言だった。

「ホホデミ様を見ておって、俺は思った。この方は心が清いと。人の良き心を疑わず、それを引き出すために、自らの心も良く保とうとしておられよう」

さすがは里長、つぶさに人を見ている。民を導くには長こそ清くあるべしと、常に自らを戒めてきた。アキツヒコも同じだろう」

「アキツヒコも同じだろう」

「曲がりなりにも安芸の長だからな。しかしホホデミ様は、俺など大きく超えておられる」

それだけに、何が足りないのかと問われたら「分からない」としか言えない。アキツヒコはそう言って笑みを浮かべた。

「とは申せ、シホツツ様とて心の良きお人じゃ。お別れの折に、きっと御身の悩みに答を出してくれると思うが」

「そう願いたいな」

ホホデミの顔にも、ようやく笑みが浮かんだ。話して胸のつかえが下りた訳ではないが、ほんの少しだけ楽になった。

「明日は、日の出と共に船を出そうと思う」

「そうか。ではシホツツ様と共に、見送りに出ようぞ」

「忝い」

互いに柏手を打ち合うと、ホホデミは安芸の宮を去った。

明くる朝、旅の者たちは埃宮を出て険しい坂を下った。岬の裾にある狭い浜には、既にアキツヒコとシホツツ、さらには安芸の民が十幾人か顔を揃えていた。

「今日までのこと、心よりありがたく思う。我らはこれより吉備の里へ向う」

見送りの皆に言うと、ホホデミはシホツツを向いた。

「ここで別れるのは名残惜しいな。だが翁のことだ。きっと長生きして、私と日向の民が移り住んだ豊葦原に来てくれるだろう」

シホツツは「は、は」と笑った。然る後、豊かな眉が小さく動く。面持ちを引き締めたのが分かった。

「ホホデミ様には色々と突っ掛かったのう。それとて、あなた様に願いを叶えて欲しいと、心より思うたがゆえじゃ」

「ああ。分かっているよ」

頷きを返し、それを以て問うた。我が身に足りないものは未だ手に入らずにいる。それは何なのかと。

シホツツは少し黙り込んだ。言うべきか、言わずにおくかを決めかねているらしい。だが傍らのアキツヒコが「俺も聞きたい」と滲ませているのを汲んだか、やがて重そうに口を開いた。

「ホホデミ様は清きお方じゃ。人の心の良さを尊び、それを以て民を統《す》べんとされる。その志《こころざし》や良しと、わしは思うておる」

驚いたことに、昨日アキツヒコに言われたのと同じ訳合いの言葉である。

もっとも、それには続きがあった。

「じゃからこそ、足りぬのじゃよ。言うてしまえば清きに過ぎる」

思いがけないひと言を耳に、じわりと瞼が上がった。

「過ぎる、とは？」

「人に必ず備わっておるのは、良き心ではない。悪しき心よ」

悪い心と良い心を併せ持つ。それが常なる人だ。ゆえに良い心を重んじるのは正しい。そう前置きした上で「じゃが」と続いた。

「中には、あやかしの如き者もおってな。こういう輩《やから》は自らの良き心を食い潰し、悪しき心ばかり太らせる」

頷けない話だった。人には確かに悪い心もある。だが日向の民はもちろん、旅に加わったウヅヒコ、道々知り合ったウサツヒコ、そして目の前のアキツヒコも、誰もが良い心を見せてくれたではないか。

「私には翁の言うことが分からぬ。どんな者でも、ひと欠片《かけら》の良きものは残しておるはずだ」

シホツツは大きく首を横に振った。

「いいや。悪しき心のみの者など、珍しくもない」

日向は素晴らしい里だ。長と民が心をひとつにして生きている。だからこそ、旅から旅へ流れていた中で、あの里の民となった。シホツツはそう言う。

「日向では、誰もが長の教えに逆らわず、良き心を育んでおる。貧しきがゆえ、悪しき心で皆を乱さば、自らの命をも危うくするからじゃ。そういう里で生まれたから、ホホデミ様は人の心を疑わん」

「だが！」

どうしても頷けず、強く返した。そして、ちらりとアキツヒコを見てから、再びシホツツに目を戻す。

「人の上に立つ者は、民の良き心を引き出さねばならぬ。そういうものではないのか。上が心を汚しては、下の心も腐ってしまうだろう」

シホツツの眉が、はっきりと上がった。年老いて澱んだ目が、この上なく明るい光を放つ。

「ひとつの里の長で良いなら、仰せのとおりじゃ」

違うと言うのか。豊葦原に移り住み、饒速日《ニギハヤヒ》の御子と共に倭の民を束ねてゆく。そうしてできる国を導く者、倭を一統する者は、それではならぬと。

「ホホデミ様は覚えておいでじゃろう。わしが何ゆえ豊葦原の名を知ったのかを」

「豊葦原の兵に襲われて逃げた者と、翁が知り合った」

シホツツが頷く。小さな首の動きが、それこそ答なのだと示していた。

「つまり今の豊葦原は、ホホデミ様の願いと違う形で周りを束ねんとしておる。面土やら狗奴やらと、何ら変わらんということじゃよ」

「奴の里に寝泊まりした夜、狗奴の者共が襲って来た。そのまま逃げてしまったゆえ、狗奴については他に何も知らぬ。だが面土とは、イナヒのあに様が長く取引をしてこられた。私が訪ねた折も、兵のひとりに至るまで、皆が良き心を持っておると分かる里だった」

争いを続けているからと言って、悪心に染まる訳ではない——溢れ出る強い言葉にも、シホツツはけろりとしている。それならと、なお声を張った。

「なのに！　豊葦原が、ニギハヤヒ様の血を引く長が、良き心を潰してしまったと言うのか」

すると、後ろから肩を摑まれた。イナヒである。

「そのくらいにしておけ」

ホホデミは振り返り、キッと目を吊り上げた。

「どうしてです。あに様とて豊葦原に望みを持たれたのでしょう。彼の里が悪しき心根に蝕まれておると言われては、私は堪えられません」

「愚か者が！」

声を限りに怒鳴り付けられた。そうしてシホツツに噛み付いているのは、悪しき心の顕れではないか。おまえは、まだ己のみが正しいと思っているのかと。

「耳に逆らう言葉ひとつ呑み込めんで、皆の長と言えるのか。ええ？」

「では、あに様は何ゆえ私を旅の長と認めたのです」

それほどに言うのなら、自らが長を務めれば良いだろう——言葉の裏に湛えられた思いを、イナヒは受け取ったらしい。そして強い怒りを面持ちに満たした。

「日向のため、全ての倭人のためと。おまえは、それを思って旅に出ると決めたはずだ」

高く掲げた志ではなかったのか。この俺が長を務めれば良いなどと思えるほどに、軽いものだったのか。イナヒの、その思いが迫ってくる。

何も返せなかった。全てを言葉にされなかったからこそ、深く胸に突き刺さった。

「イナヒ様も、そのくらいにしておくが良かろうて」

シホツツが、ゆったりと首を横に振っている。イナヒは小さく舌打ちして、ホホデミの肩を突き飛ばすように手放した。

「翁に任せるよ。俺は、どうも熱くなり過ぎていかん」

ホホデミは軽く溜息をつき、シホツツに向き直った。少しばかり頭も冷えていた。

「見苦しいところを晒してしまったな」

「構わんよ。若い頃は、誰もかくあるものじゃ。さて……ニギハヤヒ様のお血筋は良き心を潰してしまったのか、じゃったな。それは分からん」

シホツツは先ほどと全く変わらぬ物腰で、静かに語った。或いはホホデミの言うとおりなのかも知れない。同じ血を引く者ゆえ、豊葦原が受け容れてくれることもあり得るだろう。しかし戦いを基とする里であるからには、それを当てにし過ぎてはならぬ、と。

「豊葦原を教えた折に申し上げたじゃろう。同じ血筋であることを巧く使わば、取って代われるやも知れぬと」

そこで、語り口が変わった。行き方が分かったら、まず使いを立てるが良い。もしも受け容れてくれると言うのなら、それを逆手に取れと言う。

「入り込んで、乗っ取ってしまわれよ。豊葦原は今、確かに他の里を襲うておるのじゃ。よしんば受け容れてもらえたとて、ホホデミ様のやり方に沿うてくれるとは限らぬぞ」

言うなれば、ホホデミこそが悪しき心を持たねばならぬという話だ。これまでになく厳しく、そして硬い響きであった。

船出を待つ皆が息を呑んでいる。見送りの人々が固唾《かたず》を呑んでいる。そうした中で、どう答えたら良いのか。

悪しき心を持つのは容易い。人の心を重んじなければ済む。しかし、それは裏切りだ。己を頼みとして旅に加わった皆の心を裏切ることになる。

「だが私は心を濁らせたくない。教えのとおりには、できそうにない」

すると老爺は「違う」と頭を振った。

「濁らせてはならん。清き心の隣に、人を疑う悪しき心を飼い慣らし、使い分けるのじゃよ」

言いたいことは分からぬでもない。そうやって立ち回れたら、どれほど楽だろうか。しかし。

「ホホデミ」

心を揺らし、乱していると、また肩を叩かれた。再びイナヒかと思いきや、振り向けばイッセである。兄は窘めるような笑みを湛えていた。

「まずは聞き置け。おまえには、まだ時がある」

吉備に向かい、豊葦原について多くを知らなくてはならない。どこにあるのか。どういう里なのか。それを見極めながら、シホツツの言葉をゆっくり嚙み砕いてゆけば良い。

そういう言葉に、隣にあるミケイリノが頼りない笑みを浮かべる。イナヒはその後ろで顔を背けつつ、しかし、心許なさそうに小さく頷いていた。割り切れぬ思いと、老爺の言い分を蹴飛ばしきれない思い。二つの間で兄たちも揺れているのか。

　頼みに思う人たちでさえ、定かなところは分からないのだ。だからこそ全てを聞き、見極めようとしている。翻って己はどうだ、とホホデミは俯いた。シホツツに「足りない」と言われ、イナヒに厳しく詰め寄られて、ただ臍を曲げた。そういう自らの幼さを恥じた。

「翁よ。わぬしは、それは長く、長く生きてきた。私よりずっと多くを知っている。だから聞き置こう。しかし。翁の申すことが間違いであって欲しいと、私は願っている」

「今はそれで構わんよ。さあ、船を出しなされ」

　ホホデミはシホツツと柏手を打ち合い、見送りに来た安芸の皆に「それでは」と告げて船に向かった。

「皆、心を重くさせてすまなかった。さあ！　吉備へ向かうぞ」

　努めていつもどおりの声を出す。それによって旅の僕たちは幾らか安らいだらしい。四つの船に「よし」と血が通い始めた。

　いざ、船を出そう。思った時であった。

「ホホデミ様」

　シホツツの声に、肩越しの眼差しを送る。

「どうしたね、翁」

　乱れた胸の内は、できるだけ覆い隠した。たった今の諸々も、きっと我が身の先行きを憂えて言ってくれたはずなのだから。

シホツツはこちらの顔を見て、穏やかな笑みを浮かべた。

「日向は美しきところじゃ。自ら足を運ぶまで、わしはそれを知らなんだわい。旅をしておる時に、人伝《ひとづて》に聞いてはおったのじゃがな」

どうして今、日向について語るのだろう。それは分からない。だが静かで力強い故郷の有様が目に浮かぶと、先の言い合いが流されるような気がした。

「自らの目で見て、心で味わってこそだものな。私は高千穂の峰の夕暮れが好きだ」

うん、うん、と頷きが返された。

「あなた様が豊葦原に至り、彼の里を日向と同じに愛でる。そういう日が来ることを、わしは願うておるよ。あれこれ申し上げたが、それに嘘はない」

「ありがとう。分かっているとも」

笑みを返し、ホホデミは「船を出せ」と大声を上げた。

もうしばらくすれば、朝日が昇る。橙が滲み始めた空の方へ向け、四つの船が滑り出して行った。日向を発ってから、もう百と五十日が過ぎようとしていた。

五　好悪

「左や、もっと左！　それやと岩にぶつかっちまうど」

彦火火出見《ヒコホホデミ》の船の舳先で珍彦《ウツヒコ》が大声を上げる。少しばかり――陸の上なら三十と幾つか歩んだ辺りか――水を空けた先では、渦巻く潮に三毛入野《ミケイリノ》の船が苦しんでいた。

朝のうちは波も穏やかだが、昼過ぎには風が強くなるかも知れないと、今日の船出に当たって日臣《ヒノオミ》から告げられていた。ところがその見立てよりずっと早く、昼前には恐ろしく強い風が吹いて海が荒れた。ヒノオミは少しばかり雨風の見立てができるが、飽くまで日読みの添えものでしかない。細かいところまで見通せないのは致し方ないところだった。

旅の船を襲ったのは風ばかりではない。空も瞬く間に黒ずんだ雲で覆い尽くされている。夕闇と見紛うばかりの暗さの中、そこ彼処で波頭が白く弾けた。

「この風は長く止まないのか」

船の艫で自ら櫂を取り、ホホデミは左隣に問うた。ヒノオミも漕ぐ手を動かしつつ、苦しげな声で応じた。

「分かりません。こう雲が厚くては」

「もっと早く、陸に上がっておれば良かったか」

悔いるホホデミの頬を、右側で砕けた波が張り倒す。飛沫が入って目に沁み、口の中に塩辛い味が広がった。

傍らでは自らの子・手研耳《タギシミミ》が身を小さく固め、衣をしとどに濡らして震えている。その姿を目にすると、先の波が己を叱ったように思えた。嘆いてはならぬ。決め遅れたことは、今となってはどうにもならないのだと。

「もう少しや。力、尽くせて」

ウヅヒコが声を嗄らして叫ぶ。進み方を示す声は、ミケイリノの船だけに向けられたものではない。後ろに続くこの船も、同じく舳先を左に向けなければ。

「せえの！　ホホデミ様も」

漕ぎ手が声を嗄らす。ホホデミは「おう」と返して櫂に力を込めた。ひたすら漕ぐこと幾度目か、船の頭はどうにか左へと向いた。

「よし、いいぞ。あとは真っすぐ岸を目指せ」

見回せば、他の船も何とかなりそうであった。しかし、ミケイリノの船だけが巧くいかない。漕ぎ方の良し悪しではないだろう。こちらと向こうでは水のうねりが違うのだ。

「いかん！　潮が速すぎる」

「なんぼ漕いでも追い付かん」

恐れと焦りに満ちた悲鳴が上がる。それを掻き消すように、がん、と激しい音が響き渡った。水の中にはあちこちに岩があり、小さな家の屋根ほどに顔を出して波を砕いていた。その荒い肌に、ミケイリノの船が右前の縁をぶつけたのだ。

「あに様！　皆！」

ホホデミは漕ぐのも忘れて叫んだ。兄の船が、ぐらりと左向きに倒れかかる。しかし、そこで沖から強い波が押し寄せ、斜めに傾いた船を元の形に押し戻した。

「うわっとと！」

兄の声と共に、ばん、と船底が水を叩く。巡り合わせが良かったのだろう。覆らずに済んだばかりか、波に突き飛ばされたことで舳先を左に向けていた。

「今や。ぼんやりしちょんな！　漕げ、漕げ」

ウヅヒコの叫び声に押され、漕ぎ手が目の色を変える。ミケイリノの船はどうにか波のうねりを抜けて、岸へ向かって行った。

いつもは波の静かな内浦を探すのだが、こういう時にはその暇もない。ホホデミたちは切り立った山裾の小さな浜に船を着け、流されぬようにと砂の上に引き上げた。

「いやあ。ウヅヒコは頼りになるのう」

「まこと、ええ腕じゃ」

「もうウヅヒコなんて呼べんわ。ウヅヒコ様じゃ」

命を落とさずに済んだためか、漕ぎ手たちは船を引き上げながら大喜びで讃えた。もっともウヅヒコは「ありがとな」と平らかに返すのみ。皆に持ち上げられたことより、ミケイリノの船がどれほど傷んでいるかを憂えているようであった。

夕暮れ時には空の雲が晴れた。いつもなら諸々が見えにくくなる頃だが、今日ばかりは昼間の暗さが拭い去られ、かえって明るい。人心地がついたと胸を撫で下ろす。

と、ウヅヒコが「ホホデミ様」と声をかけてきた。少しでもミケイリノの船を確かめておかねばと促され、連れ立って確かめに向かった。

「あかんなあ、こりゃ」

浜に伏せて船底を窺《うかが》い、ウヅヒコは困り声を漏らした。岩肌にぶつかった船底には罅《ひび》が入り、船縁に至ってはごっそり抉《えぐ》られていた。どちらも穴が開いた訳ではないが、心許ないという。後ろに立つ兄たちも憂いの眼差しを寄越していた。

「どうだウヅヒコ。このまま使えそうか」

五瀬《イツセ》の問いに、渋い顔が向けられた。

「使えんこたあ、ねえですわ。やけんど、やっぱり罅がなあ」

このままでは水が浸み込みやすくなると聞き、ミケイリノが面持ちを曇らせた。

「漕ぎながら水を掻い出すくらいで、何とかなるかな」

「そりゃ分からんです。すぐ壊れる訳やねえち思うけんど」

どうにも歯切れが悪い。元々が海人のウヅヒコにとっては、まず使いものにならない傷み方と見えているようだ。が、旅の僕には船の匠がいない。手当てや作り直しが利かないと分かっていて、はっきりと言う気にはなれないのだろう。

ホホデミは渋く唸った。

「どこまで続くか分からない旅だ。吉備で匠を探して、新しいのを作ってもらうに越したことはない」

とは言いつつ、と腕を組む。俯く顔の眉根が寄った。作り直すには、それなりの値打ちものを渡さねばならない。そういう品は今の船を作るのに使ってしまった。残る荷は皆が食うものと、皆が身を守るための弓や楯くらいで、これを譲り渡す訳にはいかない。炭や薪もあるが、船ひとつと引き換えの値打ちは認めてもらえないだろう。

　どうしたものかと悩んでいると、稲飯《イナヒ》が後ろから軽く肩を叩いた。

「おい。何のために俺がいるんだ。こういう時こそ頼れ」

　常と変わらぬ鋭い眼差しである。何かにつけて口うるさく、気短で熱くなりやすい兄だが、今ばかりは頼もしく思えた。

「ありがとうございます。しかし、どうやって船ひとつを贖いましょうや」

「俺が値打ちものを揃えると言えば、狩りの他にあるか。干し肉は同じ重さの米と換えられるくらいだ。数をまとめれば船のひとつくらいは何とかなるだろう。ただし長くかかるぞ」

　イナヒも認めているとおり、それでは時を食いすぎる。だが、他に手立てがないのも確かな話だった。

「分かりました。まずは何とか吉備に辿り着かねば。話はそこからです」

　ホホデミは「よし」と思いを定め、皆の作る焚き火の輪へと歩みを進めた。吉備には長く留まることになりそうであった。

*

　安芸で冬を越すに当たり、安芸津彦《アキツヒコ》から「吉備までの海は難しい」と言われていた。ミケイリノの船を傷めたことに限らず、それは正しかった。安芸の東側は多くの島がちりばめられた海である。加えて潮も速く、ウヅヒコでも読みきれないような流れを作っている日もあった。

こういう海を進むに於いて、船ひとつが思わしくない。ゆえに、小刻みに進んでは陸に上がりを繰り返さねばならなかった。もっとも、細かく心を配っていたせいか、その後は大きな困りごともなく先へ進み果せた。

「ここが吉備か」

　安芸から吉備までは、そう遠くはなかった。船出のすぐ後でウヅヒコに出会った海、日向からあの辺りまでと同じくらいにしか離れていない。しかし難しい潮に乗らねばならぬとあって、月の満ち欠けがひと廻りするだけの時をかけた。今や春も終わりに近い。

　ミケイリノの船はなお傷み、かなり水が浸みやすくなっている。如何にしても、ここで船を作り直さねばならなかった。

「しばし留まるなら、まず我らが寝起きするところを定めねば」

　ホホデミは皆と共に、仮宮を建てられるところを探した。

が、中々に難しかった。浜の近くは流れの太い川が多く、浜から離れて野に向かえば、それらから枝分かれした小川が網の目のように細かく張り巡らされている。大雨でも降った日にはどこかしら溢れてしまい、しかも水が引くまで時を食うだろう。ここに里を構える訳ではないが、それなりに長く留まる仮宮を建てるのにも向いているとは言えない。

　しかし、だからこそ豊かなものがあった。

「おい見ろ、葦《あし》だ。それも川沿いに、ずっと向こうまで」

　イナヒが目を見開き、昂った顔を薄紅に染める。ホホデミの胸に、早めに船を作る手立てが浮かんだ。兄弟の誰もが同じだったようで、葦を見て喜んだイナヒなど、もう幾人か連れて水際へ向かっている。

「せえの！」

イナヒの掛け声に合わせ、泥の飛沫が上がった。僕たちが引き抜いた葦の根には、赤茶けた玉の如きものが幾つもぶら下がっている。ひとつを千切り取ると、イナヒは零れんばかりの笑みを湛えた。

「見ろ。やはりあったぞ。鈴だ」

川底の砂には鉄の粉が混ざっていることがある。これを火にかけて溶かし、冷やし固めるのが倭の鉄の作り方であった。もっとも、鉄の粉を集める手間に比べて得られるものが少ない。そこで倭人は別のやり方を編み出した。

どういう訳かは分からないが、水辺に生える葦の根には鉄の粉が集まって玉を作る。玉の中は空になっており、内側が剝がれ落ち、からからと音を立てるものが多い。こうした玉は鈴、或いは鈴石と呼ばれた。鈴石を集めて火にかければ、少ない手数で多くの鉄を得られる。

「打小下《ウチコジ》、風彦《カザヒコ》」

ホホデミは僕の中から、鍛の匠を呼んだ。

「おまえたちはここで鈴を採って、眞金を作ってくれ。どれだけあっても構わん」

鉄の値打ちは、ホホデミの身を飾る手纏《たまき》や足纏《あゆい》、勾玉や管玉にも劣らない。これを以て取引に及べば、船ひとつを作り直すのは容易いだろう。豊葦原について知る者を探し、話を聞く時の見返りにもなる。

「ホホデミ！　あの山の麓など、どうだ」

鍛と話していると、イッセが驚いたように声を上げた。指差す先に、青々と若葉の繁る緩やかな山がある。その辺りは太い流れの向こう側で、細かな枝分かれの川もない。水の手が離れすぎて田を作るのに向かず、他と同じように人の手が入っていなかった。

「おお。里を拓く訳でなし、仮宮を建てるにはこと足ります」

　この日から十日余りの時をかけ、旅の者たちは山裾に仮宮を建てた。柱と板屋根、板壁という飾り気のない宮である。終《つい》の棲家ではないがゆえ、雨風を凌げればそれで良かった。

　皆が寝起きする仮宮――高嶋宮《たかしまのみや》を仕上げると、水汲みの者と狩りに出る者、そして鈴石を採る者に分かれ、手分けして暮らしを支えることになった。

*

　高嶋宮を仕上げて十七、八日の後、宮の前には鈴石の山ができていた。大人が二人で抱え込むくらいの広さに置かれたものは、人の背丈と同じほどに積み上がっている。鍬の先や小刀なら四十も作れるだけの鉄になろう。

「そろそろ始めるとしよう。今日は風も良さそうだ」

　日の出の頃、ホホデミが皆に声をかける。ウチコジとカザヒコ、二人の鍛が「へえ」と顔を綻ばせた。春から夏にかけて、良く晴れた日には南からの風が吹く。鉄を作るにはこの風がなくてはならない。

　朝日を受ける宮の前で、皆が手分けして薪と炭を積んでいった。

まずは四つの薪を井桁に組んだ。薪二つが土から浮く形になるが、それを風上と風下に向くようにしている。土から浮いた薪二つの間には、これと並べて炭を渡していった。

「よし。次だ」

ウチコジの声に応じ、ひと抱えもある土師の鉢が運ばれた。鉢の縁には小さな穴が幾つか空いている。鉢に鈴石を入れ、炭の上に載せると、これを囲う形で薪と炭の井桁を代わるがわる積み上げていった。薪と炭が胸の辺りまで積み上がると、鉢の頭がすっかり隠れる。その上にも炭を渡して、隙間だらけの蓋と成した。

「火ぃ点けるぞ」

カザヒコが火打石を取り、藁束の上で叩く。少しすると藁から煙が立ち上り、やがて炎が上がった。

藁が燃える時の火は強い。それを井桁の最も下、少し浮いた隙間に差し込むと、炎はさらに大きくなった。海から吹き寄せた風が狭い隙間に入って勢いを増し、炎を煽り立てるからである。これで炎は確かな力を持ち、積み上げた井桁の下から上まで突き抜けんばかりの火柱となって、炭と薪の全てを包んだ。海から山へ吹く風で火の強さを増し、それによって鈴石を融かす「野蹈《のだた》鞴《ら》」である。

あとは火が消えるのを待つのみ。全てが燃え尽きる頃には、土師の鉢に入れた鈴石が赤く融けた鉄となる。ホホデミたちは野蹈鞴を見守り、周りに火が飛ばないように目を光らせていた。

すると——。

「おめぇら！　何やりよるんか」

朝から始めた野蹈鞴が昼を迎えた頃、荒々しい声で怒鳴り付ける者があった。日の出の方、東からである。八十ほど歩みを進めた向こうに、十と幾らかの兵がいた。先に立つひとりは、青みを噴いた古い青銅の鎧に身を包んでいる。残りは竹と思しき鎧を着けて弓を引き絞り、話によっては射殺すという構えであった。

旅の僕が、ざわ、と心を乱す。イナヒが腰の剣に手を掛けた。

が、イッセがそれを押し止めた。

「イナヒ、よせ。剣を置いて鎧を外すのだ」

「しかし」

「言うとおりにしろ。ホホデミとミケもだ」

眼差しに揺るぎない心が現れている。ホホデミは「なるほど」と頷き、誰よりも早く剣と鎧を外した。イナヒやミケイリノも渋々といった顔で剣を置く。見届けるとイッセも背の弓を置き、先の兵たちに向けて朗らかに呼ばわった。

「煙が上がっておったから、どこぞの里が襲いに来たとでも思うたのであろう。思い違いをさせてすまなかった。私たちは、わぬしらを狙うておるのではない」

「なら、そりゃ何じゃ」

訝しそうに問い返される。イッセの後を引き取り、ホホデミは静かに笑みを浮かべた。

「眞金を作っているのだ」

「はあ？」

訳の分からないことを、という顔をされた。どうやら鉄の作り方を知らないらしい。そうと知って、なお続ける。

「わぬしら吉備の里の兵か」

「お、おう。うぬは、どこの誰じゃ」

「遠く日の入る方に筑紫というところがあり、面土の国がある。そこから山を越えた南、日向の里の者だ」

日向という名も聞いたことがないのだろう、吉備の兵たちは目を白黒させながら少し下がり、何やら話している。その間、旅の者たちは野蹈鞴に目を光らせるのみで、他の動きを見せないようにした。

しばし待つも、向こうからは何も言ってこない。ホホデミは再び声を上げた。

「先に我が兄から話したとおり、私たちに吉備を襲うつもりはない。ここで作った眞金と引き換えに、わぬしらと取引をしたいのだ」

兵の長はしばし迷っていたようだが、やがて大声を返してきた。

「その話がほんまかどうか、見せてもらおうかい。下手なことすりゃ矢が飛ぶで」

「ああ。そこで見ていろ」

兵たちが遠巻きに見守る中、ホホデミたちは、ただ野蹈鞴の火が消えるのを待った。

「またひとつ、時が進みましたぞ」

ヒノオミが空を見上げ、日の傾きを報せる。もう間もなく火が消える頃であった。

そろそろ良かろうと、二人の鍛が鉄の棒を取る。棒の先は鉤《かぎ》になっていて、これが熾火《おきび》の塊となった野蹈鞴に突き込まれた。

「ようし、出すぞ」

「よいしょ！　と」

鉢の縁に空いた穴に鉤棒を掛けて引き出す。中に入れていた鈴石は、真っ赤に焼けた粘っこいものに姿を変え、ゆるりと揺らいでいた。

蹈鞴から少し離れたところには、深い皿に水を張ってある。熱い鉢をその水に漬ければ、じゅう、と音がして激しく湯気が上がった。融けた鉄を冷ます間も、向こうで見ている兵たちは頼りないものを漂わせていた。

「ぼつぼつ、いいな」

カザヒコの声にウチコジが「おう」と返し、鉢の中から鉄の柄杓《ひしゃく》で掬《すく》う。その間に、カザヒコは平たい石の台を持ち出していた。

融けた鉄が石の上に流されると、それまで真っ赤だった色がくすんで黒ずみ始めた。鉄が湛えていた熱さが石に移り、さらに冷えたためである。

「鍬の先を打って、吉備の皆に見せてやれ」

ホホデミの声に、二人の鍛が「へえ」と頷く。そして冷え始めた鉄を石の槌で叩き始めた。叩くほどに鉄は形を変え、鍬の先に付ける刃として整ってゆく。

終いにカザヒコが水をかけ、でき上がりとなった。もっとも、まだ手では触れられないほどに熱い。カザヒコは細長い木の棒を二つ持ち、挟んで摘み上げた。

ホホデミは兵の長に向き、大声を上げた。

「できたぞ。鍬の刃だ」

相手は――否、後ろにいる兵たちも、全てが目を丸くしていた。幾らかでも疑いは解けただろうか。ホホデミはイッセと共に、兵たちの許へ足を運んだ。

「どうだ。分かってもらえたか」

「おめぇ方すごいな。こねえな技、持っとるんか」

未だ少し身構えている。それでもホホデミは、にこりと笑みを返した。

「この眞金で吉備の皆と取引ができないだろうか。私たちには船が要る。それから、豊葦原という里がどこにあるか知っている者があれば、教えて欲しい」

すると、兵の長は目を見開いた。

「豊葦原て、おめぇ。あの里に何しぃ行くんじゃ」

驚くというより、半ば慄《おのの》いていた。ホホデミの眉が、ぴくりと動く。

「話を聞くのが先らしいな」

イッセの声を耳に、右隣へ小さく頷く。そして再び兵の長に向き、言葉を選んで話した。

「私たちの日向は貧しき里だ。だから、移り住むところが欲しい」

豊葦原は豊かだと聞いた。そこには、もう里が構えられていると聞いている。だが豊葦原は、どうやら我が曾祖父の兄が拓いた里らしい。だとしたら、日向の民を受け容れてくれるのではないか――。

「そう思って、旅をして来たのだ」

ひととおりを語ると、兵の長が固唾を呑んだ。渇いた喉を少しでも潤したいという姿だった。

「おめぇの話が嘘じゃやたぁ言わんけどな。あの里に行くなぁ、やめとけ」

ホホデミは「ん？」と眉を寄せた。

「何か知っておるのだな。行くなとは、どうしてだ」

兵の長は「はあ」と長く溜息をつく。そして奥歯を噛み締め、小さく頷いた。

「細けえ話は里長に聞くとええ。おめぇら二人だけなら、里に連れてってやる」

ホホデミはイッセと顔を見合わせ、互いに目で語った。

どうにも、ただごとでない。この男は豊葦原を恐れていて、そこに行こうという者も同じように恐れている。二人だけならというのは、きっと——。

「重ねて言うが、吉備を襲うつもりはない。それが嘘でないと分かったら、私と兄の命は取らないと誓えるか」

「……おう。わしも男じゃからの」

イッセに目を向ける。小さく頷き返されて、ホホデミは向こうにいる皆に呼ばわった。

「あに様と私は、これから吉備の里に行って来る。戻るまで宮から離れず、待っていてくれ。今日の眞金は全て鍬の刃を打っておくように」

旅の皆が、ざわめいた。イナヒがそれを宥めて、こちらに大声を寄越す。

「吉備の兵共よ。二人が言ったとおり、俺たちは吉備を襲わない。だが二人の身に何かあれば話は変わるぞ。それは覚えておけ」

兵の長はおずおずと頷き、手下にホホデミとイッセを囲ませると、里へ向けて歩き始めた。

＊

「豊葦原については、あまり良い話を聞かぬのです」

吉備の里長は、年老いた顔の中、眉根の皺をさらに深くした。

こうした話は兵の物腰から薄々見越してはいた。とは言え、改めて聞いても容易く頷けない。曾祖父・瓊瓊杵《ニニギ》は日向の里を拓き、皆の中に美しい心を育んだ。その兄たる饒速日《ニギハヤヒ》の血筋が他から疎まれているとは。

ホホデミが黙っていると、長は躊躇いがちな目で深く溜息をついた。

「あそこは豊かな里じゃと聞いております。その豊かさゆえ、やも知れませぬわい」

いつからか、豊葦原は周りの里を襲うようになった。かつて仲の良かった里でも構わずに手を伸ばし、戦を仕掛けては潰しているという。持てる里は、いずれ、周りの持たざる里を全て平らげてしまうだろう。長はそう言う。

「それが終わらば、次は吉備が狙われるやも知れず」

「豊葦原は、なぜ他を侵すようなことを」

ようやくそれだけ問い返す。大きく首を横に振って返された。

「分かりませんわい。人というのは、いつ心が裏返るか知れぬものですからな。自らは豊かで、他の里より大きい……力の違いを以て、なお強うなりたいと思うたのでは？」

驕り。欲。人の持つ悪しき心に呑まれたのではないか、と。だがホホデミは、どうしてもそれが正しいと思えずにいた。

心の乱れを嗅ぎ取ったのだろう。イッセが「ホホデミ」と小声を寄越す。向けられた目が「これは危ういぞ」と語っていた。

安芸を発つ日、塩土《シホツツ》から聞かされていた。今の豊葦原は周りとの争いが多く、面土や狗奴と何ら変わらない。同じ血を引く者ゆえに受け容れてくれるかも知れないが、当てにし過ぎてはならないと。

この話を、どう捉えたら良いのか。シホツツも吉備の長も、豊葦原について好ましいことを口にしない。しかし離れたところにいる二人が同じように言っている。シホツツは豊葦原に攻められて逃げた兵の話をした。そしてこの里長は、あまり良い話を聞かぬと――。

「……聞かぬ？　聞かぬ、とは」

「ホホデミ？」

イッセが訝しそうな顔を向ける。ホホデミは、じわりと目を見開いた。

この長は、どうして「聞かぬ」と言ったのだろう。豊葦原は豊かな里と「聞いている」とも言っていた。

おかしい。それでは、岡水門で知った話と辻褄が合わないのだ。ホホデミは俯きがちな顔を上げ、真っすぐ里長に向いた。

「長よ。この吉備は豊葦原と交わりがあるのではないですか。岡水門という津で聞きました。安芸の里から至った船が、豊葦原で打たれた剣を取引していたと。そして安芸では、豊葦原の剣は吉備から流れてきたと教えられています」

里長は、また首を横に振った。

「交わりなど、ありませんわい。じゃからこそ我らは恐れておるのです。今、問われた剣にしても同じです。彼の里と交わりがあって手に入れたのではない」

「では、どうやって」

「手負いの兵が杖代わりにしておったのです。わしが、もっと若い頃よな」

かつて、ひとりの兵が逃げて来た。腹を刺されていて、長くは持たないと分かる傷だった。聞けば、豊葦原の兵に里を襲われて戦ったのだという。

「豊葦原の者共は、どれも眞金の剣を使うておったと聞きます。手負いの兵の里には眞金を鍛える技がなく、諸越と同じ剣で戦うたそうな」

諸越の剣は青銅でできていて、鉄に比べて柔きに過ぎる。その兵は戦いの中で自らの剣を折り曲げられ、腹を刺されてしまった。

「石で相手の頭を殴り潰してどうにか逃げ果せるも、深手を負うて力が入らん。そこで自らの腹に刺さった剣を抜き、杖にしておったという話で」

「その者は、どこの里の兵だったのですか」

長は「さあ」と返した。逃れて来た訳までは、手当てをしながら聞き出せた。しかし、どこの里かを確かめる前に息絶えてしまったという。

「ですからな。悪いことは申しません、豊葦原には行かぬが良いですぞ」

何も言えない。ますます分からなくなった。

黙り込んでいると、イッセがこちらを向いた。

「どうする」

日向の民が移り住むところは、他に求めるべきではないか。兄はそう思っているようだ。なるほど、それもひとつの道ではあろう。

だが他に求めると言っても、どこを探せば良いのだろう。岡水門を出て、ずっと東へ旅をしてきた。そちらにしか手付かずの土が残っていないからだ。

しばらく思いを巡らした後、ホホデミは重く口を開いた。

「あに様の憂いは私にも分かります。ですが、やはり豊葦原には行かねばなりますまい」

他を探すにせよ、東しかない。よしんば吉備の向こうに里を拓くに足る土があったとしよう。だが、果たしてそこに落ち着いて良いのだろうか。

答は、否。この吉備より東なら嫌でも豊葦原に近付く。豊葦原を越えた向こうまで行くとしても、必ずその近くを通らねばならない。話は同じなのだ。ならば彼の里が如何なるところか、何ゆえに争いを繰り返しているのか、それを知らずに旅は続けられない。

「それに私は、当てがあるからこそ旅に出たのです。豊葦原を諦めるとしても、ただ探し回るだけで良き土に行き当たれましょうか」

旅は命懸けである。自らと三人の兄、共に行くと名乗りを上げた僕たちだけなら、どこで死んでも悔いはあるまい。しかし、そうした思いだけを基に動くのは、日向に残した皆への裏切りではあるまいか。

「日向の皆は、私たちが豊葦原に至り、招いてくれる日を待っています。豊葦原については確かに良き話を聞きませぬが、彼の里について何も知らぬままでは……。たとえ他に良き土を得たとしても、今の吉備と同じように憂いを抱えて暮らすことになりかねません」

果たしてそれが日向の民の幸せなのか。倭の民をひとつにする礎となり得るのか。言葉の裏に含ませた思いを受け取ったらしく、イツセは「む」と唸って口を噤んだ。

「ホホデミ様」

兄との話が切れて少し、里長が迷いのある声を寄越した。

「御身の仰せはまことに正しい。そして……もしも皆様が豊葦原を知り、我らに詳しき話を教えてくだされたなら、吉備の民は憂えて暮らさずに済むやも知れませぬ」

「そうなれば良いのですが。憂いは、より深くなることもありましょう」

「あなた様の目は、そう語っておりません」

どきりとした。が、驚いた顔は、すぐに苦い笑みに変わる。

長の言うとおりだ。こうも悪い話を聞いて、なお我が心は願っている。豊葦原が悪しき心だけに染まっていないことを。必ずどこかに良い心を残していると、そう思いたいのだ。

「やれやれ」

イツセが大きく溜息をついた。そして厳しい目を向けてくる。

「偽りなく言えば、私にはシホツツの翁やこの里長が正しいと思える。だが、おまえの言うとおり、豊葦原を知らずに他を探せないというのも認めざるを得ない」

「では、あに様」

ホホデミの目に、憂いと喜びの色が混じり合う。イツセは目を伏せて二度頷いた。

「行こう。ただし兵を募り、数を整えてからだ」

「まさか。戦うおつもりですか」

驚いて声音が硬くなる。兄は薄っすらと瞼を上げ、小さく鼻で笑った。

「分かりやすいな、おまえは。だが戦うためではない。身を守るためだ」

今までのところ、耳に入るのは悪い話ばかりだ。ならば襲われることも見据えておくべきだろう。その時に何とか身を守り、或いは逃げ果せるだけの力が要る。

「それに、今の豊葦原は争いの上に成り立っているのだろう。話し合うにせよ、兵がなければ見くびられる」

兄の考えは的を射ていた。豊葦原が力なき者を潰して回っているのなら、力なきまま赴いては何もできない。

「仰せのとおりにしましょう。ですが私は、飽くまで話し合いのために行くのです。そこはお認めくだされ」

「ああ。私とて要らぬ戦いはしたくない」

話は決まった。これからの旅は、今までとは違うものになる。

二人の話を聞き、里長はおもむろに問うた。

「豊葦原を知るために赴くと仰せなら、知り得たことを我らに教えて欲しいという話は、聞き容れてくださったと思うて良いのですな」

「もちろんです。彼の里に至って諸々を知り得たら、偽りなきところをお伝えすると誓いましょう」

力を込めて返すと、里長は「忝い」と柏手を打った。

「では、我らも取引のお求めに応えましょう。先んじて、豊葦原について吉備が知る限りをお話し致します。見返りに、皆様方の持つ眞金の技を教えてくだされぬか」

「お教えするのは構いませんが、今の話の他に、まだあるのですか」

ホホデミが目を丸くすると、長は小さく頷いた。

「人伝に聞いた話ですが、値打ちはありますぞ。彼の里への行き方です」

「何と」

ホホデミは思わず立ち上がった。驚きと喜びに満ちた顔へ、長の話が続く。

吉備からさらに東へ行くと、陸に突き当たって海は行き止まりとなる。しかし行き止まりの陸には細い水の道があり、ここを抜けた先には浅海が丸く広がっているらしい。

「浅海には癖がありましてな。満ち潮の時は海なれど、引き潮の折には泥沼に変わるとか」

「煩わしい海ですな。わざわざ、その海に入らねばならんのですか」

イツセの問いに、長は頷いて返した。

「浅海まで行かば、豊葦原は目と鼻の先と聞きます」

潮の満ち引きで姿を変える浅海——干潟の東に生駒《いこま》という山がある。これを越えれば、そこはもう豊葦原の里だという。

「もっとも海の突き当りまで、どのくらいかは分からんのですが」

ホホデミは笑みを以て応じた。

「それでも長の言うとおり、値打ちのある話には違いない。吉備にはかなり長く留まることになりましょう。その間、日向の者をよろしくお頼みします」

吉備の民に鉄の作り方を教える。兵を整えるため、人を募る。兵が増えれば、それらの持つ剣や弓矢も作り増さねばならない。傷んだミケイリノの船だけでなく、兵が乗るための船も要る。食うものも、より多くが要るのは明らかだ。あれも、これも——旅の筋道が定まると、為すべきことは後から後から湧き出してきた。

＊

　里長は話の分かる人であったが、誰もが同じではない。長からの口添えを得たにも拘らず、高嶋宮を遠巻きに見て訝しげな顔をする者も多かった。吉備にとって日向の者は「とりあえず危なくない」くらいの扱いなのだろう。

　そのせいか、鉄作りを学びたいという者は六人しかいなかった。吉備の里には十と二人の鍛が住まうが、学びに来たのはその中の三人だけである。他は田畑を作る家に生まれ、後継ぎになれなかった男たちだ。そうした者が自ら身を立てねばならないのは日向と同じであった。

　この六人も、初めは少し及び腰という有様だった。しかし月の満ち欠けが七度繰り返され、今となってはすっかり打ち解けた。今日も日向の鍛——ウチコジとカザヒコに教わりながら鉄を打っている。未だ手つきはぎこちないものの、それでもかなり慣れたようだ。脇目も振らずに槌を使う若者たちを見て、ホホデミは朗らかに讃えた。

「いいぞ、巧くなってきたな」

　鍛え上げられたのは鍬の先であった。刃は波打っていて、ウチコジやカザヒコが作るものには遠く及ばないが、とりあえず形にはなっていた。

恐ろしく熱い鉄を懸命に叩き続けるとあって、習う六人は滝の如き汗である。それを見たカザヒコが「うん」と背伸びをした。

「そろそろ休もう。昼餉にするか」

カザヒコは皆と共に高嶋宮へ向かい、竹籠に干し肉と菘《すずな》を運んで来た。ウチコジが腰から小刀を取り、それを切り分けてゆく。

「ホホデミ様も共にどうですか」

「今日は風も良いし、そうしましょう」

鍛たちに誘われて、ホホデミは「ああ」と腰を下ろした。高坏に盛られた菘を手に取って齧れば、熟れた柿の実の如き甘みが広がる。そこに菘の葉を併せて噛むと、菜物ならではの爽やかな青臭さと奥深い苦みが広がった。根も葉も捨てるところがない。

「知っておるか。諸越ではこの菘を煮て、柔くして食うそうだ」

ウチコジが言うと、吉備のひとりが「うわ」と嫌そうな顔をした。

「そねぇな訳の分からんことを？　このまんま食うたら旨ぇに」

「わしらに比べて旨いものを知らんということだ」

わいわい話しながらの昼餉は何とも楽しい。すう、と抜ける秋風が心地好かった。

その風に乗って、のんびりした声が遠く渡ってきた。

「ホホデミ様ぁ」

吉備の里で田を作る若者であった。よそよそしい者が多い中、わずかながら、こうして近しくなった者もある。応えて「おう」と手を振ってやると、若者は零れんばかりの笑みを湛えて駆け寄って来た。

「どうも。ミケ様とヒノオミ様、どこにおるんじゃろうか」

「二人とも宮の中だと思うぞ。それはそうと、ずいぶん嬉しそうだが」

若者は「そりゃ、もう」と身を捩った。

「お二人の言うとおりにしたら、わしの田でも米がたっぷり実ったんじゃ。頭のひとつも下げにゃならん思うて」

「良かったな。さあ、早く宮に行きなさい」

若者は「そんじゃ」と柏手を打ち、宮へ駆けて行った。

吉備の皆に認めてもらうべく、ホホデミたちは心を砕いてきた。鍛の技のみならず、日向だけが持つ田作りの技も伝えようとしてきたのだ。

種籾をいつ蒔くか、どの頃合で田に入れる水を増やすか、いつになったら水を抜くか。他の里ではそれを成り行き任せで決めるが、日向では違う。日読みの技を持つからだ。種籾は春分けの日から幾日の後に蒔き、晴れた日を幾日数えたら水を増し、また幾日晴れたら水を抜きと、手筈が決まっている。

それだけで実りが増えるのだから、試してみないか——ミケイリノとヒノオミは春のうちに田作りの家々を訪ねて回り、そう言って誘っていた。今までよりも実りが増せば、多く穫れたものを四つに分け、ひとつを貢いでもらうという決めごとの上である。

もっとも、この話に乗る家は少なかった。ずっと田を作ってきた誇りもあったろう。初めから概ねの日取りを決めておくという話も、疑わしく思われたのかも知れない。日向の技を取り入れたのは、田が小さい者や、土が痩せて多くを得られない者など五人ばかりである。だが、それらの者は確かに実入りを増やした。

「ちゅう訳でな。三人《みひと》ばぁ寄越して欲しいんじゃ」

「分かった。明日の朝で良いかな」

先の若者とヒノオミが宮から出て来て、話しながら向こうへ歩いて行った。こちらの割り当てについて、受け渡しの話であろう。三人で運べるだけの米では少なきに過ぎ、他の家からの割り当てを合わせても、そう多くの嵩にはなるまい。日々の食いものは狩りや木の実採りで補うとしても、長く旅を続けるためのものを蓄えるなら、もっと多くの家が話に乗ってくれなければならなかった。

「まことに長くかかりそうだ」

ホホデミは小さく呟き、また菘を口に入れた。

しかし。

十日もすると、日向の技を教えてくれと言って、多くの者が押しかけて来た。これまで困っていた家が、俄かに豊かな実りを得たと知ったからだろう。ホホデミとミケイリノ、ヒノオミは、全てを快く受け容れた。これこそ日向と吉備の間が縮まってきた証に他ならなかった。

冬の間はイナヒの狩りで干し肉を作った。ウチコジとカザヒコには、鍛の技を伝える傍ら、吉備の海人が使う銛や釣り針を作らせる。イッセや大来目《オオクメ》がそれを米や魚と換え、併せて船の匠に引き合わせてもらった。次の春を迎えると、ミケイリノとヒノオミは多くの家を回り、日向の田作りを教えてゆく。

　そして時は過ぎ、次の刈り入れを迎えた。

「おめぇ様方の割り当て、持って来ましたわい」

「ほんまに良う実った。すげぇことじゃ」

「ありがとござんす！」

民の笑顔、喜びの声。高嶋宮に次々と米が運ばれて来た。籾の粒がぎっしり詰まって、大人が二人で担がねばならないほど重い。そういう麻袋が六十幾つも積み上がった。

「ところで、今日の宵に祭りがあるんじゃけど。良かったら日向の人らも来んかね」

　こうした誘いは初めてであった。ここに住まい始めたのは前の年の春、刈り入れの秋も二度目である。長くかけて積み上げた行ないが報われたのだ。ホホデミは大いに喜び、旅の者全てで祭りの輪に加わることにした。

　里に至り、外を囲う濠を渡れば、その先の広場では夜空を焦がさんばかりに炎が焚き上げられていた。明かりを囲んで民たちが歌い踊り、酒を楽しんでいる。

「やっておるな。俺たちから祭りへの貢ぎだ」

　イナヒが干し肉の袋をどさりと置くと、民たちは躍り上がって喜んだ。そして吉備の鍛が鍛えた鉄の小刀で肉を切り取り、炎に炙って食い始める。ホホデミたちも酒を振る舞われ、菜物や魚のもてなしを受けた。

炎の周りで踊る民の輪に、旅の僕たちが交じっている。ミケイリノや、ホホデミの子・タギシミミの姿もあった。分け隔てなく楽しむ様を眺めつつ、ホホデミは左隣に声を向けた。

「あに様。旨い酒ですね。やっと吉備の皆と睦み合えた」

イツセが盃を傾けつつ「ああ」と頷く。

「おまえの願いは、こういうことだものな」

まずは日向の民のため、豊かな里を構える。そして周りの里に日向の技を伝え、手を取り合って安らかな日々を暮らす。この輪を拡げ、さらに多くを巻き込んで、ゆくゆくは倭人をひとつの国にまとめる。吉備との交わりは、小さいながらもその始まりと言えた。

「もっとも」

炎に照らされるイツセの頬に、憂いの色が滲んだ。

「豊葦原が如何なるところか。それにもよるがな」

「分かりませんよ。行ってみるまでは」

兄の言うことは正しい。だが今は、何より目の前にある喜びを重んじたかった。豊葦原の民として同じ倭人である。心の中に、吉備の民と同じものを持っていて欲しい。

「ホホデミ様、イツセ様」

渋く割れた穏やかな声が向く。里長であった。

「祭りは、楽しんでおられますかな」

「ええ。お招き、忝く思います」

イツセの笑みに、里長も「それは良かった」と笑みを返す。そして、ひとつを問うた。

「日向の田作りを教えてもらい、これからの吉備は潤ってゆくでしょう。されど驚きましたぞ。日向には何ゆえ、このような技があるのでしょうや」

すると近くの民たちが聞き付け、ホホデミの周りに輪を作った。

「それ、わしも聞きてぇ」

「すげぇやり方じゃけぇのう」

吉備の民も元は筑紫から移って来た者たちだろう。しかし、それは遠い昔だ。親から子へ、子から孫へと移り変わって、皆が日向の里を知らない。

ホホデミは、にこりと笑って話し始めた。

「日向は日読みの技を持ち、それを田作りに活かしている。ゆえに酷く痩せた土でも、どうにか皆が食うてこられた。しかし、そもそも何ゆえ日向だけが日読みの技を持っているのか」

まことの話かどうかは分からないと断った上で、自らの里に伝わる話を明かしてゆく。

「日向の里は我が曾祖父君・ニニギ様が拓かれた。そのニニギ様は、日を司る天津神・天照《アマテラス》様の孫と伝えられている。ゆえに日の動きを知り、それを読めるのだ、とな」

そしてホホデミは、神々の言い伝えを語っていった。伊弉諾《イザナギ》と伊弉冉《イザナミ》が海原に磤《おの》馭《こ》盧《ろ》島《じま》を作り、そこに降り立って倭の島々と神々を生んでいったこと。イザナミが命を落とし、イザナギが黄泉の国へ向かったこと。黄泉から逃げたイザナギが禊をして、アマテラスと月読《ツクヨミ》、素戔嗚《スサノヲ》を生んだこと。ばかばかしいと笑われても仕方のない話であろう。何しろ自らの血筋が神に連なっていると言うのだから。

しかし、誰も笑わなかった。この世がどうしてここにあるのか。どうやって、でき上がったのか。それを考えて正しい答に辿り着くには、人という生きものは小さきに過ぎる。吉備の民たちは世の成り立ちなど初めて聞いたのだろう。そして、初めて世の理《ことわり》に思いを巡らしたのに違いない。誰もが心沸き立つ眼差しを向けていた。

「この言い伝えを如何に思うかは人それぞれだ。何が正しいのかは私にも分からん」

ホホデミはそう結んで微笑んだ。すると。

「……そやけど、やっぱホホデミ様は神の子じゃ」

誰かが、ぼそりと呟いた。

「おう。こねぇな恵み、くれたんじゃけぇ」

「言い伝えがほんまかどうかなんて、なあ？」

「そうじゃ。そんなん、どっちでもええ」

民たちは口々に言い、敬って柏手を打った。初めは漣《さざなみ》の如く。少しずつ勢いを得て、大波と化してゆく。その様を見て、里長がしみじみと笑みを浮かべていた。

「嬉しいものだ」

呟きと共に、ホホデミは瞼を閉じた。目頭が熱くなっていた。

恵みを受ければ喜びを返す。そういう良き心を持たぬ者もいるのだと、シホツツは言った。

だが、この民の姿を見よ。吉備に来たばかりの頃に野蹈鞴をして、あらぬ疑いを抱かれた。それでも今は互いに親しみ、こうして敬ってくれる。これこそ人ではないか。

シホツツの憂いは、この身を思ってくれたがゆえ。忝い限りである。

しかし、とホホデミは瞼を開いた。右の目から、ひと雫の涙が零れた。

＊

米の貢ぎはどれだけの嵩になったか。狩りで得る肉と併せ、いつまで皆を食わせていけるか。匠に頼んだ船を受け取るのに、鉄の銛や小刀を幾つ鍛えれば良いか。皆が身に着ける楯は足りているか。剣はあとどれだけ要るだろう。弓は。矢は。この先の旅のために決めるべき話は多い。それを定めて皆に申し付けるのが、ホホデミとイツセの務めであった。

今日も高嶋宮で諸々を話し合っている。二人の膝元には指先ほどの小石が幾つかの固まりにまとめてあった。そのひと山から、イツセが小石を七つ取って外した。

「ホホデミ、間違っておるぞ。弓の作り増しが七つ多い」

「いえ、それは人が増えたからです」

「ああ……そうか。頭から抜け落ちていた」

くたびれた、という顔で小石を元に戻している。すると部屋の外に——仮宮のことゆえ、外はすぐに土の上である——がやがやと集う者があった。言葉の癖からして吉備の者である。それらを連れて来たイナヒが張りのある声を寄越した。

「共に行きたいという者が、また名乗り出てくれたぞ。四人《よひと》だ」

吉備に来てから既に三度の刈り入れが終わっていた。冬を迎えた宮には、日々こうして若者が訪ねて来る。豊葦原へ向かうのに兵を募り、それに応えた者共であった。

「おまえたちは今日からホホデミの僕だ。良いな」

イナヒの声に、四人の若者が背筋を伸ばして柏手を打つ。ホホデミはイッセに目配せして、いったん話を打ち切った。

「あに様。確か、ヒノオミの下は二十《はた》に届いておりましたな」

問うと、イナヒは「ああ」と頷いた。

「だが俺の下が幾らか足りない。剣を使える者が少ないのでな」

ホホデミは「ふむ」と腕を組み、若者たちに問うた。

「わぬしら、剣は？」

二人が手を上げた。残る二人は頼りなげに首を横に振る。

「よし。では剣の心得がある者は、イナヒのあに様の下だ」

船出の日が決まるまでは、日向の者を助けて旅の備えを手伝うように。剣や弓矢を学びたい者があれば、この宮でイナヒやオオクメに教えを請うと良い。そうと聞いて、若者たちは嬉しそうに「へえ」と頷いた。

吉備の里から旅に加わる者は既に二百と三十を数えている。鍛の技を学びに来た者たちと同じで、どれも家の田畑を継げない身の上であった。

そういう若者たちには自ら生きるための力が要る。何かしらの技を身に付けるか、今の田畑の周りを新しく耕すか。さもなくば、旅に出て別の里を構えるか。だが旅とは命懸けである。ならば豊葦原への旅、良い話が聞こえてこない里に向かう危ない旅であれ、ホホデミと共に行くことこそ心強いと思っているようであった。

「では、おまえたちはオオクメの許へ行け。とりあえず剣と弓を学ぶが良い」

四人が「分かりました」と立ち去る。それらの背を見送ると、イナヒはこちらに向いて少し難しい顔を見せた。

「ホホデミ。良いか」

「はい」

「ひとつ、おまえに勧めたい話がある。旅立ちの日も近いことだし、そろそろ頃合だろう」

何だろう。眼差しで先を促すと、イナヒはいつもより厳しい面持ちになった。

「この先の旅は危ない。もしかしたら戦になるやも知れぬ」

「ええ。それが？」

「吉備の里長にタギシミミを預けて行け」

ホホデミは目を丸くした。我が子を手放せとは。

「お待ちを。あの子を伴ったのは、豊葦原に入った後、私の後を継がせるためなのですぞ」

「入ることができれば、の話だ」

そう返されて言葉に詰まる。ようやく、ひと言だけを返した。

「ですが」

「はっきり言おう。タギシはこの先、足手纏いになる」

ホホデミの眉根が寄り、目が吊り上がった。

「何を仰せられますか。足手纏いなどと」

「違うのか。吉備に来た時のことを、おまえはもう忘れたと見える」

思い出せ。安芸からここまでの海が、どれほど難しかったかを。潮に悩まされた。強い風に煽られれば、思うとおりに船を進めることさえできなかったのだ。イナヒの言葉に力と硬さが増していった。

「あの時タギシはどうしていた。おまえの傍で、ただ震えているのみだったろう」

皆が力を尽くし、あれこれを考え試していた。そうした中で、ひとりだけ何もできなかったではないか。吉備に来てもうすぐ丸々三年、タギシミミも生まれて十年目を迎える。だが、そのくらいの子が果たして皆の力になれるのか。

「タギシとて、私に付いて剣の技を修めております」

ホホデミはそう返すも、鼻で笑われた。

「俺に言わせれば、まだまだ甘い。あのくらいの技では、狩りに出たとて仔鹿のひとつも仕留めきれん。重ねて言うが、この先は戦になるやも知れんのだぞ」

野山の獣は人を凌ぐ力と速さを持つ。しかし、いざ追い詰められるまでは向かって来ようとせず、まずは逃げようとするものだ。

翻って、人は違う。兵たちは剣を持ち、弓を備えている。さらに獣とは全くの逆しまで、危うくなれば逃げてくれるが、まずは向かって来るものだ。こちらを殺そうと、目を血走らせて詰め寄って来るのである。

「その時タギシに何ができる。皆の命を危うくするだけだ。おまえは長として、それを見過ごすと言うのか」

「しかし！　私の子なのですぞ。あに様にとっても甥ではありませんか」

兄が正しいのは分かっている。だが、物心付いたばかりの子を置いて行けとは、あまりに情けがない。そこに憤って声を大にした。すると。

「たわけ者が！」

より大きな声を叩き付けられた。

「おまえの子だから、我が甥だから言っているのだ！　どうして、それが分からん」

旅の僕を危うい目に遭わせる。それが見えているのに連れて行けば、長の後継ぎというタギシミミの立場が揺らぐ。これは避けるべきではないのか。もっと言えば――。

「ホホデミ。私もイナヒの言うとおりだと思うぞ」

傍らで黙っていたイツセが、落ち着いた声を寄越す。ホホデミは何も言えぬまま、がくりとうな垂れた。

分かっている。兄たちが正しい。それでもなお迷った。日向に残した岐須美美《キスミミ》は、慣れ親しんだ里の民に囲まれ、我が父・鸕鷀草葺不合《ウガヤフキアエズ》に守られている。ゆえに、残して来るのにも躊躇いはなかった。タギシミミにとって吉備に残ることが、それと同じだとは言えない。

固く目を瞑った面持ちから読み取ったのだろう。イツセはまた、穏やかに語った。

「憂えずとも良かろう。吉備の皆は私たちを受け容れて、これほど親しんでくれた。豊葦原に入り、向こうに落ち着く日が来たらタギシを呼べば良い」

タギシミミは、ここまでの旅を如何に思っているのだろう。父や皆と離れることを、寂しく思うのではないか。

だが、とホホデミは目を開き、顔を上げた。

「……分かりました」

からからに涸れた喉から、囁きを漏らす。イッセが小さく頷いた。外にあるイナヒが、ほっ、と息をついたように思える。

「向こう三日、タギシといてやれ。おまえの務めは、できる限り俺が代わる」

厳しさの薄らいだイナヒの言葉に、ホホデミはひと筋の涙で応えた。

＊

「どうして？　何ゆえです」

おまえを、ここに置いて行く。告げられて、タギシミミは目を潤ませた。

「私が何もできないから？」

「違うよ。そうではないのだ」

苦く、そして切ないものを味わった。

人の子というものは、誰よりも母親を拠りどころとする。ことに物心付いてしばらくは、それが極めて強い。自らに照らしてみれば、火を見るよりも明らかである。

タギシミミはその母親と、幼くして引き離された。しかも、父たる己が旅に出ると決めたせいで。赤子とそう変わらないキスミミはまだしも、この子はあの時、どう思っていたのだろう。寂しい、悲しい。それが当たり前だ。

日向のため、遍く倭に暮らす民のために、自らの小さな幸せを投げ打った。それを悔いてはいない。だが、我が子を巻き添えにしてしまったのだ。そして今また、この子の支えを奪おうとしている。己の決めたことは、それに他ならない。

「おまえには、悪いことをしたと思っている」

タギシミミは何とも返さず、火が付いたかの如く泣いた。泣きじゃくる我が子を見守り、胸が引き裂かれ、身を切り裂かれるほどの痛みに苛まれた。

それでも、この子は置いて行かねばならない。イナヒは言った。タギシミミを置いて行けというのは、このホホデミの子だから、我が甥だからだと。イツセも、イナヒの言うとおりだと頷いていた。分かる。兄たちが正しいと、自らの心も認めたのだ。

「分かってくれ、タギシ。この先の旅は、今までよりもずっと危ない。おまえのために——」

「嘘だ！　父様《ととさま》は私が嫌いなんだ。要らなくなったんだ！　私が何もできないから」

耳を突き刺さんばかりの声が飛んでくる。船の櫂で、したたかに頭を叩かれたかに思えた。捨てられる。捨てられてしまう。生まれ育った故郷から、遠く離れたこの吉備に。幼子にしてみれば、そうとしか思えないだろう。

しかし。

「……そんな訳があるか」

小さく掠れる声が出た。要らないなどと。嫌いだ、などと。

「嫌いなものか！　要らない子なものか」

胸の奥底から叫んだ。心が溢れ、涙が落ちた。目の前に座る我が子を抱きしめた。

「愛しい。かわいい。だからだ！　死なせたくないのだ！」

ここまでの旅も、タギシミミには辛かったろう。今日は何ごともなく先へ進めるのか、明日はどうなのだろうと、大人たちでさえ日々を危ぶんできた。まして幼子だ。日向を発った日から時が過ぎ、もうすぐ生まれて十年目を数えるとは言え、誰よりも辛さに耐えてきたに違いないのである。

「おまえを死なせたくない。だから」

分かってくれと、我が子を抱く腕に力を込める。タギシミミは未だしゃくり上げながら、涙に詰まった鼻を啜《すす》り上げるように鳴らした。

「それほど、危ないのですか。私が死ぬほど」

「おまえには、安らいで暮らして欲しい」

「でも。でも！　ならば父様だって死ぬかも知れない。そんなのは」

嫌だ、と泣き声が激しくなる。ホホデミは子を抱く右手を動かし、慈しんで頭を撫でた。

「父を慕ってくれるのだな。だがタギシよ、私は日向の長の子として生まれた。皆のために力を尽くさねばならないのだ」

もう己には父親しかいないと、この子は思っている。しかし。

「おまえには、慕わしい人がまだ多く残っている」

今のままでは、いずれ日向の里は潰《つい》えるだろう。旅に出たのは、まず、これを救うため。倭人全ての幸せも一統の国も、全てはその先にしかない。

「私が行かねば、日向の皆が困るのだ。おまえの爺様も、弟のキスミミも、里に残した皆も、死んでしまうかも知れない」

するとタギシミミの泣き声は、少しずつ小さくなっていった。

「爺様が困るのは嫌です。キスミミが死ぬなんて」

　しばしの後に、腕の中から呟きが漏れた。もう誰も失いたくないのだろう。そのために父が旅を続けているのならばと、悲しみを呑み込もうとしている。優しい子だ。そして賢い。ホホデミは今ひと度、我が子の頭を撫でた。

「私にはな、旅に出て皆を助けることしか思い付かなかった。今でもそれは正しいと思っているが、おまえにとっては悲しかろう。辛かろう。もっと良いやり方とて、あるやも知れぬのに」

　だからと言って、そのやり方を探す間、何もしない訳にはいかない。皆を助けたいのだ。父は旅を続けなければならない。そう言って、抱き締める腕を静かに離した。

　我が子の涙はまだ涸れていなかったが、真っすぐにこちらを見てくれている。幾らかでも心は落ち着いたと見えた。

「おまえは自らに何もできぬと言っていたが、違うよ。日向の皆を助ける道が他にないか……私が旅を続けている間、ここに留まって、それを探してくれ」

「でも、父様が死んでしまったら？」

「容易くは死なん。おまえの父は強いし、伯父君たちも頼りになる。だからタギシ。私の旅が成るか、おまえが違うやり方を探すか。どちらが先か比べよう。そして……もしも父が死んだと知らされたら、その時はおまえが日向の皆を助けて欲しい」

　必ず生きて迎えに来ると、言ってやることはできない。タギシミミはそれが悲しいという顔ながら、右手に固めた拳でぐいと目元を拭った。

「父様が危ない目に遭う前に、私が他のやり方を探して、お迎えに行きます」

大きくなった――その思いに胸が詰まる。ホホデミは、また子を抱いた。涙の時が、しばらく続いた。

＊

冬が過ぎ、そして次の春を迎えた。

「いよいよ旅立ちである」

海辺に集った顔を前に、ホホデミは大きく声を張った。日の出前、これから向かう東の空が仄明るい。

「日の動きによって春が生まれ、夏を迎え、秋に移り冬に変わる。日読みの技では、このひと巡りを年という。私がこの吉備に来てから三つの年が過ぎた」

色々なことがあった。野蹈鞴をして疑われたのも、今となっては懐かしい。鍛の技を教え、日向の田作りを伝えた。祭りに招かれたのは何より嬉しかった。口を賄うために狩りもした。木の実も採った。

そして今、吉備に別れを告げる。海辺の人々――里長と民たちが、しみじみとした胸の内を滲ませていた。

人々の中にはタギシミミの姿もあった。傍らには、日向から付き従った僕が二人。我が身に何かあれば、子を連れて日向に帰るように言い含めてある。

あの日から、我が子と共に過ごす時を多く取ってきた。しかし別れに当たって、やはりタギシミミは泣いていた。再び相まみえる日はないのかも知れないと、幼いながらに悟っているのだろう。この姿を見ると胸が締め付けられる。

だが、断ち切らねば。自らに「ひと時だけの別れなのだ」と思い込ませるべく、ホホデミは我が子から目を逸らした。

「日向を発った時には、人の数はたったの二十《はた》であった。それが今や三百《みお》を超えている。多くの者が集ってくれたことを誇りに思うぞ。なぜなら私は、全ての倭人をひとつにしたいと願うておるからだ」

　そのために、豊葦原へ向かう。彼の里に受け容れてもらえるのだろうか。聞こえてくるのは悪い噂ばかりだ。しかし。

「吉備の里と交わって、私は改めて思うた。皆がそうであったように、人の中には必ず良き心がある。豊葦原とて争いばかりの里ではなかろう」

　話し合いの望みは、きっとある。だから今は、戦いに行くとは思わないでくれ。手解きしてきた剣や弓矢の技は、いざという時に身を守るものと心得て欲しい。

「心を広く、豊かに持つべし。全ての倭人が睦み合い、共に安んじて暮らすためには、互いを認め合わねばならぬ。日向と吉備が、その思いを培うてきたように」

　この旅に賭けた思いの丈を、熱く、熱く語った。三百の兵、旅の僕が、膨らんでゆく望みを抑えきれぬように「おう」と叫んだ。

「よし。では船を出すぞ。備えい」

　ひと際大きな声を受け、皆がそれぞれの船に散って行った。ここまで来るのに使っていた丸木船ではない。日向に日読みの技があるように、吉備は船作りに優れていた。太い木を伐り出して板に整え、これを組み上げた船は、丸木船が六つも合わさったほどに大きい。ひとつの船に乗れる人の数は三十ほどで、荷運びに使うものまで含めて十一の船が揃っていた。

旅立ちの手筈が整ってゆく中、浜辺に集まった者が歩みを進めて来る。田作りを教えた者、鍛の技を伝えた者、共に旅立つ兵の親兄弟。そうした民の前に立ち、里長が涙声を寄越した。

「ホホデミ様。名残惜しゅうございますぞ」

「長よ。まことに久しく助けていただきました。加えて、我が子をお預かりくださるとは」

「それは、わしらも望むところです。タギシミミ様がここにおわさば、あなた様を思うておられますからな」

「忝い」

笑みを返し、タギシミミの許へ。我が子と目の高さを合わせるために屈み、肩に手を置いた。

「皆を助けるやり方を探して、私を迎えに来るのだったな」

「はい。きっと、父様よりも早く」

「負けてはいられないな」

子の頬を撫でる。互いが作り笑いを浮かべ、眼差しを交わした。

一の船からイツセの声が飛ぶ。隣の船では、ミケイリノが見送りの皆に手を振っていた。

「ホホデミ。いつでも出せるぞ」

名残は惜しいが、いつまでもこうしてはいられない。踏ん切りを付けて立ち、自らの船へと向かう。そして乗り込む前に今ひと度、里長と言葉を交わした。

「では、これにて。長よ、末永く命を繋がれませい。そして良き報せをお待ちくだされよ」

里長は寂しそうな、そして、どこか眩しそうな眼差しを寄越した。

「豊葦原が如何なるところか。あなた様が願うとおりの里であることを祈ります。兵として加わった者たちを、よろしくお頼み申しますぞ」

「力の限りを尽くしましょう。吉備は我らを……いえ、我らの心を受け容れてくれた。私にとって日向と吉備は、等しく重い里となりました」

いつの日か倭を束ねん。一統された国と成し、全ての民に心安き暮らしを。その思いで里長と柏手を交わした。

「さあ、行こう」

大きく声を上げて船に乗り込む。見送りの人々が、浜の杭に結ばれた綱を解いた。

朝日の差す浜から、ひとつ、またひとつ、船が波間へ滑り出して行った。春分けの日まで、あと三十日余り。日向を発って既に三年と半ば、ホホデミが迎えた二十と七度目の春であった。

六　真意

吉備を出て二十日ほどの後。折り重なる青い波の遥か先に、それは姿を現した。

「まことに、あった」

彦火火出見《ヒコホホデミ》は、ぼんやりと呟いた。遠く、ずっと遠く、春の日差しに霞む陸が見える。大きく横に広がる陸は、あたかも行く手を遮るかのようで、まさに海の行き止まりと呼ぶに相応《ふさわ》しい眺めであった。

ここからでは遠すぎて分からないが、どこかに細い水の道がある。それを抜けて浅海に至り、さらに生駒なる山を越えれば豊葦原だ。ここまで良い話を聞かずにきたが、曾祖父・瓊瓊杵《ニニギ》の兄が拓いた里なのである。話し合えばきっと心は通うに違いない。そう思うと、皆に飛ばす声も勇んだものになった。

「いざ進め。あの行き止まりまで」

十一の船から、浮き立つように「おう」と返ってきた。皆が漕ぐ手に力を込め、ぐんと船足が速くなる。

だが、長く続かなかった。どうしたのかと各々の船を見回すが、誰が怠けている訳でもない。浅黒く焼けた皆の腕には逞しい肉が盛り上がり、力を込めて漕いでいると分かる。疲れているとは思えないし、櫂を使う動きも息が合っていた。むしろ初めの頃より強く、速く動いていなければおかしいのだが。

「と、すると。潮か」

ホホデミは頷き、次いで自らの前を行く船に大声を向けた。

「珍彦《ウヅヒコ》よ」

気付いているだろうか。船足が遅くなっている――否、既に全く進んでいないことを。その呼びかけに、ウヅヒコは舳先から艫へと足を運んで来た。面持ちには何かを訝しむ色が浮かんでいた。

「おかしいですなあ、こりゃ。きちんと潮は読んどるんじゃけど。もう少し見らんと、何とも言えねえちゃ」

「む。そうか」

ホホデミは面持ちを曇らせた。旅の僕の中で、ウヅヒコほど潮を読める者はいない。その男が分からないと言うのに、今のまま漕がせて良いのだろうか。

迷いを汲み取ったか、左を進む船から五瀬《イツセ》が声を寄越した。

「ホホデミ、良いか」

「あに様。ひとまず近くの陸に着けようと思うのですが」

「私も、まさにそれを勧めようと思うておった」

漕いでいるのに進まない。その訳が知れない中、皆にさらなる働きを強いては、いたずらに疲れさせるのみ。イツセも同じ見立てなら間違いはない。ホホデミは全ての船に向け、陸に着けるように言い付けた。

「いくでぇ。せえの！」

「よい、しょ！」

静かな浜に男たちの声が上がった。船を引き上げる声には未だ弾けるような勢いがある。皆の姿を見遣りつつ、ホホデミは胸を撫で下ろした。陸に上がる頃合が遅れなくて良かったと。

ふと見れば、左に遠く外れた辺りにウヅヒコがひとり佇んでいた。じっと沖合を眺めて時折俯き、そうかと思うと首を傾げる。今日のおかしな潮に、割り切れない思いを持て余しているのだろう。ホホデミはそちらに足を運んで労わるように声をかけた。

「おまえでも読めないとは、この辺りの潮は何とも難しいのだな」

しかしウヅヒコは、少し眉をひそめて「違いますわ」と応じた。

「潮は、きちんと読めとっちゃ。やけんど、潮の強さと流れの強さが合うちょらんのです。何かしら、からくりがあるはずなんやけど」

「それが『読めぬ』ということではないのか？」

「潮そのものは見えちょうて、言いよんやないですか」

少し、むっとした声であった。苛立たせてしまったか。ホホデミは「すまぬ」と詫び、なお労わって続けた。

「だが、あまり思い詰めるなよ。船が進まぬ訳が分かるまで、幾日か留まっても構わんからな」

ウヅヒコは「へえ」と返したが、眼差しはずっと波を睨んでいた。

再び船を出せぬまま夕暮れを迎え、浜には火が焚かれた。ホホデミたち兄弟が焚き火で身を温める傍ら、皆は飯を拵《こしら》えるべく動き回っている。

しばらくすると、さすがに波も見えなくなったか、ウヅヒコが戻って来た。難しい顔で腕を組み、何やらぶつぶつ呟きながら歩いている。

そちらに目を奪われていると、慌てた声で「あ」と叫ぶ者があった。見れば、焚火の明かりがやっと届く辺りである。素焼きの水瓶を運ぶ男が、浜に打ち上げられた海藻《うみも》に足を取られて転げたらしい。

「こりゃ、おえん。水が漏れとる」

男はすぐに身を起こしたが、運んでいた二つの瓶にはそれぞれ小さな穴が開いていた。小石か貝殻にでも打ち付けてしまったか。

「何やりよるんか、阿呆！　流しきらんうちに、さっさと持って来いや」

船旅に於いて真水の値打ちは大きい。少しでも甲斐なく流すまじと、荒々しい吉備の言葉が飛んだ。怒鳴られた側も自らの落ち度を悔いているのか、言い返さずに足を速める。

その様を見たウヅヒコが、目の色を変えた。

「おい、ちいと待て。持ってかんで、こっち寄越せ」

駆け寄り、二つの瓶を引っ手繰るように奪うと、それぞれ右手と左手に摑んで頭の上まで持ち上げた。流れ落ちる水を少し眺めた後、ウヅヒコは右手の瓶を少し動かし、左側からの水の筋に右側の筋をぶつけ、二つの流れを合わせた。

「そうか。これや、これやわ！　ホホデミ様」

ほぼ全ての水を流してしまうと、ウヅヒコは瓶を放り捨てて小走りに寄って来た。そして浜の砂に指を走らせ、あれこれを説き明かしていった。

まずは先ほどの瓶について。流れる水は二筋あった。勢いは同じである。しかし。

「二つを、ひとつにまとめる。当たり前の話やけど、そうすると流れの水嵩が増えるんですわ」

　ホホデミたち兄弟は「ふむ」と頷いた。稲飯《イナヒ》が続きを促す。

「そこは分かった。で、続きは？　俺はイツセのあに様やホホデミと違って、あまり頭が良うないのでな、分かりやすく教えてくれ」

「今から話して聞かすっちゃ」

　そしてウヅヒコは浜の砂に指を這わせ、縦の筋を描いた。ホホデミの側から伸びた筋は、ウヅヒコの座る足許で、大きく右に折れ曲がる。

「そっちから見て縦の筋が、わしらのおる浜ですわ。で、わしの足許で曲がっちょんのが海の行き止まりの浜じゃね」

　なるほど、と四兄弟が頷く。するとウヅヒコは、今いる浜と行き止まりの浜に沿って、それぞれひとつずつ筋を描いた。

「この海の引き潮は、行き止まりから二つ流れができとった。わしらのおる西に向いた流れと、南に向いた流れです。やけんど」

　話しつつ、海の行き止まりの向こう——ウヅヒコの足許に近い側に丸い形を描き、その丸と行き止まりを結ぶように筋を引いた。

「行き止まりにゃ細い水の道があって、その先に浅ぇ海があるちゅう話やった。わしらのおる海が引き潮になるなら、浅ぇ海も潮が引くんや」

　ホホデミは「あ」と膝を叩いた。

「そうか。引き潮の時には浅海からも水が流れ出す。二つの流れが合わさって、潮の水嵩が増したのだな」

ゆえにウヅヒコは、潮がおかしいと言ったのだ。行き止まりの奥にある浅海、そこから流れ出る水が西向きの引き潮を後押しするせいで、流れを読む目が惑わされたのだろう。

ウヅヒコは「そのとおり」と笑みを弾けさせた。

「岡水門からこっちの海に来る時と、よう似ちょります。やけんど、それよりずっと強い。この先は、満ち潮の時しか進めんやろね」

「なるほど。旅が遅れるという訳か」

ホホデミは少し眉をひそめた。が、向かい合うウヅヒコは「いんや」と笑って頭を振る。

「水の道を通る時に、取り返せるっちゃ。訳が分かったんなら、こうしちゃおられんわ」

潮の満ち引きは月の満ち欠けと関わりがあり、望月や朔《さく》――新月の日には満ち引きの差が大きい。海人のウヅヒコは身を以てこれを知っていた。明日からの旅をどう進めるかは、日臣《ヒノオミ》の月読みと合わせて決めなければならない。そう言って、昼間の楽しまぬ姿が嘘のように駆け出して行った。

明くる朝からは、船を漕ぐのは満ち潮の時だけとなる。しかし四日を過ぎた頃には、ついに海の行き止まりが目の前に迫るようになった。

向かい合う陸は右手の南側から左手の北へと白洲が長く伸び、その上に低い丘が乗った形である。白洲の左端には切れ目があり、確かに水の道があった。遠目にだが、旅の船が二つまでなら並んで通れそうな幅らしい。

朝日の眩さが落ち着き、少し日が高くなった頃、ホホデミは船の上にあった。今は引き潮と満ち潮の境目で、流れはないに等しい。

潮が満ち始めるのを待って、いよいよ水の道へ入る。細道の入り口までは、いつもなら夕暮れまで漕がねば辿り着かないくらいに離れている。

「どのくらいで、あの道に入れるのだろう」

左に並ぶヒノオミに声を向ける。すぐに「ウヅヒコが言うには」と返ってきた。

「いつも昼餉を取っておる頃には、もう抜けておるそうですぞ」

ここを越えれば豊葦原は目と鼻の先だ。が、どうにも落ち着かない。浮き立つ思いと、悪い話ばかり聞いてきた心許なさ、二つが胸の内で揉み合っている。

今か。まだか。そわそわしながら、どれほど過ごしたろう。船が、ゆらりと揺れた。

「来たっちゃ。満ち潮ですわ」

ひとつ前の船から、ウヅヒコが叫ぶ。ホホデミは「よし」と胸を張った。

「漕ぎ進め！」

十一の船に向けて呼ばわる。皆が「おう」と声を揃え、櫂を使い始めた。

水の動き始めゆえ、出だしの足はいつもより遅い。しかし、やがて見る見る速くなる。潮の流れが強くなった頃には、ひとつ漕ぐ間に、三つ漕いだと同じだけ進むようになった。

「突っ込むど！　あとは真っすぐ行くことだけ思うて漕げ」

皆の先に立って、ウヅヒコの船が水の道に入ってゆく。ホホデミの船とイッセの船が、並んでこれに続いた。水は細道に吸い込まれるかの如し、凄まじいばかりの勢いを得ている。

「ウヅヒコの言ったとおり、船を真っすぐに整えよ。隣とぶつかってはならぬぞ」

声を嗄らして叫び、時折イッセの船を見遣る。向こうもこちらと同じで、漕ぎ手の顔にはどれも張り詰めたものが浮かんでいた。

「お、おい！　何しとんじゃ」

「何もしとらんわ。ひとりでに尻が浮いとんじゃ！」

言い合う声のとおり、流れの勢いは極めて激しい。少しでも抜かりがあれば船の艫が浮き上がるとあって、漕ぎ手が死に物狂いで櫂を使った。

水の流れとは、そもそも人の力では抗えないものである。まして、かつてない速さ、激しさ。とにかく船を真っすぐにと、そればかりを心掛け、他のことを思う暇もない。あとどれだけ経てばここを抜けられるのか。早く何とかなってくれと、誰もが願っていただろう。

それすら思わなくなった頃、目の前が大きく開け、船の動きが緩み始めた。ついに水の細道を抜けたのだ。ウヅヒコの船、イッセの船も、皆が胸を撫で下ろしている。

「これが」

そこは広く丸い内海だった。水の色は薄く、海の底が薄っすら透けて見えるほどに浅い。細道に飛び込んでから、どのくらい過ぎたのだろう。空を仰げば、日の傾きはそう変わっていない。朝から夜まで戦っていたとさえ思えたのに、ほんの少ししか経っていないようであった。

とりあえず、やり果せた。その喜びも束の間、ホホデミは「あ」と後ろを振り返った。

「皆は」

見れば、後に続く船も次々に速い流れを越えて来ていた。ひとつ、二つと数えていけば、残る八つが、ひとつも沈むことなく内海に滑り込んでいた。

ようやくひと息つき、改めて内海を眺める。先ほどは気付かなかったが、遠く見渡す岸辺には泥田の如きものが広がっていた。もう少し潮が満ちれば、あの辺りも水に埋まるのだろう。だが遠浅に過ぎ、船ではあまり奥まで進めそうにない。

「ウヅヒコ。どこに着ける」

声を上げて問うと、先に立つ船は舳先を右手、南に向けた。

「こっちが、ええやろ。ちいと水が深ぇです」

確かに他より水の青が濃い。全ての船はウヅヒコに従ってそこへ進んだ。

「皆、良くやった。今日はここまでだ」

夕暮れを前にこの日の旅を終え、ホホデミたちは各々の船で一夜を明かす。船を着けた浜は、浪が速い海の津、浪速津《なにわづ》と呼び習わされた。

＊

夜が明けると潮はすっかり引いていた。船を着けた辺りは辛うじて水が残っていたが、昨日は丸く大きな内海だったものが、半ばを超えるくらいまで泥田の干潟に変わっている。こういうところは極めて歩きにくい。ひとつ進めば足が埋まり、次のひとつを進もうとすれば埋まった足を引き抜くのにも骨が折れる。

だが辿るべき道はあった。丸く広がる干潟には、あちこちから小川が注ぎ込み、潮が引いた後の泥田にも流れの筋を作っていた。泥濘《ぬかるみ》だらけの中でも、川底だけは砂である。水を含んで締まった砂は歩きやすい。ホホデミたちはこの流れを踏んで遡り、河が流れ込む内海の干潟――河内《かわち》潟《がた》を抜けた。

「見ろよ、あれ。人里があるんじゃないか」

三毛入野《ミケイリノ》が左手の遠く、北東を指差した。そこは周りに比べて少し小高く、平らに均《なら》されて草木も生えていなかった。つまり人の手が入っている。近くに何らかの里があるのは間違いなさそうだ。

ホホデミは「おお」と目を輝かせた。

「田圃でしょう、あに様。まだ青い色には乏しいですが。ヒノオミ、あそこまでどれくらいかかる」

問うてみると、ヒノオミは空を仰いで日の傾きを読み、次いで田圃らしき辺りを眺めた。

「今から行けば、夕暮れの少し前には着くと思いますぞ」

ならばと河内潟の縁に沿って大きく左に回り、里と思《おぼ》しき辺りへ行ってみることにした。もっとも旅の者は三百余りの数ゆえ、かなり目立ったのだろう。しばらく行くと、やや高台になっている田の際に人影が現れ、強張った叫び声を寄越してきた。

「わぬしら、どこの者や」

田の向こう、遠くに見える山に木霊《こだま》して、今の叫びが二つ、三つと重なった。イナヒが進み出で、すう、と大きく吸い込んで叫び返す。

「怪しい者ではない。剣や弓は持っておるが、身を守るためであって、わぬしらを襲いに来たのとは違う。話を聞かせて欲しいのだ」

すると向こうは、しばし黙った。イッセが苦い笑みで呟く。

「怪しい者ではないと言われて、すぐに心を開く者はあるまい」

言葉の裏には「ここはもう豊葦原に近いのだ」という含みがあった。塩土《シホツツ》や吉備の長が言っていたように、もし豊葦原が周りの里を襲ってばかりいるのなら、向こうが怪しんでも当たり前である。

そのまましばらく待つと、先とは違う声が遠く渡ってきた。

「二人だけ前に出え。そしたら話を聞いてやるわい。他は、そこ動くなよ」

「わぬしらも二人で来るのか」

イナヒが問い返すと、少し怒ったような声で「たわけ」と返る。

「わしらは四人《よひと》じゃ」

分からぬでもない。こちらが嘘を言っているかも知れないと疑っているのだ。何かあった時にでも、ひとりに二人で挑めば勝てると踏んでいるのだろう。

「ひとりは俺が行こう。もうひとりは大来目《オオクメ》が良いだろうな」

旅の者の中、イナヒは最も剣の技に長けている。同じくらいに強い者が付いて行けば、襲われても退けられよう。しかしホホデミは「お待ちを」と首を横に振った。

「初めに声をかけてきた者は、ただの田作りの民でしょう。今のは里の兵か、それでなければ里長に近しき者だと思います。私が行かねば話し合いも何もない」

イナヒの目が吊り上がった。

「おまえは長なのだぞ。いきなり襲われるやも知れんのに、軽々しく動くつもりか」

それは分かっている。しかし、向こうは話を聞くと言っているのだ。

「相手を疑えば、きりがありません。あに様やオオクメほどではないにせよ、私とて剣の技は学んできた身です」

イナヒは荒く鼻息を抜き、ちらりと傍らを見る。イッセが面持ちを引き締めて頷き返し、黙ってこちらに目を流した。もしも向こうが襲い掛かるなら、ここにいる三百の兵を動かすと眼差しで語られた。ホホデミは固唾を呑んで頷き返し、改めてイナヒに向いた。

「では参りましょう」

「ホホデミよ。必ず守ってやるとは言えんぞ」

イナヒはそう言って舌を打ち、再び人里へ向いて「二人で行く」と大声を上げた。

兵を離れ、前へ。ホホデミは麻袋をひとつ背に負うた。中には鍬の刃が十幾つか入っている。相手の四人は少し遅れて干潟の際に姿を現した。先の言葉どおり、他に人を連れていない。ホホデミは軽く息をついた。

「どうやら、話し合いはできそうです」

「何ゆえだ」

「向こうは遅れて出て来た。私たちは、より里に近い辺りまで行くことになる。他に人影がないのは、何かあった時、私たちの兵より里の兵が先に駆け付けられるからでしょう。下手なことはするなと示しているのですから、話だけは聞くはずです」

「俺たちの兵が来るより前に、仕留めるつもりかも知れん」

ホホデミは、なお「それはないでしょう」と応じた。

「あの田畑は日向の里より小さいではありませんか」

皆が睦み合う日向でさえ、他から襲われた時のために兵の備えはあった。が、数は三十ほどである。日向より小さな里が、三百と戦えるだけの力を持つとは思えない。

「なるほど。おまえの頭の良さだけは認めざるを得ん」

小声で話すうちに、向こうとの間合いは狭くなった。互いにあと五十も歩みを進めれば、間近に至る。もう弓矢も届くくらいだった。

ホホデミは足を止め、大声で呼ばわった。

「話を聞いてくれることを、ありがたく思う。私の名はホホデミ。遠く日の入りの方、筑紫の日向という里の者だ」

すると相手も歩みを止めた。四人の中から、ひとりが少し前に出る。

「わしらは草香邑《くさかのむら》の者じゃ。わぬしら、ぎょうさん兵を連れて、どこ行くんか」

「この辺りに豊葦原という里があろう。そこを訪ねたい。日向の里は我が曾祖父・ニニギが拓いた。豊葦原はニニギの兄君・饒速日《ニギハヤヒ》様が拓いたと聞く」

聞いて、向こうの四人を包むものが変わる。明らかに柔らかくなった。

「如何にも、豊葦原はニギハヤヒ様が拓いた里じゃ。わぬしら、同じ血筋の里を襲うつもりか」

ホホデミは「違う、違う」と笑った。

「我ら日向の里は貧しい。翻って、豊葦原は豊かだと聞く。ゆえに血筋の縁を頼み、我らの受け容れを頼みたいのだ」

すると四人は、ひそひそ話し始めた。しばしそのまま待つも、何も言ってこない。

「わぬしらが疑うのは当たり前だ。しかし誓って言おう。我らは戦いに来たのではない。豊葦原に繋がる生駒なる山がいずこにあるか、それだけ教えてくれ。さすれば、このまま立ち去る」

　再び声を上げると、相手はようやく口を開いた。

「あれが生駒や」

　真横に向いた左手の先に、傾き始めた日に照らされる山があった。それほど高くはなく、なだらかな山の端は南北に広く延びて他の尾根と繋がっている。山肌には青々と繁った森があり、何から何まで日向の山とは違う。高千穂の峰は頂近くに草木がなく、森は裾野に至ってようやく繁るのみだった。

「豊葦原に向かうには、どの辺りを越えれば良かろう」

　重ねて問うと、相手は真横に向けていた手を少しこちら側に動かした。真東から、やや南寄りである。

「あの辺りに道がある。やけど、越えるのは明日にせい。邑の兵を集めて、わぬしらが草香を襲わんように見張らせるからのう」

「分かった。それで良い」

　草香なる邑に求めるものは、この話のみである。見張られていようと構わぬところだった。ひととおりを聞き、背に負うた麻袋を下ろす。

「わぬしらの教えに報いたい。この袋には鍬に付ける刃が入っている。置いて行くゆえ、私が下がったら取りに来ると良かろう」

　終いに、相手を敬うべく柏手を。思った矢先、イナヒが「もうひとつ」と声を上げた。まだ聞きそびれた話があったろうか。

「我らはここに来るまで、豊葦原について良き噂を聞かなんだ。わぬしらの話からすれば、豊葦原は山ひとつを越えただけの先なのだろう。草香邑は、豊葦原に襲われてはおらんのか」

兄の問いを耳に、ホホデミは小さく「あ」と漏らした。確かに、今までに聞いた話と食い違っている。豊葦原が周りの里を襲っているなら、この者たちが安んじて暮らしているはずがない。

すると向こうは、さもおかしそうに笑った。

「誰の話を聞いたんか知らんが、豊葦原は悪しき里と違うわ。わぬしら、疑うておっては受け容れてもらえんぞ」

イナヒは少し黙っていたが、二つ三つ数えたほどの後、相手と同じように大笑いして返した。

「いやはや、わぬしらの言うとおりだ。聞きたいことは全て聞いたゆえ、ここに置く贈り物は後で取りに来られよ」

そして、こちらの肩をぽんと叩き、顎で「帰るぞ」と示した。割り切れない、という面持ちであった。

*

明くる朝、ホホデミたちは生駒の山裾に至った。未だ日は昇っておらず、空は紫に染まって辺りは仄暗い。左手の遠くには幾人かの兵らしき姿があり、遠巻きにこちらを眺めていた。

「物見らしいな」

イナヒの呟きに、ホホデミは黙って頷いた。

昨夜、皆の許に戻って草香邑との話を明かした。誰もが渋い顔をしていた。

豊葦原についての話が食い違うのは、シホツツや吉備の長が間違っているか、さもなくば草香の者が嘘を教えたかの、どちらかである。そしてホホデミは、イツセやヒノオミ、ウヅヒコも、草香の話を疑った。

シホツツも吉備の長も、自ら豊葦原を見て知っているのではない。しかし、どちらも豊葦原に襲われて逃げた兵と会っている。シホツツは石見に逃れた者から豊葦原の名を聞き、吉備の長は深手を負った兵から剣を受け取った。二人の話は、ただの噂ではないのだ。

ホホデミは草香の物見にちらりと目を向けた。

明日の朝になってから山に入れと言われた。恐らくそれは、豊葦原に報せを持ち込むだけの時を稼ぎたかったからだ。つまり草香は豊葦原と繋がっている。滅ぼされて田畑を奪われ、今は豊葦原の民が邑に住んでいるのか。或いは早々と膝を折り、戦わずに従ったのかも知れない。

「あに様。豊葦原は我らを襲いましょうか」

物見から目を戻し、イツセに問う。難しい顔が向けられた。

「草香邑そのものが、豊葦原の物見なのは間違いない。だが……おまえではないが、悪しき心だけの者はいないと思いたいものだな」

如何にしても、向かう先は日向と血を分けた里なのである。端から全てを疑って掛かるのは後ろめたい。イツセはそう言って頬を緩めた。無理に作った、という笑みであった。

「いずれにせよ、心して進まねばならん」

ホホデミは「はい」と応じ、ヒノオミとウヅヒコに小声を向けた。

「おまえたちは百人《ももひと》を連れて、山の入り口に残って欲しい」

豊葦原がこちらを襲う気なら、きっと草香の兵が後ろを取ろうとする。もしもの時の備えであった。次いでミケイリノに向き、もうひとつを告げる。

「あに様は、水と食い物を運ぶ者を連れて、船に戻っていてくだされ。向こうが話し合うてくれるなら、改めて誰か呼びに遣らせます」

手筈を整えると、ホホデミは皆を見回して力強く声を上げた。

「では、行こう」

ミケイリノに従って船に戻る者は、三十と幾人か。これが下がるのを見届け、他の兵が生駒山に踏み込んだ。ヒノオミとウヅヒコに任せた百人はそこに留まり、草香邑の動きに目を光らせる。ホホデミは、イツセとイナヒ、オオクメと共に、百と七十ほどを率いて進んだ。

豊葦原に繋がる山道には人の手が入っていた。幅は四人か五人が並んで歩けるほどに整えられ、草木も払われた上に坂も緩やかである。貧しい里に育ち、山で狩りをする日も多かった日向の者には、このくらいの道は山のうちに入らない。

森に挟まれた道は、高みに向けてほぼ真っすぐに続いている。しばし進むと、やがて道の向こう——東に聳える頂を越え、眩い日の光が降り注いできた。

そして。朝日を背に受け、黒い人影の群れが姿を現した。

「やはりな」

イツセが奥歯を噛むように呟いた。間違いない、あれは豊葦原の兵だ。

「オオクメ。隙を見せるなよ」

「もちろん」

イナヒの声に応じるオオクメは、常と変わらず口数が少ない。ぴりぴりと刺すようなものが皆を包んだ。

「おや。しかし」

ホホデミは少し眉をひそめた。豊葦原の兵は何とも少なかった。見たところ五十にも満たないのではないか。だとすると、襲いに来たとは言い難い。草香から報せが行っているのは明らかであり、こちらに三百の兵があると聞かされているはずだ。

訝しい思いが胸に満ちる。それはイツセも同じだったらしい。背に負う弓を取ろうとせず、右手を真横へ伸ばした。兵たちに「止まれ」と示すものであり、また、ホホデミへの「呼びかけてはどうか」という勧めであろう。そうと知って、大きく息を吸い込んだのだが――。

「日向のお人らか。良くぞ参られた」

こちらに先んじて、向こうが声を上げた。兵と思しき影が二つに割れ、その間を通って来る者がある。矢を放っても届かぬくらいに離れているが、その男が人並み外れた体を持つことは、遠目にもはっきり見て取れた。何より背が高い。兵たちの頭は、その男の腹の辺りまでしかなかった。

「ニギハヤヒ様の拓かれし里・豊葦原の使い、登美彦《トミビコ》である。今の長、可美真手《ウマシマデ》様に最も近しき僕だ」

持ち上げて大きく振る腕の、何と長いことか。それにも増して、脚はさらに長い。あまりに長い手足は水黽《あめんぼ》を思わせる。この姿に、誰もが言葉さえ出せずにいた。

　すると、促すようにまた呼ばわってきた。

「日向の者よ、どうなされた。長はおられるのかね」

　声こそ罅割れてがらがらだが、語り口は穏やかである。連れている兵の数も少なく、そして物腰も柔らかい。襲われるかと思っていたが、要らぬ疑いだったろうか。ホホデミは答えて声を上げようとした。

　が、それを待たずに口を開いた者がある。長兄・イッセであった。

「出迎え、痛み入る」

　声を上げながら、ひとつ、二つ、歩みを進める。トミビコと名乗った男は立ち止まったまま動かない。相手の出方を見て、イッセはなお言葉を継いだ。

「我が名はイッセ。旅の長・ホホデミが兄である。思うに、我らが旅をして来た訳を、わぬしは知っておられるはずだが」

　トミビコは高らかに「わはは」と笑った。

「話が早いのは助かる。草香の者から聞くには、日向の者は豊葦原に加わりたいそうだが」

「我らが曾祖父・ニニギは、ウマシマデ様がお血筋の大本・ニギハヤヒ様の弟である。従い、豊葦原は兄、日向は弟。貧しき弟を兄がお助けくださるなら、弟が持つ田作りの技をお伝えせん。ウマシマデ様は如何思し召されよう」

　長として話し合うべきことを代わりに話している。イッセが未だ豊葦原への疑いを解いていない証であった。しかし。

「我らが長からは、詳しく話を聞き、良きことならばお連れするよう言われておる。どうであろう。我は三十《みそ》の歩みを進める。わぬしと長のホホデミ様も、同じく三十だけ前に出られ、互いに親しく話し合うつもりはないか」

持ち掛けられた話に、ホホデミは「あに様」と小声を向けた。

「ああ言っております。話し合わねば何も始まりません。私も共に参りましょう」

イツセは「ならん」と応じた。そして左の肩越しにイナヒを向く。

「イナヒ。ホホデミに成り代わってはくれぬか」

「俺は、難しきに過ぎる話は苦手だ。そこは、あに様にお任せして良いだろうか」

ホホデミが「お待ちを」と割り込むと、兄たちが揃って目を向けた。イナヒが囁き声で叱り付ける。

「トミビコとやらはウマシマデの僕に過ぎん。向こうの長が来ておらぬなら、こちらの長も出るべきではない。それに、いつも言っておるだろう。おまえは旅の長だ。危ないことに近付くな」

口には出さぬが、イツセも同じ思いらしい。二人の眼差しが語っていた。何のために旅に出たのか。おまえの背負ったものが、どれほど重いか。分からぬはずはあるまい、と。

満たされぬ思いはある。しかしホホデミは兄たちに従い、二人が前へ出るのをただ見送った。口惜しい胸の内を悟ってか、オオクメがすっと隣に寄って来た。

「三十、歩んだ。話し合おうではないか」

ホホデミに成り代わったイナヒが声を上げる。トミビコは「よろしい」と頷き——。

そして、げらげらと笑った。先までの穏やかなものが消え失せている。この上なく危うい、そして卑《いや》しい高笑いであった。

「たわけ者めが！　このトミビコがおる限り、豊葦原には手を出せぬと知れ」

言うが早いか、矢が飛んで来た。それもトミビコが率いる兵からではない。森の中、ありとあらゆるところから、百や二百では利かない数だった。

「罠か」

イナヒは腰の剣を抜き、舞うが如くに身を翻して、あちこちから迫る矢を叩き落とした。イツセも背の弓を取り、同じように払い除けてゆく。だが如何にせん、矢の数は夥しい。二人とも辛うじて何とかしているという有様だった。

「あに様！」

ホホデミは声を限りに叫び、腰に佩いた剣に手を掛けた。と、オオクメが、その手首を摑む。

「逃げますぞ」

「何を言う。あに様たちが汚き謀《はかりごと》に嵌められておるのだぞ」

オオクメは、こちらの手首を握る手に痛いほど力を込め、入れ墨で鋭く象《かたど》った目を険しく吊り上げた。

「ホホデミ様は、それほど強いのですか」

短い言葉に多くの思いが籠もっていた。先に二人の兄が言ったことを忘れたのか。イナヒでさえ苦しんでいるのだ、と。

「ホホデミ！　皆を連れて下がれ」

イツセがこちらを向き、厳しく呼ばわる。そのわずかな隙が仇となってしまった。

「むっ」

唸り声ひとつ。イッセの右肘には深々と矢が突き刺さっていた。

「イッセのあに様！　この」

イナヒが叫び、ぎらりと目を光らせる。しかし敵は森の中。それも、どれだけいるのか分からない。さらには、山の頂を越えた朝日が目を眩ませ、迫る矢さえ見えにくくなっている。

ここで戦っても勝ち目はない。そう思ったか、イナヒは傷を負ったイッセを庇って前に出た。

「俺を射貫いてみよ！　どうした、傷を負うた者しか狙えんか。豊葦原の兵とは、腰抜け揃いよな」

高らかに笑って相手の怒りを煽り、自らに矢を集めては斬り払っている。袖を掠める矢はあれど、身に受けはしない。日向で最も剣に長けた男ならではであった。

オオクメに引き摺られ、兵に守られて、ホホデミは退いた。イナヒも、何とかイッセを守って下がって来る。

「弱い、弱い！　抗いもせぬとは、何と情けなき奴輩《やつばら》か。うぬらの如きを斬らば、我が剣の穢《けが》れとなろう。卑しき者など草香の僕に任せるのみじゃ」

トミビコは嘲り、せせら笑うのみで、追い討ちには及ばなかった。それによってホホデミたちは、どうにか難を逃れた。

もっとも山裾まで行けば草香との戦いが待っている。果たして勝てるのだろうか。豊葦原の兵は強い。それに従う邑とて、鍛えられて強くなっているやも知れぬ。

思いながら坂道を下ったものの、戻ってみれば戦の兆しすらなかった。ヒノオミとウヅヒコ、そして百の兵が、何を狼狽《うろた》えることもなくホホデミたちを待っている。

ホホデミはむっつりとして、皆に声をかけなかった。引き上げの時から、ずっと黙ったままである。イナヒが「む」と唸り、代わりに問うた。

「これは、どうしたことだ。草香の兵は襲って来なかったのか」

ウヅヒコが「はは」と笑った。兵に守られたホホデミの、押し黙る姿が目に入っていなかったのだろう。軽やかな笑い声であった。

「ちぃと、手ぇ回しましてな」

如何なる成り行きになろうと、草香邑の兵には備えを怠れない。ウヅヒコは百の兵を全て森に隠したという。そして山道——孔舎衛坂《くさえのさか》の入り口に縄を置き、土を被せてこれも隠した。

「姿が見えなけりゃあ、奴ら、わしらが皆で山ぁ登ったて思いますな。ほいだら大喜びで入って来るやろ、思うたんですわ」

果たして敵は勇んで山に踏み込んだ。そこで森に隠れた兵たちが、土に隠した縄の端を引く。ぴんと張った縄に足を取られて、草香の兵は次々と転げた。後に続く兵も転げた者に躓いて倒れる。そうして敵が心を乱した頃、もうひとつの手管がものを言った。

「わしだけ山の外に隠れちょりまして。奴らの後ろから『邑が襲われちょう』言うて、騒いでやったんですわ」

ウヅヒコの言葉は菟狭の訛りが強く、草香の言葉とは似ても似つかない。だが心を乱した兵たちは、その違いを「おかしい」と思えなかった。

「人の心ちゅうのは、そんくれえ弱えもんです」

してやったり、と笑みを浮かべる。すると兵の中からイッセが歩み出で、肘に刺さった矢を抜きながら口を開いた。

「おまえ、すごい奴だな。菟狭の長が褒めておったとおり、何とも頭が冴えておる」

讃えられて、しかしウヅヒコは色を失った。イッセが、がくりと膝を突いたからだ。

「イッセ様。こりゃあ……」

矢を抜いた傷からは止め処《ど》なく血が溢れている。右肘から先にはまるで力が入らぬようで、ふらふら揺れていた。

しかし。長兄の苦しむ姿を見ても、なおホホデミは口を開かなかった。

*

「わしゃ山ぁ登ったけぇ、知っとるんじゃ」

夕闇に包まれた中、吉備の言葉で荒々しく吐き捨てられた。隣に着けたイッセの船である。

「話し合うって見せて、いきなり騙し討ちでぇ。許せんじゃろうが」

どの船の兵も「そうだ」「許せん」と怒りを撒き散らしていた。イッセは常にホホデミの片腕として皆を束ねてきた。その人が襲われ、深手を負ったことは、これほどに大きい。

「わしらを迎えとうねえなら、断りゃええじゃろうに。それを、あのトミビコとかいう奴は！」

「そんな偉そうな名なんぞ、もったいねえ。声も心も汚えで、手足ばっかり長い奴じゃろうが。あんなもん、長髄彦《ナガスネヒコ》で足りるわい」

皆が「そりゃあ、ええ」「ナガスネの猿じゃ」と苛立った笑い声を上げた。

いつまで経っても憎まれ口しか聞こえてこない。ホホデミは「ふう」と小さく息をついた。戻ってからというもの、ずっと押し黙っている。時折ヒノオミが憂えて声をかけるも、虚ろに「ああ」「うん」と返すのみで、まともに口を開いていなかった。

「よい、しょっと」

隣――イツセの船との間に渡した板を伝い、乗り込んで来る者があった。イナヒとミケイリノである。ヒノオミが「救われた」という声で迎えた。

「お二人とも。どうなさいました」

イナヒは「ああ」と軽く頷き、ホホデミの前にどかりと腰を下ろした。

「あに様、ようやく落ち着いたぞ」

ホホデミは、俯いていた顔をゆらりと上げた。軽く口を開くも言葉は出ない。ミケイリノが困ったような笑みを寄越した。

「とりあえずは眠ってくれたよ。今はウヅヒコが付いている」

イツセの肘の矢傷は、あと少しで腕の向かい側まで突き抜けそうなほど深かった。こういう深手は体の隅々まで響くものである。船に戻った頃には頭も体も熱くなって、青い顔で身を震わせていたくらいだ。

「傷も病も眠らねば治らないからね。まずは、ひと息だ。なあ？」

こちらの沈んだ面持ちを慮ってか、人好きのする笑みを向けてくる。ホホデミは先に開いたままの口から、小さく「はい」と吐き出し、長く息を抜いた。

「ホホデミ。おまえ、怒っているのか」

問うたイナヒの目は、いつにも増して鋭いものに満ちていた。トミビコ——皆はもうナガスネヒコとしか呼ばないようだが——との話し合いに出さなかったから、と思っているのだろうか。

ホホデミは苦い笑みで、ゆっくりと頭を振った。

「怒ってなど。むしろ我が身を責めるのみで」

しばらくぶりに声を出すと、ヒノオミが左脇で、ほっと息をついた。ちらりと目を遣って軽く頷き、兄に顔を向け直してまた俯く。

「話し合いは私の務めだったのに。イッセのあに様を身代わりにしたようなものです」

「あに様と俺が望んだことだ。おまえの咎ではない」

イナヒの眼差しは、なお鋭さを湛えている。悟るところがあった。この兄こそ、イッセを守れなかった自らを責めているのだ。思いつつ、ホホデミは「でも」と背を丸めた。

「私が自らを責めるのは、そればかりではないのです」

安芸を発つ朝、シホツツから耳の痛い話をされた。あなたの心は清く、人が持つ良き心を尊ぶ。ゆえに足りない、清きに過ぎるのだ。そういう話だった。

「翁は言うてくれたのに。人に必ず備わっているのは、良き心ではなく悪しき心だと。悪しき心しか持たぬ者など、珍しくもないと。あに様にも、翁の言うことを聞けと叱られたのに」

二人の教えを退けてしまった。人には必ず邪なものがあるという話を受け容れては、自らの心が濁ると思ったからだ。

「濁らせたくないという思いこそ、濁りだったのではないでしょうか」

今になって思う。見たくないものは見ないという構えで、果たして世に向き合っていると言えるのだろうか。正しい話をされて、しかし容れたくないから退けるというのは、ただの我儘である。驕りなのだ。

「いざ船出という時になって、翁は日向の美しさを讃えた。自らの目で見るまでは知らなかったと。私は……自らの目で見て、心で味わってこそだと言って返しました」

今日のあることを、シホツツは見越していたのに違いない。だから日向の美しさを云々したのだろう。何ごとも自ら知ってこそだ。人の悪しき心根も、そこから漂う酷い臭いも、身を以て思い知れば分かるはずだと。

吉備に渡ってからも、豊葦原について良い話は聞かなかった。兵を募り、剣や弓矢、楯を揃えてからでなければ、この先の旅は覚束ないと思うに至った。

それでもなお、我が心は疑わなかった。豊葦原にも良き心がある。それがあれば話し合うことも、和み合うこともできるはずだと。

「私は甘かった。甘えていたのです」

見たくないものから目を逸らした。容れたくないものは、正しいのかも知れないとさえ思わなかった。我が胸にも悪しきものは確かにあったのだ。それを認めないまま、豊葦原には良き心を求めていた。話し合いも受け容れも、躓いて当たり前ではないか。

連なる言葉を聞いたイナヒが、珍しくも、柔らかな笑みを浮かべた。

「おまえは過ちを知った。ならば改めてゆけ。長として、ひとつ大人になるのだ」

「はい。必ずや」

「よし。して、これからどうする」

イナヒは少し辺りを見回した。この船を含め、全ての兵が未だ怒りの声を上げている。そういう声に呆れて苦笑いを浮かべ、またこちらを向いた。

「皆、良くもまあ罵る言葉が尽きぬものだ。こういうのを聞けば分かるだろうが、兵たちは豊葦原と戦うつもりになっているぞ。とは言え……旅の長は、おまえだ」

向けられた眼差しが強く迫る。自らの至らなさを思い知り、傷付いた心で戦えるのか。皆に危ない橋を渡れと言えるのか。その心を噛み締め、ホホデミは俯いたまま小さく絞り出した。

「先にも話したとおり、私にも悪しき心はあった。その心が叫ぶのです。豊葦原はイッセのあに様を騙し討ちにした。許すまじと」

豊葦原と話し合いに及んだ上で受け容れを拒まれたのなら、きっと相手の思いに従っていただろう。だが違った。向こうは端からこちらを拒み、罠に嵌めて殺そうとした。イッセは深手を負い、今も苦しんでいる。これを呑み下し忘れるなど、できようはずもない。

「ですが、私たちはトミビコに手も足も出なかった。改めて挑んでも勝ち目があるとは言えません。ゆえに迷っています」

静かながら、血を吐くが如き囁きであった。イナヒが「確かに勝ち目は薄い」と頷き、ヒノオミが眉を寄せて瞼を閉じる。

が、ミケイリノは違った。

「なあホホデミ。イッセのあに様が、うなされながら言うておられたんだよ。我らは日の神の子と言い伝えられているのに、日に向かって戦ったのがいけなかったって」

それではニニギの血を辿った大本、天照《アマテラス》に弓を引くようなものだ。むしろ日の光を背負い、日の神の後押しを受けねばならない。イツセの譫言《うわごと》を伝えられ、ホホデミは、はたと顔を上げた。

今日の戦いで、何ゆえイツセは傷を負うたのだろう。こちらに向いて「下がれ」と言った、小さな隙が全てだ。しかし、そうでなくとも同じだったのではないか。坂の上から降り注ぐ朝日によって、射掛けられた矢が見えにくかったのは確かな話だ。

ホホデミは左隣に顔を向けた。

「ヒノオミ。日を読むのに、どれくらい眺めていられる」

「え？　そうですな、五つか六つ数えるくらいです。それより長くかけては、目が眩んで何も見えなくなりますので」

やはり、それだ。日向の者も吉備の者も、この辺りの野山を詳しく知らない。夜討ちは儘なるまいし、戦うなら日の出から日の入りまでだ。そういう戦いで生駒山を越えようとすれば、まず朝日に目を眩まされる。幾度戦っても同じ形で負けるに違いない。

「イツセのあに様は、うなされていても頼りになる。確かに、日を背に負わねば勝ち目はない。だが、どうすれば」

呟くと、ミケイリノがこともなげに返した。

「日の出の方に回ればいいじゃないか。そうだろう？」

「おい待て。奴らの後ろを取るのは難しいぞ」

イナヒが眉をひそめた。朝日を背負って戦うには、東側に回って豊葦原に入らねばならない。

なるほど、河内潟の北側から大きく回ればそれもできよう。しかし豊葦原は、どうやら周りの里を襲って呑み込んでいる。だとすれば。

「行く先々、どれも豊葦原の手下だ。その度に戦をしておっては、俺たちが持たん」

「それは、陸伝いに行けばの話でしょう」

ミケイリノはそう言って笑い、したり顔で腕を組んだ。

「ウヅヒコが言っていたんだ。海を大きく回ればいいって」

吉備から海の行き止まりを目指し、それを目の前にして巧く進めなかった日がある。あの時は早々と陸に上がったが、それから夕暮れまで、ウヅヒコはずっと海を眺めていた。潮の見た目と流れの強さが食い違う訳を探っていたのだ。

「そいつが分かった時に、ウヅヒコが絵を描いて教えてくれたじゃないか」

浜は吉備からずっと東に延び、海の行き止まりで大きく南に曲がる。しかし海の行き止まりとは、行き止まりであって行き止まりではなかった。まだ遠く南へと続いていたのだ。

「だから引き潮の時には、南にも流れるって言っていた」

浪速の海を越えて河内潟に入る前、ウヅヒコは南の海も確かめていたそうだ。引き潮が西だけでなく南にも流れているなら、満ち潮とて同じ。南からも流れが来る。そして南には、この辺りの流れを司るだけの水嵩があると見立てたそうだ。つまり——。

「ずっと南に行けば海が開けている。そこの岬を回れば、日の出の方に行けるって言うんだよ」

「そうか。ならば」

ホホデミは、すくと立った。

「ミケのあに様。ウヅヒコは、まだイッセのあに様を看ておるのですね」

「ああ。オオクメと替わるまで、まだ少しあるからね」

「行って来ます」

船と船の間に渡された板を進み、イッセの船に向かう。兄は船の艫で、脂汗を浮かせて眠っていた。その姿を見ると心に火が灯る。豊葦原に、トミビコ――否、ナガスネヒコに、騙し討ちの報いを与えねばと。

「ウヅヒコ。少し聞きたいのだが」

イッセを看ていたウヅヒコに、詳しくを問う。幾らか呆れた顔を向けられた。

「ミケ様、大きゅう言いすぎや。そげえ確かな話と違います」

「では嘘なのか」

「いやいや、嘘やねえ。やけんど、どこまで行きゃ海が開けとるかは分からんのです。もし近いとこで開けとるんなら回り込めるかもって、そんくらいの話ですわ」

これを聞き、胸の火が激しい炎に変わった。

「良く分かった。それで構わん」

今までの旅も手探りで来たのだ。この先が手探りだとて何の障りがあろう。ホホデミは心を決めて自らの船に戻った。

そして夜の闇に松明を掲げ、全ての船に向けて声を張った。

「皆の者に告ぐ。我らは明くる朝、引き潮に乗って外の海に出る。南を目指すのだ」

ざわ、と兵たちが揺れる。どうしてだ。騙し討ちに報いてやるのではないのか。そういう、口惜しい思いに満ちていた。誰もが同じ思いだと知って、ホホデミの声に熱いものが漲った。

「これは、豊葦原と戦うためだ」

ざわめきが消えた。恐ろしいほどの静けさ、ただ波打ち際の音だけが響く中、胸の内を吐き出してゆく。

「そもそも我らは戦いを望まなんだ。にも拘らず！　ナガスネヒコは争いを好み、イツセのあに様に深手を負わせた。それも騙し討ちだ。これを許して良いものか」

ホホデミは大きく「否」と続けた。

「私はニニギ様の血筋にて、遡れば天津神・アマテラスに至ると言い伝えられておる。日の神の子なれば、日に向かいて戦うべきにあらず。むしろ日の光を背に負うて後押しを受けるべし」

兵たちは黙ったままである。しかし沸いていた。心の内から溢れ出す強いものが、真っすぐにぶつかってくる。その思いを受け止め、明日からの旅に傾ける思いを示していった。

「だからこそ南へ向かうのだ。ウヅヒコによれば、そちらへ向かえば、どこかで海が開けるという。さすれば東、日の出の方へ回れるやも知れん。確かな話ではない。しかし私は、わずかでも望みあらば、そこに賭けたい。卑しき手を使うた豊葦原とナガスネヒコに我らの怒りを示し、報いを与えねばならん」

高らかに唱える。兵たちが思いの丈を弾けさせた。

「行くに決まっとりますわ」

「おおおおおおおおお！」

「イツセ様のために」

「そう言うてくれるの、待っとりました！」

「日向の皆が、ええ報せを待っとるっちゃね」

束になった声が辺りを揺るがし、波の音を掻き消した。頭の先から足の先まで、ホホデミの身に痺れるが如き血の滾りが伝わる。それに任せ、声を限りに叫んだ。

「よし！　ならば今宵は良く眠れ。明日からは、より厳しき旅となるぞ」

豊葦原と戦う。その昂ぶりに、皆はなかなか寝付かれないらしかった。それでも、夜が更ければやはり疲れが勝る。いつの間にか船からはざわめきが消えた。

*

そして夜が明ける。十一の船は引き潮の時を待ちながら、朝餉の粥を炊いていた。腹ごしらえをして、いざ発たん。誰もが沸き立って、活き活きとしている。

その、はずだった。しかし。

「いない？　四人《よひと》もか、オオクメ」

「吉備の者です」

オオクメの船から兵が姿を消したという。ホホデミは眉根を寄せた。

「逃げたのか。致し方ない話やも知れぬ」

騙し討ちに遭ったとは言え、昨日の戦では手も足も出ぬままに負けた。イツセが深手を負ったことで皆が奮い立ったと思っていたが、かえって恐れを生した者もあるのだろう。人知れず船を降りたとしても責められまい。他の船から漕ぎ手を回せば船は動かせる。

「ここから吉備までなら、歩いて帰れぬこともない。認めてやるのが良いだろうな」

「違います。食いものが減っていない」

「え？」

どれほど歩けば吉備に着くのかは分からないが、それだとて旅であり、命懸けには違いないのだ。密かに去るにせよ、食いものを持たずに行くなどあり得るだろうか。

「おかしいな。心当たりはないのか」

「或いは、裏切ったのでは」

背筋に粟が立った。戦を恐れて逃げたのではなく、慄いて豊葦原に寝返ったのならば。食いものを持たずに消えたことにも辻褄が合う。生駒山を越えれば豊葦原だと分かっているのだ。そのくらいの間だけなら、飲まず食わずでも何とかなる。

そして裏切った者たちは、昨夜の話を明かしてしまうだろう。大きく南の海を回って豊葦原の背を窺う、その手筈が筒抜けになる。

「探さねば」

ホホデミは、すくと立った。日向の者にせよ吉備の者にせよ、この辺りのことは詳しく知らないのだ。夜のうちに山越えを試みるとは思えない。

「人を出して探せ。まだ生駒の山を越えてはおらんはずだ」

連れ戻し、諸々を説いて聞かせなければ。豊葦原との戦いが恐いなら、食いものや水を持たせて吉備に帰らせてやるのみ。強い言葉をオオクメに向ける。

が、イナヒの声に遮られた。

「探さずとも良い。帰って来たぞ」

ホホデミの船に乗り込んだイナヒは、ひとりの男を連れていた。血だらけであった。

「お……おい。どうした。それに」

男は耳を削ぎ落とされ、手足の爪を全て失っていた。そして、腕に抱えたものがある。三つの首であった。

イナヒは腹立たしげに「ふん」と鼻を鳴らし、男を突き飛ばした。爪を剝がれて踏ん張りが利かないのだろう、男は転げて三つの首を落とし、大声で泣いた。

「おまえの見立てどおり、豊葦原に寝返る肚だったらしいがな。草香邑の兵に捕まって、こんな姿で帰されたという訳だ」

ホホデミは身震いして、硬い声音を男に向けた。

「我らの手筈を、草香の者に話したのか」

「何も……何も！」

それだけ答え、苦しんで泣くばかりだった。イナヒが「やれやれ」と嫌そうに溜息をつく。

「豊葦原に加えてくれ、日向のホホデミがこの先をどうするのか教えるからと訴えたそうだ。もっとも、向こうは聞く耳を持たなかったらしい。ナガスネヒコに、そう言い含められていたのだろうさ」

捕まった者たちは、ひとりを残して首を刎《は》ねられた。敢えてひとりを帰したのは、見せしめのためだろう。豊葦原に逆らう者がどうなるのかを知れ、と。

「奴らは俺たちを見下している。肚を据えて掛からねばならんぞ」

吐き捨てるが如く言って、イナヒはひとつの生首を摑み上げる。そして他の船に向けて怒鳴り散らした。

「皆々、これを見よ。俺たちを裏切って、豊葦原に行こうとした者だ」

詳らかに経緯が語られてゆく。初めは皆が色を失っていた。しかし。

「分かったか。豊葦原の者は、少なくともナガスネヒコはこういう奴だ。騙し討ちでは飽き足らず、膝を折らんとした者さえ受け容れようとせぬ。俺たちを、虫けらとしか思うておらん」

このままで良いのか。憤れ。怒れ。イツセのためだけではない。自らのためだ――熱く、激しく叫んで焚き付ける。古より獣を狩り、戦い、皆を守るために命を捨ててきた男の、荒々しい血潮を。

「必ずや、報いを与えてやろうではないか。ホホデミが、俺が、きっと導いてやる。おまえたちの口惜しさを晴らすために」

震え上がっていた兵たちが、しんと静まった。

そして。

少しの後に、揃って荒れ狂った。イナヒは「ふう」と息をつき、オオクメに向く。

「三つの首は手厚く葬ってやれ。この男の傷には手当てを」

ホホデミは、きつく奥歯を嚙んでいた。裏切りを出した悲しみゆえではない。自らの僕となった者を殺された辛さゆえでもない。

「あに様。これで良いのでしょうか」

今は誰もが憤り、豊葦原にひと泡吹かせてくれんと息巻いている。しかし。

「恐れを生した者まで……。望む者があれば、旅から外してやりたく思います」

しかしイナヒは、じろりと睨んで冷ややかに言い放った。

「それで、俺たちが危うくなっても良いのか。外してやった奴らは、危うくはならんのか」

何も返せなかった。自ら思ったではないか。吉備になら帰してやれぬこともないが、それとて命懸けの旅には違いないのだと。

「ことある毎に言うが、おまえは長だ。しっかりしろ。皆を支えるためなら、使えるものは何でも使え」

そうしなければ、人を束ねてはいけない。眼差しが厳しくそう語っている。

これまでなら聞けない話だったろう。だがナガスネヒコと戦い、自らの甘えを知った今となっては受け容れざるを得なかった。

「……分かりました」

小さく頷く。イナヒも頷きを返し、再び全ての船に向けて声を上げた。

「この旅の長・ホホデミの名の下に申し伝える。引き潮はもうすぐだ。船出の備えを怠るなよ」

七　陰陽

「よし。降りて縄を引け」

「ほい来た！」

盛んな声と共に、男たちが次々と波間に降りた。各々の船から二十人も降りると、舳先に固く結ばれた縄が浜へと投げられる。皆はそれを摑み、船を波打ち際へ引っ張って行った。

河内潟を出た船は、日々、珍彦《ウツヒコ》の潮読みに従って南へ向かっている。ただし進めるのは引き潮の時のみであった。浪速の海ほどではないが、北へ向けて流れる満ち潮の勢いはすこぶる強い。もっとも、それこそ南のどこかで海が大きく開けている証だった。多くの水が狭いところに寄せて来るとあって、力も強いのだ。

「せえの！」

「よい、しょ！」

十一の船が浅瀬に引かれて行き、やがて浜に舳先を並べた。

その中のひとつ、五瀬《イツセ》の船には間に合わせの小部屋が作られている。薪に割る前の細い丸太を柱に使い、屋根は有り合わせの板、柱と柱の間に張られた筵《むしろ》が壁の代わりだった。右肘の矢傷がなお悪くなったため、船を降りず寝たままでいられるようにするためである。

「あに様。如何です」

茜に染まった空の下、彦火火出見《ヒコホホデミ》はイツセを見舞った。弟が来たと分かっているのかどうか、兄は苦しそうに息を弾ませ、額に汗を浮かべるばかりだった。

「今、眠られたところです」

日臣《ヒノオミ》が傍らに付き、布を水で絞っては頭を冷やしていた。ホホデミは「そうか」と溜息をひとつ、横たわる兄の右脇に腰を下ろしてヒノオミと向かい合った。

「傷そのものは？」

「塞がりません。鏃に毒が塗られていたらしく」

言いつつ、肘に当てた布を剝がす。磨り潰した蓬《よもぎ》を毒消しに施したようだが、蓬の芳しさはどこにもない。卵の腐ったような強い臭いが漂うばかりである。布には血膿がべったりと浸み込んでいた。傷口の周りは爛《ただ》れてどす黒く、およそ人の肌とは思えない。

「おい。塞がらん、どころの騒ぎではないぞ」

「……ええ。腐り始めています」

見たままのこと。いずれそうと知れる話ではあった。だとしても、自らの口で言いたくなかったのだろう。辛そうな小声であった。

「治らんのか」

恐る恐る問う。ヒノオミは目を伏せて俯き、囁くように返した。

「大来目《オオクメ》は、腐った肉を切り捨てて生き延びた者を知っているとか」

「生き延びた者、だと？」

つまり、このままでは死を迎えるということだ。声が大きく、荒くなった。

「ならばオオクメを呼べ。あやつの知るところを聞いて、そのように計らわねば」

「い、いや。お待ちを。話には続きがあるのです」

こうした傷の恐ろしさは、いざ肉が腐り始めるまで、それと分からないことだという。イッセの腕も、これほどの有様になったのは二日前からだそうだ。

「しかも矢を受けてから十日も過ぎております」

十日も経っていれば、間違いなく毒が他に及んでいる。肘から先を切り落としたところで、またどこかが冒されて腐るのみ。それが「オオクメの知るところ」なのだという。

「何たる。何たる！　他に良い手立てはないものか」

強く目を閉じ、俯いて、掠れる声を絞り出す。少しの後、弱々しい声が耳に届いた。

「あったところで間に合うまい。もう長くなかろう」

驚いて顔が跳ね上がる。イッセが目を開けていた。虚ろな眼差しが語っていた。この命は消えようとしている。自らの体ゆえ分かるのだと。

「あに様」

それきり何も言えなかった。日向にいた時から、イッセはずっと己を支えてくれた。旅に出て後も同じである。塩土《シホツツ》の翁と言い合いになった日も、厳しいばかりの稲飯《イナヒ》とは違い、この兄はやんわりと窘めてくれた。旅の長として決めるべきことがあれば、いつも助けてくれた。下に付く者たちをまとめ、皆に慕われていた。その人が、どうして。

「嘆くな、ホホデミ」

困ったような笑みが向けられる。それを見ると、ホホデミの面持ちはなお悲しくなった。

「あに様。私は」

「戦うと決めたのだろう。皆も、そのつもりで心を励ましている。引っ張って行ってやれ」

苦しげな小声を寄越し、また目を瞑る。閉じた瞼が辛そうに歪み、ぐっと眉が寄っていた。傷が酷く痛むのだろう。体の熱さで、頭もぼんやりしているに違いない。にも拘らず、なお励ましてくれるとは。兄の情けに目頭が熱くなった。

「……必ずや。必ず」

今はただ、少しでも永らえてくれるように祈るのみ。日々の旅路を確かに進むことは、イツセの望みでもあるはずだ。そう心を定めて浮いた涙を掌で拭い、兄の前から下がった。

明くる日からも、昼は引き潮を待って先に進み、夜は船を岸に着けて、見知らぬ海を進み続ける。その間も、イツセの体はなお以て弱っていった。

そして生駒山での戦いから、月の満ち欠けでひと巡りほどが過ぎた頃のこと。名草《なくさ》なる邑の湊で一夜を明かした次の朝、その人は息絶えていた。

「皆に伝える。あに様が……皆の慕ってくれたイツセが、黄泉に渡った」

朝餉をこしらえるため走り回っていた僕を集め、ホホデミはそれを告げた。

思わしくないことは誰もが知っていた。いずれこの日が来るだろうと、薄々は分かっていたはずなのだ。それでも全ての者が我を失った。三百余りの人がいながら、恐ろしいほどに静まり返っている。

右後ろに立つイナヒから湿った心が伝わり、左後ろの三毛入野《ミケイリノ》からは静かな泣き声が届いた。二人の後ろに並んだヒノオミ、オオクメ、ウヅヒコにも、悲しい思いが渦巻いていた。

長として強い姿を見せねばならない。そう思いつつも、ホホデミは静かに涙を落とした。堪えることなどできなかった。

「すまぬ。皆を……安んじるべき身で、ありながら」

途切れがちな言葉で詫びる。誰ひとり咎める者はない。静まり返った中、皆の心が強く迫ってきた。それで良い。俺たちも同じなのだ。世を去った人を悼み、涙を流せる人であってこそではないか、と。

その日、旅の皆はイッセを葬った。

名草湊からほど近い内浦の浜に、人の背丈で三つほどの丘があった。湊に集う海人によれば、竈山《かまやま》という名で、どの里が占めているものでもないらしい。低い頂には、狭くはあるが平らなところがある。

ここなら海を見渡せよう。皆が命懸けで挑んだ旅、これからも続く旅を、イッセに見ていて欲しい。その思いで木を組み、棺を作る。そして亡骸を納め、竈山に運んだ。

日向の者が手を繋ぎ、土の上に置かれた棺の周りに輪を作った。イッセの御霊を慰めるべく、皆が目を瞑り、胸の内に祈りを捧げる。そうした中、吉備から加わった者が土を運び、棺を埋めていった。

＊

昼過ぎから夕暮れまでの時をかけて、弔いは終わった。竈山の上にできた小さな塚に、赤く染まった海から風が吹き抜けた。

夜を迎え、ホホデミは自らの船にあった。いつもは誰か見張りの者が乗り込んでいるが、今日ばかりはそれを断り、イナヒとミケイリノを招いて酒を酌み交わしている。

「イツセのあに様、もう……いないんだよな」

ミケイリノがぼんやりと眼差しを漂わせた。嘘ではないのか――そういう頼りない心が滲み出ている。もっとも、それはミケイリノだけではない。三人が等しく同じ思いを持て余していた。

イツセは抜きん出た力を持たなかった。剣ではイナヒに、弓ではオオクメに見劣る。田作りではミケイリノに譲り、日読みの技ではヒノオミの足許にも及ばない。ウヅヒコの如く潮を読める訳でもなく、鍛の技に明るい訳でもなかった。

だが、自らそれを弁えていた。いつも穏やかに構え、何があっても嫌な顔ひとつ見せず、皆が力を出せるように支える側へ回ってくれたのだ。そういう懐の深さゆえ、誰からも慕われた。

黄泉に渡った人を思えば、悲しみは尽きない。長として強くあれ。おまえが揺らいでは皆が乱れる。そう示された夜を思い出し、ホホデミは震える声をイナヒに向けた。

「あに様」

「何だ」

「私は、長でいて良いのでしょうか」

何もかも頼りきっていたように思える。あの夜から心を確かに持とうとしてきたが、いざイツセがいなくなってしまうと、それを続けられるかどうかさえ分からない。これほど心の弱い者が皆をまとめられるのか。引っ張って行くなど、できないのではないか。

「河内潟でも、裏切ろうとする者を出してしまった。私が至らないからでしょう」

あの時、己には何もできなかった。皆を鎮め、心を支えてやり、昂らせたのはイナヒなのだ。

「あに様こそ、長たるべき人ではないのですか」

イナヒは大きく溜息をつき、珍しくも「はは」と柔らかな笑い声を漏らした。

「俺では足りんな。この旅の長は、おまえを措いて他にない」

「何ゆえです。私の如く心の弱き者が」

俯きがちな顔を上げ、兄へと向ける。穏やかな眼差しが返された。死んだイツセが乗り移ったかと思うほどであった。

「心か。確かに、まだまだ弱いな。剣の腕も俺やオオクメには及ばん。だが長たる者の器とは、そういうものではない」

「それは？」

「志だ。人を束ねる者、須《すべか》らく望みの高かるべし。俺はそう思う」

何ゆえ旅に出ようと決めたのか。日向の里を救い、ゆくゆくは倭をひとつに束ねて、末永く全ての民が幸せに暮らせる国を建てるためであろう。イナヒはそう言って、少し悔しそうに鼻で笑った。

「日向は貧しい。どうにか支えようと、俺も思ってはいた。だが、そこまでだった」

自らの生まれた里ひとつ、そこだけにしか心が向かなかった。全ての民を導きたいなどとは、露ほども思わなかった。

「おまえの願いは清く尊い。身のほどを知らんと笑う者もあろう。それくらい大きな望みだ」

イナヒは盃の酒を呷った。そして熱い息で言葉を継ぐ。

「だがな、ホホデミ。心の底から何かを望んだ時、人は力を惜しまぬものだ。どこまで突き詰めて力を尽くせるかは、心にどれほど大きなことを望み得るのか、どれほど高い志を持ち得るのかで決まる。それが器というものだ」

人を束ね、皆が心の底から敬い、従う。まことに人の上に立つべき者とは、誰にも負けぬ器を持つ者なのだ。イナヒはそう言って深い笑みを浮かべ、ホホデミの背を強く叩いた。

「しゃきっとしろ。長が萎れておるなら、また小言漬けにしてくれるぞ」

「そうだよ。ホホデミは頭がいいけれどさ、それだけじゃないだろう。小さい頃から、決めたことは終いまで諦めなかったじゃないか」

ミケイリノも励ましてくれた。しかし、とホホデミは思う。それとて頑な心の裏返しなのかも知れない。ゆえにシホツツの教えを蔑ろにし、イナヒの小言にも腹を立ててきた。如何に志があろうと、それだけで器は測れないのではないか。イッセが命を落としたのも、突き詰めれば――。

思えば思うほど心が塞いでゆく。と、ヒノオミが船に乗り込んで来た。

「よろしいですか」

「ああ……おまえなら構わんよ。何だ」

ホホデミは少し顔を上げ、頷いて返した。するとヒノオミは懐を探り、何かを取り出して手渡した。

「今こそ、これをお渡しする時だと思いまして」

月明かりに浮かぶ白いもの。掌より少し小さいくらいの輪。

「え？　これは」

位の高い者が身に着ける、貝殻で作った腕輪――貝輪であった。しかも見覚えがある。ホホデミは驚いて、右手に落としていた目を跳ね上げた。ヒノオミが「はい」と目元を緩めた。

「吾平津《アヒラツ》様の貝輪です」

かつての妻。旅立つに当たって聞き分けのない思いを振り回し、里に帰って行った女。そのアヒラツの貝輪を、どうして。眼差しを交わすと、ヒノオミはしみじみと二度頷いた。

「今のホホデミ様には、まことの支えがなくてはならぬでしょう。そういう時が来たら渡してくれと、アヒラツ様に頼まれておったのです」

そして、アヒラツと交わした言葉を明かした。縁を断てとまで迫った、その訳を。

「ひとつは、先々を見据えてのお話でした」

アヒラツは言ったそうだ。この旅が成って豊葦原に移り住んだ時、日向の皆はどういう目を向けられるだろうかと。血を分けた里でこそあれ、それは各々の長の間でしか重んじられまい。豊葦原の民にとっては、日向は余所《よそ》者に過ぎないのだと。

「豊葦原に入ったら、ホホデミ様はそこで妃《きさき》をお迎えになるべきだと。さすれば日向は、余所者ではなくなると仰せでした」

「莫迦な。旅に出ると決めたのは、アヒラツのためでもあったというのに」

幾らか声が荒くなった。ヒノオミは驚かず、穏やかに頭を振った。

「アヒラツ様は、まさにそこを憂えておられたのですよ」

もし自らが日向に残り、良い報せを待っているなら、きっとホホデミはそれを力としてくれるだろう。だが逆しまに、そのせいでホホデミが心を弱くするかも知れない。アヒラツはそう言ったらしい。だが。

「私には分からん。何ゆえ、そのようなことを」

「まことにホホデミ様をお慕いしておられたからでしょう」

ヒノオミは言う。日向のホホデミという人を誰よりも知っていたのは、他ならぬアヒラツなのだと。

「我が夫は、ことを成すまで諦めない人だと、アヒラツ様は仰せられました」

先の見えない日向を救いたい。日向のみならず、全ての民のために。それほどの願いを定めたからには、この人はきっと旅に出るだろう。妻たる身が夫を阻んで良いものか。そう思った時、アヒラツは自らの心に蓋をした。

「夫の清き願いは、御自らの誇りだと。されど」

命懸けと知った上で、我が夫は豊葦原を目指すと決めたはずだ。それでも、いざ皆を死なせそうになったら。その時ホホデミは、旅を諦めてしまうのではないか。これこそアヒラツが抱いた憂いであったという。

「ことのほか優しきお人ゆえ、きっと皆を慮って日向に帰ろうとなされよう。この上なく愛でられ、慈しまれてきた身だからこそ分かるのだと、そう仰せでした」

引き連れた者を死なせ、皆が故郷に残した親兄弟を悲しませる。自らが命を落とし、良き報せを待つ妻を悲しませる。それはホホデミが何より望まぬことのはずだ。

帰って来れば、兄たちと力を合わせて日向を立て直そうとするだろう。遠い先々にはそれも実を結び、何とか日々を暮らしていける形を作ってくれるに違いない。

しかし。細々と暮らす民の貧しい姿を見れば、きっと、何ゆえ旅を諦めてしまったのかと自らを責める。そういうお方なのだと、アヒラツは言ったそうだ。

「ホホデミ様に、悔いの残る生き方をして欲しくなかったのでしょうな」

「それは」

違う、と口を開こうとした。が、言い返せない。確かにそのとおりだからだ。

イツセが矢傷を負った折、イナヒに言われたではないか。兵たちは戦うつもりになっている。だが、旅の長はおまえだと。兄の眼差しは語っていた。傷付いた心で戦えるのか。皆に危ない橋を渡れと言えるのか、と。イナヒもアヒラツと同じことを考えていたのだ。やり遂げようとする心と、戦って皆を死なせることを嫌う心。二つを比べた時、弟は旅を諦めるかも知れないと。

そして。もし旅を諦めたなら、我が胸には先々までの悔いが残ったに違いない。

日向の民を安んじたい。倭をひとつにして全ての民を安んじたい。倭人の持つ技が強みでなくなった時に、諸越の漢なる国に呑み込まれないように。その願いを捨てて日向に帰れば、やがて迎えるはずの滅びを嘆きながら生きることになる。どこをどう探しても、悔いの他に何もない。

貝輪へと、ひとりでに目が落ちた。

「アヒラツ。おまえは」

そこまで、この身を知っていてくれたのか。だからあれほど激しい物腰で、縁を断ってくれとまで言ったのか。日向のみならず、倭の全てに安らぎを。その望みを、ひとりの女の幸せと引き換えにはできないと悟り、夫の背を押すために身を引いたとは。

「ヒノオミ。ありがたく思うぞ。良くぞこれを渡してくれた」

ホホデミは胸を張り、流れる涙を拭いもせず、手にした貝輪を左の手首に着けた。

「アヒラツの心に誓おう。私は必ずこの旅を成し遂げる」

思い描いた形から外れて、豊葦原と戦うことになった。しかし戦って勝ち、彼の里を束ねて、倭をひとつにする国を建てよう。全ての民が安んじて暮らせる国を。

そうすれば、アヒラツも日々を幸せに過ごせるようになる。既に他へ嫁いでしまった女に報いるには、それしかない。

思いも新たに、ホホデミは兄たちを向いた。

「お二人にも憂いを抱かせてしまい、申し訳ありませんでした。ですが、もう障りありません。私はきっと、まことの長になってみせます」

月明かりの下、二人の顔にも力強い笑みが浮かんでいた。

＊

心を強く持とうと、ホホデミは誓った。イナヒとミケイリノ、ヒノオミやオオクメ、そしてウヅヒコも、人を率いるべき身は皆が同じだった。

だが、兵たちは少し違った。イツセの死を受け止めるのに時が要る者も多い。それらが落ち着くまでの間、ホホデミは兄の眠る名草邑の湊に留まることにしていた。

「少し、よろしいですか」

イッセと永の別れとなって十日余り、船にあるホホデミの許にヒノオミがやって来た。溜息交じりの困り顔である。夕暮れ時、柿色の日差しのせいで、眉根の皺がことさらに深く見えた。

「何かあったのか」

「あったと言えば、ありました。いつものことと言えば、いつものことですが」

何を言わんとしているのかは、それだけで分かった。旅の皆が竈山の塚に参り、日暮れが近くなっても戻って来ないのだ。

「今日は、どれだけだ」

「十《とお》と二人です」

そう多くはない。幾日か前までは三十、四十と塚に行ったまま、夜になっても戻らなかったものである。

「もう少し、かかりそうだな」

致し方ない、と鼻息を抜く。しかしヒノオミは、なお憂えて続けた。

「とは言え、いつまでも留まっていて良い訳でもないでしょう。食い物を得るにも、山に入らば障りがあります」

近くの山では名草の民が木の実を採り、狩りをするとあって、ホホデミたちが立ち入れば角が立つ。ゆえに食うものは邑との取引で補っていた。海人には鉄を鍛えた銛や釣り針を、小さいながらも畑を持つ者には鍬の刃を渡している。

「ミケのあに様からは、まだ眞金の打ちものは残っていると聞いたが」

「確かに足りています。ですが」

それがまずいのだと、ヒノオミは言う。名草は鄙《ひな》びた邑ゆえ、鉄を鍛えたものを使う民は少なかった。しかしホホデミが来てから、これらの民は俄かに羽振りが良くなっている。

「言ってしまえば、目立つのですよ」

豊葦原に知られるということだろうか。しかし生駒山で負けた折、長髄彦《ナガスネヒコ》は追い討ちに及ばなかった。手先となっている草香邑も同じで、寝返ろうとした者を斬りはしたが戦を挑んでは来なかったのだ。

「豊葦原は我らを腰抜けと見下している。ここまで兵を向けるとは思えん」

「ああ、そちらではなく。件《くだん》の山の奥でして」

聞けば、名草の山には名草戸畔《とべ》と呼ばれる女盗人がいるらしい。手下も百は下らないそうだ。

「ここらの民は、このならず者に悩まされておりまして、貢ぎ物をする代わりに邑を襲わぬよう頼んでいるらしいのです」

「我らが渡した眞金の品で、海人も魚を多く獲れるようになった。だから、だな？」

　ホホデミは「なるほど」と面持ちを渋くした。

「はい。貢ぎ物が増えた訳を探るくらい、手下の多い名草戸畔には容易い話でしょう。我らが食い物と引き換えに渡していると知られたら、目を付けられます」

兵にせよホホデミたちにせよ、未だまともに戦をしたことがない。イツセを失い、萎れきった者がある中で襲われたら、百やそこらの盗人でさえ退けるのは難しいだろう。

「確かにまずいな。分かった、あと三日でここを発とう」

今すぐ、或いは明日にでも発たないのには、二つの訳があった。

ひとつは船を出すにも頃合を計らねばならないからだ。満ち潮の時には南へ進めないため、まずヒノオミが月を読み、引き潮の時を見定める。その上でウヅヒコと話して決めるのだから、時を食うのは致し方ない。

もうひとつは、今日、イナヒが取引をまとめて来たからである。米と引き換えに鉄の銛を渡すという申し合わせだが、相手は海人であって、多くの米を持っている訳ではない。米を掻き集めるから明後日まで待ってくれと言われていた。取引をやめても良いのだが、海人は身を削る思いで米を集めている。骨折りが水の泡となるのでは、如何にも申し訳なく思われた。

「では、オオクメやウヅヒコと手分けして皆に伝えます」

「急ぐ訳までは言わんで良いぞ。皆がなお心を乱す」

ヒノオミは「分かっておりますとも」と苦笑いで立ち去った。

明くる日は旅の僕に船出の備えをさせ、あれこれの物を積み込んだ。さらに次の日は、皆を塚に遣った。イツセとの別れに区切りを付けさせるためであった。

そして、船出を明日に控えた夜となった。

時は夏、日は長い。とっぷり暮れた頃には、もう皆が寝静まっていた。

真夜中、ホホデミは、はたと目を覚ました。船が強く揺れたからであった。同じ船で休んでいた漕ぎ手たちも、飛び跳ねるように身を起こしている。

「どうした」

問うてみると、漕ぎ手のひとりが船縁から顔を出し、海が荒れているのかと確かめた。

その者が、ひとつ「うわ」と叫んで消えた。

否、落ちたのだ。闇に慣れた目には、縄でも掛けられて引き落とされたように見えた。

「おまえら、やっちまいな！　眞金と食いもんだけ奪って、乗っとる奴は皆殺しにしたれ」

如何にも卑しげな、慎みの欠片《かけら》もない女の叫び声が響いた。わっ、と狂おしい声が続く。間違いない、ヒノオミの話に聞いた名草戸畔だ。漕ぎ手――兵たちが落ち着きを失い、おろおろし始めた。

「しまった」

ホホデミは唇を噛んだ。取引の相手を思って船出を遅らせたことが、仇となってしまったか。或いは、そうでなくとも襲われたのかも知れない。何しろ名草戸畔は邑を組み敷いている。船出に備えていたことは知っていて当たり前なのだ。

いずれにせよ、黙って殺される訳にはいかない。身を横たえていた辺りから、自らの剣とイツセの形見となった弓を取る。皆が取り乱す中、ホホデミは剣を佩き、弓を背負って、浜に向いた舳先へと馳せ進んだ。

下から、わあ、と喚き声が突き上げてくる。舳先から湊の杭に伸びた縄を伝い、盗人たちが船に乗り込もうとしていた。

「死ねや、おらあ！」

舳先まであと少しに迫った敵が、長柄の得物――海人が使う銛らしい――を突き出してきた。

「何の」

腰の剣を抜いて叩き払う。二股に分かれた銛の先が、ぐにゃりと曲がった。鉄の剣に曲げられてしまう辺り、どうやら青銅であろう。得物を壊された盗人が「何や」と目を丸くする。隙を見て取ると、ホホデミはその男を蹴落として大声で呼ばわった。

「我が父は日の神が胤《たね》、母は海神《わだつみ》が血筋。うぬら如き盗人が敵うものか」

そして足許の縄を左手に掴み、身を躍らせて、盗人たちと同じにぶら下がった。

「らっ」

右手の剣を横薙ぎに振り抜き、次の敵の手首を掻き斬る。盗人は「ひい」と情けない声を残して、波打ち際へ落ちて行った。

「まだまだ！」

ホホデミは蜘蛛《くも》の如く自らの身を後ろへ振り、舳先を蹴って勢いを付けると、縄を掴む手を少しだけ緩めた。

「えいやっ」

縄を伝って飛び、肩で体当たりを食らわせる。胸を打たれた盗人は息を詰まらせ、後ろへ吹き飛んだ。盗人の身がさらに後ろの者を叩き、二人、三人と落ちて行った。

剣を振るい、蹴り飛ばし、名草戸畔の手下を次から次と片付ける。この姿に奮い立ったか、船にあった兵たちも船縁から他の縄を垂らして汀《みぎわ》へと降り始めた。

「おまえらなんぞに負けてたまるか」

右隣の船からミケイリノの声がする。皆を励まして剣を振るい、船に乗り込もうとする盗人を退けているようだ。もうひとつ向こうの船からは、既にイナヒが陸に上がっているらしい。浜を逃げ惑う盗人たちの姿が月明かりに青く浮かび上がっている。

「これでも食らえ」

ホホデミは縄を手放して飛び、尻込みした敵を蹴り飛ばして陸へ降りた。

「この糞ったれ。うぬが船の長か」

十と少しを駆けるほどの先から、汚い怒鳴り声が飛んで来た。松明を持つ二人を従えた姿がある。はだけた胸に盛り上がる乳房で、女だと分かった。

「名草戸畔か。我らを襲ったこと、黄泉で悔いよ」

胸を張り、右手を大きく横に張り出して剣を構える。松明の男が青銅の剣を抜いた。女盗人は真っ黒に日焼けした顔で憎々しげに睨み、弓を引き絞っている。

「どや、船の長。うちらは三人、そっちはひとりやで。勝てるんかい」

にやりと卑しい笑みを浮かべ、勝ったつもりになっているようであった。

「私が、ひとりだと？」

睨み据えて応じた、その時。名草戸畔の右の首筋に深々と矢が突き立った。女は大きく口を開けたが、叫び声は上がらない。鏃で喉を潰されたと見える。苦しそうに面持ちを歪め、そして開いた口から声の代わりに血を溢れさせた。

松明の男が「うわ」と慄いて、盗人の長へと目を向ける。ひとつ数える間もなく、その男は背から血煙を舞わせ、ばたりと倒れてしまった。

「ホホデミ！　勝ったぞ」

倒れた男の後ろには、イナヒの姿があった。体には返り血を多く浴びていたが、合わせ鍛えの剣には曇りのひとつもない。この戦いを決めたのは、こちらが持つ鉄の力であった。

「お言葉を」

短い呼びかけと共に、左の闇からオオクメが姿を現した。右手に提げた長弓、先に女を射たのはこの男か。ホホデミは大きく頷き、声を限りに叫んだ。

「名草戸畔の手下よ。うぬらが長は日向のホホデミが討ち取った。手向かいするなら情けはかけぬが、今宵ばかりは見逃してやる。どこへなりと落ちるが良かろう」

オオクメが名草戸畔の骸に手を伸ばし、髪を摑んで吊るし上げる。イナヒが松明の男から灯りを奪い、これを照らした。

「お頭」

「ほんまに死んどる」

「何でや」

肝を潰した声が、あちこちに上がる。盗人たちは泣き叫びながら散って行った。

辺りから戦の騒がしさが消えると、ホホデミは自らの兵に向けて高らかに呼ばわった。

「皆々、良く聞け。我らはイツセという柱を失うた。しかし見よ！　我が兄・イナヒ、そして我が僕・オオクメを。各々の船では兄・ミケイリノに加え、ヒノオミやウヅヒコも力を尽くしたことであろう。わぬしらには、頼むに足る者がこれほどある。必ずや豊葦原に入り、再びの戦を挑もうぞ。そして勝つのだ」

イツセの死によって萎えた、兵たちの心。そこに火を灯すべく、勇ましく言い放つ。しかしホホデミもまた、この言葉で心に力を育んでいた。自らの周りには未だ人が多いのだ、と。

＊

「ほれ見い！　見てみい！　ちゃんと海、開けちょうやねえか」

最も前を行く船でウヅヒコが叫んだ。左手には名草から続く岸、右手遠くにはまた違う陸、二つに挟まれた海の先は限りない広がりを見せていた。どこまでも水だけが続き、果ては空と海が寄り添って、互いの境をぼんやり煙らせている。

　名草の湊を出て十日目だった。皆が「海の開けるところ」に疑いを抱き始めた頃だったが、ウヅヒコの見立てが間違いでなかったと知り、十一の船から喜びの声が上がった。もっとも、誰より嬉しかったのはウヅヒコだったらしい。

「さあ進むど！　漕げ漕げ」

　浮かれた声に、皆が笑いながら「おう」と勇んで返した。

　力の限りに船を漕いで二日、ついにひとつの岬を越えた。岬を越えた東側には、斜め北へと陸が続いている。これを伝って行けば、やがて豊葦原の背を窺えるようになるかと思われた。

　この辺りの海は流れが速く、船を操るのも難しい。しかし満ち引きによらず、潮は常に陸沿いに流れている。夜明けから夕暮れまでずっと前に進めるとあって、旅は捗った。

　漕ぎ続けること幾日か、とある里を見付けた。海人の船が幾つか浜に着けてある。ホホデミはその少し手前で陸に上がり、ミケイリノとヒノオミを里に遣った。海人が使うものと引き換えに、あれこれを訊ねるためであった。

「何でも、この辺りは熊野《くまの》というらしい。あの里は神邑《みわのむら》といって、ここから日の入りの方にある天磐盾《あまのいわたて》の神を祀っているそうなんだよ」

「邑の民が言うには、磐盾の力を仰げば海に出て危うい目に遭わんのだとか。この先も船で旅をするなら、登って祈りを捧げるように言われました」

ミケイリノが話し、ヒノオミが言い添える。ホホデミは「ほう」と西を仰いだ。天磐盾なる山は平らな野の中へ俄かに突き出ている。見たところ、山肌は切り立った崖の如く険しい。

「あれを登るのは骨が折れそうだ」

だが青々と連なる尾根伝いに目を移せば、北に行った辺りが少しばかり緩やかに見えた。神邑の近くには太い川があるが、これを遡ればあそこへ出られるだろう。邑と周りの野は日向の田畑よりも狭い。明日の夜明けにここを発てば、昼過ぎには磐盾の頂に至るはずだ。

ホホデミは「よし」と頷き、そちらを指差した。

「少し長く歩くことになるが、川上から登ろう。ヒノオミとウヅヒコで私に付いて来てくれ。ミケのあに様は他の皆を連れて、水汲みをお願いしたいのですが」

三人は「分かりました」「任せてくれ」と頷いた。

明くる朝、日の出の少し前に、ホホデミたちは船を離れた。天磐盾に向かう三人の他は、ミケイリノと百の兵である。イナヒは二百の兵と共に、船の見張りに残った。ホホデミとヒノオミ、ウヅヒコ、ミケイリノの四人は剣や弓を携えている。兵たちにはその代わりに、二人掛かりで担ぐ土師の大瓶を持たせた。

まずは神邑へ行き、朝の早い海人たちに声をかける。余所者がうろつくが、磐盾を詣で、水汲みをするだけだから怪しまないでくれと断りを入れた。

流れを遡り、朝日が昇る頃には、登りやすいと目星を付けた辺りに至った。川は磐盾の裏に隠れるように大きく曲がっている。海が近いとあって、この辺りの水にはまだ塩の味がした。ミケイリノと兵たちは、水汲みのためにもう少し川上へ行かねばならない。ホホデミとヒノオミ、ウヅヒコは皆と別れて山に足を踏み入れた。

昨日の見立てに違わず、ここからであれば坂も緩やかだった。山そのものは小ぶりで、磐盾の頂と同じ高さまで登るにしても、そう時はかからない。野の中なら三十も数えぬうちに走りきれるだろう、短い道のりであった。

ホホデミたちは、そこから同じ高さの山肌を伝って行った。坂を横向きに進むため、常に右足を高く、左足を低く置いて、幾らか右足を曲げたまま歩かねばならない。しかも磐盾に近付くほど山肌が険しくなるため、足の疲れも大きくなる。日向で山歩きに慣れたホホデミとヒノオミでさえ幾らか辛い。元々が海人のウヅヒコなど、磐盾の頂に立った頃には息も上がり、滝の如き汗を滴らせていた。

「ようやく着いたかえ。ああ、くたびれた」

ウヅヒコはうな垂れるように首の力を抜き、ぺたりと座り込んでしまった。しかし汗を拭いながら、すぐに「ふう」と心地好さそうな息を抜く。時は未だ夏、高くなった日の光が真上から強く降り注ぐも、空を覆うほどに繁った葉のお陰で吹き抜ける風は冷たかった。

ホホデミは海風を楽しむウヅヒコに笑みを向け、次いで木々の間から遠くへ目を遣った。

「おお。これは」

見下ろす先には海の濃い青と、この山に似た崖の如き緑の岸が続いていた。

「ウヅヒコ、見ろよ。おまえの見立てどおりだぞ」

ヒノオミに言われて、ようやくウヅヒコもこちらを向く。そして「おっ」と目を見開いた。陸の連なりは東へ行くに連れ、大きく北へ向きを変えている。このまま海沿いに行けば、まさしく豊葦原の裏側へ回れそうであった。

「船で行くのは、どの辺りまでだと思う」

ホホデミの問いに、ヒノオミは木の葉の間から空を仰いだ。

「そうですな。日の運びから見て……この山からだと、豊葦原は真北ではないでしょうか」

そして海に目を戻し、右手を真っすぐ前に伸ばす。親指と塩舐め指を拡げ、時折その幅を縮めては「ふむ、ふむ」と頷いていた。

「遠く眺めるのでは、詳しくは分かりませんが」

前置きして、遥か北の陸を指差す。

「概ね、あの辺りです。少しばかり野が見えましょう」

その辺りから北向きに山を越えれば、豊葦原の東側に抜けられるはずだと言う。ホホデミは頷き、ウヅヒコに向いた。

「潮はどうだ。あそこまで幾日かかろうか」

「そうですなあ。潮は、今までと同じくらいやっちゃ。五日か六日やて思います」

先の見えない旅は苦しい。だが、少しでも目指すものが見えれば辛さにも耐えられる。大まかな見通しが立っただけでも、登った甲斐はあった。

「ここには、まさに神がおわすのだろう。いざ祈るべし」

ホホデミは畏まって、天磐盾に柏手を捧げた。

明日からがどうなるかは誰にも分からない。今までも海と戦い、ナガスネヒコに襲われ、イツセを失った。そうして数々の苦しみや悲しみに見舞われながらも、ここまで辿り着いたのだ。全てが神の導きなら、この祈りもきっと届く。

そう思い、心の底から願ったのだが——。

八　覚醒

海沿いに遥か先、天磐盾から見定めた小さな野は丹敷浦《にしきのうら》という。神邑の海人たちにその名を聞き、彦火火出見《ヒコホホデミ》たちは勇んで船を出した。

左手に岸辺を、右手にはどこまでも続く海を眺めて船は進む。この辺りは浪速や名草より水が澄んで青黒く、神邑の者は黒潮と呼んでいた。潮の流れは引き続いて強く、いやが上にも船足を速める。これなら四日ほどで丹敷浦に着こうかと思われた。

しかし。三日目のこと、その黒潮が牙を剝いた。

「真っすぐ岸に行ったらいかん。船がひっくり返っちまうど」

激しい風の中、最も前を行く船で珍彦《ウヅヒコ》が声を嗄らした。

朝方は良く晴れて穏やかだったのに、昼過ぎから俄かに風が吹いて海が荒れ始めた。雨こそ降っていないが、空は真っ黒な雲に覆われ、逆巻く波に全ての船が弄ばれている。

「もうちいと右や、右！　流れが緩うなるまで下手に逆らいなさんな」

黒潮は流れが強いだけに、ただでも船を操るのが難しい。少しでも沖に出過ぎれば瞬く間に流されてしまう。ウヅヒコのそういう見立てに従って岸近くを進んでいたのだが、それでさえ、こうして荒れた時には思うに任せなかった。

「そうじゃ、それでええ。ちっとずつ流れから外れるんじゃ！」

ウヅヒコの乗る一の船は、先ほどよりも揺れなくなっている。何とか潮を往《い》なしたらしい。陸には内浦があって、そこまであと少し。ここからは岸に寄せる波に乗るだけで済む。

と、ウヅヒコは船の艫に馳せ寄って大声を寄越した。

「二《ふた》の船、ホホデミ様！　わしの船がやったみてえに、付いて来てくださいな」

ホホデミは「おう」と返し、自らの漕ぎ手に呼ばわった。

「聞いたとおりだ。流れに逆らおうとせず、少しずつ潮を外れて岸に寄せよ。ウヅヒコがやって見せたのに倣え」

漕ぎ手の顔や腕には、大きな水の粒が幾つも流れている。汗か波の飛沫《しぶき》かは分からない。分かるのは、力の限り漕ぎ続けた皆が疲れていることだけであった。

「せえの」

「よいしょ！」

右側が三つ漕ぐ間に左が二つ漕ぐ。潮に流されつつも、舳先が少しずつ岸に向き、じわりと揺れが収まっていった。どうやら、この船も巧くいった。

他はどうだろうと後ろを向けば、三から五の船が並んで続き、六と七の船がそれを追う。次いで稲飯《イナヒ》の乗る八の船と、大来目《オオクメ》の九の船が並んでいた。最も後ろには食い物や水を運ぶ十の船、三毛入野《ミケイリノ》の十一の船がそれに寄り添うように進む。今のところどの船にも障りはない。

「よし。ウヅヒコに続いて岸に着けよ」

ウヅヒコの船は既に内浦に入り、陸も目の前となっている。風と波に揺らめいてはいるが、さすがに内浦は少しばかり穏やかであった。

間もなく二の船——ホホデミと日臣《ヒノオミ》も、何とか海の厄《わざわい》を逃れて岸に着けた。漕ぎ手たちはひと息ついたが、ホホデミにそうした緩みはない。後に続く皆を危ぶんで、船から降りずに沖ばかり見ていた。

「よし、いいぞ！　そのまま進め」

　ごうごうと唸る風、砕ける波の音を突き抜けてイナヒの大声が届く。それに背を押されるが如く、三から五の船が内浦に入って来た。

長髄彦《ナガスネヒコ》に襲われ、五瀬《イツセ》の傷が思わしくなかった頃、誰がどれだけ兵を率いるかを改めていた。豊葦原か手下の草香邑が追手を差し向けた時に備えてである。船の長は概ね兵の長を兼ねているが、長のいない三から五はイナヒに、六と七はオオクメに任せていた。

　ともあれイナヒは、任された三つを内浦に送り込んだ。しかし自らの乗る八の船を進めようとせず、他を先に行かせようと大揺れの中で声を張り続けた。

「六《むつ》と七《なな》、続け。オオクメも先に行くが良い」

「イナヒ様は？」

「ミケと共に荷の船を導いて戻る。おまえは兵たちを視てやれ」

「はっ」

　大声でやり取りをするにも、オオクメの口数は少ない。しかし互いの間には確かな心の絆がある。何ごともイナヒの言うとおりにと、オオクメは内浦に差し掛かる辺りに船を保たせ、兵たちが流された時に備えた。

　やがて六と七も内浦に入る。見届けると、オオクメはようやく自らの九の船を動かし始めた。

「よし。荷の船は少し前を行ってくれ。俺たちで後ろを守るから」

ミケイリノが声を上げ、荷運び船が岸を指す。イナヒとミケイリノの船は、少しでも波を防ぐ楯になろうとして、幾らか後ろに並んで進んだ。多くの兵を連れているだけに、荷を載せた十の船は命綱である。

あと少しだ。間もなく皆が陸に上がれるだろう。何ごとも起きないでくれと祈りつつ、ホホデミは船の動きを見守った。

ところが――。

「うわ」

ひと際強く風が抜けた。岸に着けた船の上、ホホデミの体さえ飛ばされそうな勢いである。いかん、と膝を折り、倒れ込んで船縁を摑んだ。

「あに様たちは。荷は」

風が緩んだのを見計らって体を起こせば、荷運びの船は内浦に入っていて、大きく揺れたのみである。

そこまでは良かった。が、あろうことかミケイリノの船が右に左に傾き、漕ぎ手の兵たちが海に投げ出されている。

「う、うあっ！」

「ひぃ」

「助、助け……」

叫び声が飛び交い、そして消えてゆく。ミケイリノが痛々しいばかりに声を張り上げた。

「おい皆、おい！　泳げ！　縄を投げてやる。浮かんで来てくれよ」

祈るが如き声は、届かなかった。兵たちは誰ひとり浮かんで来ない。衣が水を吸って重さを増し、また体に貼り付いて動きを殺したのだろう。荒波に呑まれ、泳ぐ間もなく溺れてしまったのだ。

「ミケ！　どれだけ落ちた。十《とお》か。十と五《いつ》か」

イナヒの問いに、ミケイリノは泣き出しそうな声で絞り出すように叫んだ。

「十と八《やっ》！　十と八もだよ、あに様」

ホホデミの頭から、さっと血の気が退いた。ひとつの船は三十ほどで漕ぐ。この速い流れ、しかも大荒れの海で、半ばを超える十八人が失われたとは。それではとても船を操れない。

「あに様！　ミケのあに様」

声を限りに叫んだ。しかし虚しきかな、ミケイリノの船は少しずつ沖へと流されている。

「皆々、船を出せ。あに様を助けなければ」

陸に上がった兵たちに、ホホデミは凄まじい面持ちを向けた。聞き付けたのだろう、皆にあれこれを言い付けていたヒノオミとウヅヒコが岸に駆けて来る。そして二人も見た。内浦の入り口から遠ざかってゆくミケイリノを。

「ヒノオミ、ウヅヒコ！　船を出すぞ」

ホホデミは強く、それは強く声を張った。だがウヅヒコは大きく首を横に振る。

「いかんです！　間に合わねえちゃ」

「ホホデミ様の身が危うくなりますぞ。長が厄に飛び込むなど」

ヒノオミも諫めたが、ホホデミは聞かなかった。

「見殺しにせよと言うのか」

心の底からの叫びに、陸の二人が苦しげな面持ちを返した。それでも堪えてくれ。長がいなくなれば旅も終わりなのだ。皆が死ぬしかなくなるのだと、目が口ほどにものを言っていた。

ホホデミは涙を零した。血さえ噴き出ようかという涙であった。

そして自らの心に問うた。兄を助けるために皆の命を危うくするのか。それが長の行ないなのかと。

違う。できない。

噛み割らんばかりに奥歯を噛み締めた。ミケイリノの船は、そう遠く離れていないのに。野の上なら走って十幾つも数えれば辿り着くくらいなのに。そればかりの間合いが、どうしてこれほどに遠い。

「皆は陸に上がれ」

割れた大声が届く。振り返れば、あと少しで岸に着けようかという船が取って返そうとしていた。

「ホホデミ様。わしにお任せを」

オオクメである。肚を据えた男の心、誓いとも言える胸の内が、低い響きに滲み出ていた。ホホデミはがくりと膝を突き、ただ成り行きを見守った。

内浦の入り口まで船を戻すと、オオクメは弓に矢を番《つが》えて引き絞った。いつもと違うのは、矢に縄が結ばれていることである。

「イナヒ様」

ひとつ叫び、イナヒがこちらを向くと、オオクメは弓の弦を弾いた。矢は吹き荒れる風を切り裂いて飛び、これも少し流され始めたイナヒの船を越えて行く。そしてミケイリノの船の縁に突き立った。矢で縄を運んだのだ。

オオクメは縄尻を高々と掲げて「こうです」と叫び、然る後に自らの船の舳先に結ぶ。それだけで、イナヒには伝わったようであった。

「ミケ！　ミケイリノ！　その縄を船に結べ。しっかりと」

そして、自らもオオクメに倣って弓を引き絞る。

「俺からもだ。受け取れ」

放たれた矢は、過たず縄を運んだ。

ホホデミは、喜びに身を震わせながら「曳くのか」と呟いた。ミケイリノの船は多くの漕ぎ手を失った。潮に抗い、岸に向かうことはできそうにない。だから、幾らかでも流れの緩いところから曳いてやろうというのだ。

実を結んでくれ。何とか助けてくれ。ホホデミはただ祈り続けた。

「さあ曳くぞ。漕げい」

イナヒの声に応じ、皆が櫂を使う。オオクメの船も同じであった。ここに至ってミケイリノの船は望まぬ動きを止めた。じわ、とこちらに近付いて来る。

が、それも束の間だった。

「あ！」

ホホデミの目が大きく見開かれた。

風に押されて大波がひとつ。それはイナヒの船を横から叩き、いとも容易く弾き飛ばした。

オオクメが驚いて振り向く。見遣る先では船が逆しまに返り、荒波に揉まれていた。

全てが、ゆっくりに見えた。あに様。イナヒのあに様。叫びたいのに声が出ない。まさか。そんなことがと、口をぱくぱく動かすのみであった。

嘘だ。認めたくない。嘘であってくれ。身を震わせて、しかし流される船底から目を離せずにいる。

と、水の中から手が伸びた。船の腹に摑まり、何とか這い上がろうとしている。あの鎧は。この身に纏うのと同じ鎧は。イナヒだ。我が兄だ。

「あに様！」

喜びの涙と叫びが溢れ出る。もっともイナヒの腕は震えていた。水を吸った衣の上に、鉄を貼った鎧、そういう重いものを身に着けて泳いだせいだ。

せめて鎧を脱ぎ捨ててくれ。難しいだろうが、何とか。

しかしイナヒは手を滑らせ、再び水に落ちてしまった。どうにかしがみ付いているが、再び這い上がるだけの力は残されていないようであった。

「何たることか。我が父は天津神の血筋、母は海神の血筋だというのに！　それが、どうして陸で苦しみ、海でも苦しまねばならん」

恨めしい。悔しい。苦しみに満ちた雄叫びを残し、イナヒは波間に消えた。

「イナヒ様！」

地鳴りの如き声を上げ、オオクメが鎧を脱いだ。次いで衣も外してゆく。体に彫られた入れ墨が、黒雲の下に黒々と浮かび上がった。

ホホデミの体が、ひとりでに動いた。助けなければ。オオクメと同じに、泳いで行って救わなければ。

「それ！」

舳先から垂らされた縄を伝い、滑り降りた。鎧を外し、衣を脱いでゆく。

イナヒは常に厳しかった。何かと言えば小言ばかりだった。腹を立てたことも数え切れぬほどある。だが兄だ。我が兄なのだ。この旅の長は、おまえでなくてはと言ってくれた。日向のホホデミには誰にも負けぬ器があるのだと。

それによって分かった。己は長として、未だ大きく足りない。だからこそだ。ゆえにイナヒは言ってくれた。耳の痛い言葉を真っすぐに向けてくれたのだ。

ミケイリノはいつも笑っていた。常に民と共にあり、誰にも同じく優しかった。イナヒに叱られて苛立っていても、あの人好きのする笑みを見れば胸が落ち着いた。支えられたのだ。ずっと支えられてきた。

だから、生きていて欲しい。死んで欲しくない。嫌だ。嫌なのだ。悲しいのだ。イッセに続いて二人が死ぬなどと、どうして受け容れられるものか。

「あに様！　今お助けします」

素裸になったホホデミは、大きく叫んで逆巻く波へ駆けた。ところが。

「何をなさるのです！」

幾らも進まぬうちに、ヒノオミが後ろから抱き付いて引き留めた。

「離せヒノオミ、離せ！　私は――」

「やめろ！」

沖から飛んで来た、轟《とどろ》くが如き声。頭を張り倒される思いがした。

「ホホデミ、いかん！　オオクメもだ」

初めて見た、ミケイリノの怒りであった。誰よりも――それこそイナヒよりも猛々しい声に、思わず足がすくむ。オオクメも、いざ飛び込もうという動きを止めていた。

それを見て兄の声が変わった。遠く届けという大声ながら、常なる響きであった。

「おまえたちの思いは嬉しい。でも見ただろう。もう助からない。助けられないよ」

「しかしミケ様、わしは！」

オオクメが涙声を弾けさせた。住まう里を襲われ、行く当てをなくして日向に来た。イナヒに拾われた身なのだ。その情けに報いたい。助けられないと分かっていても、飛び込んで探したい。たったひと言に、そういう強い思いが詰め込まれている。

ミケイリノとて分かっていただろう。しかし大きく首を横に振った。

「おまえたちまで死んだら、イナヒのあに様も悲しむよ。だから、もうやめてくれ」

そして「はは」と笑った。いつもの、人好きのする笑い声であった。

「なあホホデミ。イナヒのあに様は、おまえをきちんと認めてくれていたよな。今は、まだ足りなくていい。でも、まことの長になれる器だって言ってくれたじゃないか」

優しい、この上なく優しい眼差しが語っていた。皆を束ね、導いて、ゆくゆくは倭の全てに恵みを垂れる長になれ。命あってこそだ、と。

唇が震えた。身動きひとつできない。ミケイリノは小さく頷き、次いでオオクメに向いた。

「オオクメ。おまえも生きてくれ。ホホデミを支えてやって欲しいんだ。頼むよ」

そして腰の剣を抜き、体の前で横向きに構えた。

「この構え、あに様に似ているだろう？」

イナヒとて俺と同じ思いだ。そう示していた。

ミケイリノの船は先よりずっと沖に離れていた。これを曳くオオクメの船さえ、内浦の外に出ようとしている。

「お喋りも、ここまでか」

ミケイリノは岸に背を向ける。そして自らの漕ぎ手に何やら話したかと思うと、右手の剣を大きく振り上げた。

「寂しいけれど、さよならだ。俺たちの身は消える。でも魂は、いつも皆と共にあるんだ。そう思ってくれ」

勢い良く下ろされた剣が、二つの船を繋ぐ命綱を断った。多くの漕ぎ手を失った船は、瞬く間に流されて行き——。

そして遥か沖で大波を受け、見えなくなった。

*

昼に比べれば少し落ち着いたものの、風や波は未だ強い。星明りさえ届かぬ海ではひっきりなしに波が砕けている。吹き抜ける強い風のせいで、辺りには砂埃が立ち込めていた。

二つの船が沈み、イナヒとミケイリノ、さらには六十余りの兵が失われた。生き残った者たちは、沈んだ船にあった親しい顔を思って涙し、黙りこくったままだ。

兵を率いる身のホホデミたちも、それは同じだった。焚き火を囲んで丸く座り、風に揺れる炎をぼんやり眺めていた。

誰も何も言わぬまま、夜は更けてゆく。焚き火の炎が少し頼りなくなった頃、昼間の厄を思わせる風が吹き抜け、砂を叩き飛ばしてきた。ホホデミの左手に座るヒノオミが「う」と唸って瞼を閉じた。

「目に入ったんか」

真向いのウヅヒコに問われ、ヒノオミは「いや」とだけ答えた。暫くぶりに互いの声を聞き、二人は少し顔を見合わせる。そして、どちらからともなく寂しい笑みを浮かべ、肩を落とした。

「ホホデミ様。申し訳ありません」

ヒノオミは俯いて、溜息と共に吐き出した。

「俺が、もっと早うに空を読めておったら」

そうすれば、海が荒れる前に陸へ上がれたろうに。思いを受け止め、ホホデミは俯いたままで静かに頭を振った。

日の動き、高さ、月の満ち欠け。確かにヒノオミは空を読める。しかし、それは飽くまで田作りを良く進めるための技なのだ。先んじて雨や嵐を知る力は、抜きん出て優れた日読みの付け足しでしかない。少しなりとて雲行きを読めるのはありがたいし、日向にいた頃から頼みにしてはいたが、常に間違わなかった訳ではなかった。そもそも、いつも過たず空の先読みができるのならば、日向が嵐に襲われた時もより良い手立てを施せていたはずだ。こうして旅に出ることも、なかったのである。

「おまえのせいではない」

責めてはならぬと胸の内を支え、ぽつりと呟く。すると、少しの後にウヅヒコが涙を落とし始めた。

「そうじゃ。ヒノオミは悪うねえ。わしのせいじゃ」

ホホデミは驚いて顔を上げた。

「荒れた波の中、皆を導いてくれたではないか」

「いいや。海が荒れる前にゃあ兆しがあるもんです。わしゃ黒潮の速さにばっかり目が行っとって、そいつを見逃したんじゃ」

そういうものなのか。だがウヅヒコとて責められはしない。旅立ちのすぐ後、やはり潮に悩んでいたところを助けてくれた。故郷の菟狭を捨て、この旅に加わってくれた。浪速の海と河内潟も、ウヅヒコがいなければ進み果せなかった。黒潮に乗って豊葦原の裏手に回ることも、思い付かなかったに違いない。

「言って何になる」

目を瞑って背を丸めたオオクメが、静かに声を響かせた。空の乱れを早くに読み取っても、潮を見極めても、こうならなかったとは言えまい。黒潮の力を思えば、早めに動いたとて、もたついたかも知れないだろう。如何にしても、イナヒとミケイリノは海の藻屑と消えてしまった。終わった話は取り返しが利かない。その思い、悲しみが、短い言葉の中に押し込められている。

「オオクメの言うとおりだ」

ホホデミは頷いた。ヒノオミとウヅヒコもそれで口を噤《つぐ》む。波音と風だけの時が戻ってきた。

長兄・イツセが息を引き取った時、イナヒに叱られ、ミケイリノに支えられ、ヒノオミから吾《ア》平《ヒラ》津《ツ》媛《ヒメ》の思いを知らされて、心を強く持とうと決めた。しかし、今ばかりはできそうにない。旅の長として皆を奮い立たせねばならないのに。

どうしてだろう。なぜ、このような思いを。何ゆえ皆を、こうまで悲しませることに。

ヒノオミのせいではない。ウヅヒコも悪くない。オオクメとて手は尽くした。兵たちも、それこそ命懸けで船を漕いでいた。

だとしたら。

己、なのだろうか。このホホデミが、旅に出るなどと言い出したから。

少しして、右手に拳を結んだ。あまり強く握り過ぎて、固めた拳が小さく震える。

いけない。自らを責めて何になると、オオクメが言ったばかりではないか。

しかし。嗚呼《ああ》しかし。兄たちを失い、心が揺らいでいる。どうしようもない。この乱れを、胸の内を。

ホホデミは頭を抱え、亀の子の如く身を縮めた。その姿を嘲笑《あざわら》うかのように、波と風の音がまた激しくなった。

＊

二日もすると、海はすっかり静かになった。そして三日目の朝、残された九つの船は丹敷浦へと旅立った。

皆が肩を落とし、心を萎えさせている。偽りなく言えば、誰も先へ進みたいとは思っていないのだろう。ホホデミも同じだった。

それでも船を出したのは、ミケイリノの残した言葉ゆえである。波間に消えた人が、この身は消えても魂は共にあると言ったのだ。つまりは、進んでくれと。旅を続けたいとは思わない。だが、あの言葉を聞いていながら諦める訳にはいかなかった。

目指す丹敷浦へは、その日の夕暮れを前に辿り着いた。元からあと一日で進み果せるはずだったのだ。押し潰されそうな胸の内を努めて堪え、ホホデミは陸を指差して声を張った。

「よし。あそこの浜だ。船を着けろ」

兵たちが「おう」と返す。くたびれ果てたような寝惚け声の束であった。

陸へ上がると、ヒノオミは空を見上げた。そして暮れなんとする夕日を眺めて幾度か頷き、浜に立ち尽くすホホデミの許に足を運んで来た。

「日の入りの様を見るに、やはりここから行けば豊葦原の裏手に出られそうです」

「そうか。では、この先は歩いて行くのだろうな」

「あの。それは、そうなのですが」

ヒノオミの眼差しが、危ういものを見るような色を映す。ホホデミは首を傾げて問うた。

「どうした」

「だろうな、とは。如何にも他人《ひと》ごとのように聞こえますぞ」

「あ。すまない。つい」

口籠もりながらの声を、口の中で捏《こ》ね回すように消した。如何にしても晴れない霧が胸に立ち込めている。覆い隠そう、閉じ込めようと思いつつ、ふとした言葉の端に出てしまうとは。

「いかんな、これでは」

迷いを振り払うべく、ホホデミは強く頭を振った。

その夜は丹敷浦で眠ることにした。野の中で夜を明かすに当たっては、火を焚いて眠るのが常である。闇の中では如何なる獣に襲われるか分からないからだ。

夕餉を済ませると、兵たちは早々と身を横たえた。疲れているのだろう。体を動かすのは心であり、その心こそが何より疲れている。飯を拵えていた時も、皆はだらけていて、もの憂げな思いを隠せずにいた。

「我らも休むか」

ヒノオミとウヅヒコ、オオクメを促して横になった。兵を率いる身の四人は、藁で編んだ筵を使う。ホホデミの左にヒノオミ、右にウヅヒコ。ウヅヒコの右にオオクメが並んだ。

足の向いた先には焚き火があり、そこから三十と幾つか歩んだ先に兵たちの焚き火が並ぶ。兵の眠る向こうは波打ち際で、ここまで漕いで来た船が静かに船底を洗われていた。

イナヒとミケイリノを失った日の宵に比べて、波はすこぶる静かであった。

だが。静かであるがゆえ、かえって要らぬものが胸の内を行き来してしまう。果たして、とホホデミは思った。このまま旅を続けられるのだろうか、と。

イナヒは荷運びの船を守ろうとした。荷が旅の命綱であるからには、それとて皆を率いる身の務めであったろう。そして、流されかけたミケイリノを救おうとして命を落とした。

ミケイリノは自らが助からないと悟り、オオクメを守るべく、互いを繋ぐ縄を切った。ひとりでも多くを生かそうとした姿からは、人を束ねる身の器が見えた。

翻って、我が身はどうなのだろう。人の器は抱き得る志の大きさで決まると、イナヒは言っていた。しかし。己は、ただ兄たちを巻き込んだだけなのかも知れない。日向の者を、吉備の者を巻き込み、危うい思いをさせているだけなのではないか。長の器にあらずと言われても、何を返せよう。

眠れない。ホホデミは静かに目を開けて、空に散らばる星の乳色を眺めた。そして兵たちの寝息に聞き耳を立てる。概ね静かな寝息、少しばかり鼾《いびき》が聞こえるくらいだが、どこか重苦しいものがあった。誰も声を漏らしてはいないが、うなされているようにも思える。

イツセが傷を負った時には、あれほど奮い立っていたのに。そのイツセが黄泉に渡り、引き続いてイナヒとミケイリノまで波に呑まれた。瞬く間に三人がいなくなったことで、誰もが魂の抜けた木偶《でく》に成り下がってしまった。

「このままでは」

口の中だけで呟く。ウヅヒコとオオクメは寝息を立てている。左の隣でヒノオミが、もぞりと動いた。

どうにか奮い立って欲しい。それぞれの思いをしっかり持ってもらいたい。船を出せば、そうなるかも知れないと思っていた。だが皆は心を疲れさせ、体を衝き動かす力も得られずにいる。今のまま豊葦原と戦って、果たして勝ち目はあるのだろうか。

「否とよ」

できまい。命懸けどころか、進んで命を捨てに行くようなものである。助けてもらった命、どうにか拾った皆の命なのに、さらに危うくしては兄たちに申し訳が立たない。

旅の僕は三人の兄を慕ってくれた。その人たちがいなくなって、これほど沈んでいる。旅とは先々の光を見て進むべきものだ。今ここに光を見出せない者に、どうして耐えられよう。

そういう兵たちに、果たして己は言えるのだろうか。それでも豊葦原に向かい、ナガスネヒコと戦うのだと。

否。言えない。とてもではないが。こうも萎えきった心で戦えば、必ず負けて死ぬ。旅を続けて豊葦原と戦おう——皆にそう言い付けるのは、死ねと言うに等しい。

溜息を漏らし、ホホデミは囁いた。

「ヒノオミ。起きているのだろう」

幾らか待つ。小声で「はい」と返った。

「何か、ありましたか」

問われて、すぐには答えられずにいた。ヒノオミは、ただ待っている。

しばしの後、ぐっと奥歯を噛み締め、踏ん切りを付けて口を開いた。

「引き返そう。今からでも」

長い、それは長い間を空けて、言いにくそうな声が返った。

「お心は分からぬでも。されど、それでは……アヒラツ様の思いが」

アヒラツ。誰よりもこの身を分かってくれていた女。この旅の持つ値打ちを慮り、自ら身を引いてまで背を押してくれた妻。引き返せば、アヒラツの心を踏み付けることになる。

だが、今は兵たちを守りたいのだ。このホホデミを頼み、従ってくれた者たちである。死なせると分かっていて先へ進むなど、できようはずもない。

それでも――言おうとした時であった。

「とんだ腰抜けじゃ」

ウヅヒコの向こうから、オオクメが小さく罵った。他には、もう何も言わない。

腰抜け。そうかも知れない。

「ホホデミ様」

オオクメのひと言で打ちのめされたと、分かったのであろう。ヒノオミは身を横たえたまま、顔だけこちらに向けた。

「横になってから何か考えると、つまらぬ思いにばかり囚われるものですぞ。今宵は努めて頭を空に、ただ休まれませ。朝を迎えた後にお心を定めるのが良いかと」

「分かった。そうする」

小さく返して目を瞑った。が、眠れるはずもない。瞼の裏には、しばらく眺めていた星影が滲むようにちらついていた。

＊

再び目を瞑ってから、どれほど経ったろう。瞼を隔てて届く灯りは、焚き火の弱い炎のみ。空の白む明るさはまだ先らしい。浜から遠く北、折り重なる山の中で梟《ふくろう》が鳴いている。ホウ、ホウと鳴き声が幾度繰り返されたことか。

それが、はたと消えた。

ホホデミの耳に、誰かが砂を踏む音が届いた。ひとりや二人ではない。十か、二十か。いや、さらに多そうだ。旅に見切りを付けて逃げる者があるのだろうか。それならそれで構わない。寝たふりをしている間に去って行くが良かろう。命を永らえて何処かへ行き着いたら、そこで幸せに暮らして欲しい。

しかしヒノオミは、そしてオオクメとウヅヒコも、ホホデミと同じではなかったようだ。身を横たえる左で、右で、むくりと起き上がっている。

「ホホデミ様。起きてくだされ」

ただごとでない。ヒノオミの声が張り詰めたものに満ちている。

「何があった」

元より眠ってなどいない。ホホデミはすぐに身を起こす。と、遠く北の森から忌々しげな声が飛んで来た。

「何や、起きてもたんかい。やれやれ。寝そる間に殺したろ思てたに」

女の声である。低く響く言葉の端々に浅ましい心根が映し出されていた。兵が逃げようとしていたのではなかった。どうやらこの丹敷浦の女盗人――丹敷戸畔だ。手下を引き連れ、襲い掛かろうとしている。

「ま、ええわ。おどれら、やってまえ！」

荒々しい叫びに続き、男たちと思しき喚き声が飛んで来る。

「名草の時より少ない」

オオクメが唸るように呟き、すくと立った。寝ていた筵の傍らにある弓を負い、剣を佩く。返り討ちにしてくれんと、逆立った気持ちに溢れていた。ヒノオミも「うむ」と立ち上がり、剣を取る。

ホホデミは少し離れた焚き火の辺り、兵たちへと目を遣った。俄かに騒がしくなったせいで、皆が起きてはいた。だが誰ひとり戦おうとしていない。竦み上がって身を小さくしていた。

「ホホデミ様。こりゃ、ええ切っ掛けや」

ウヅヒコが早口に捲し立てた。見たとおり、兵たちは心の力を失っている。こういう時こそ上に立つ身が奮って戦い、皆の胸に火を灯さねばと。

「イツセ様が死んで、名草戸畔に襲われた時も同じやった。さ、行こうえ」

促されて右脇にある剣、そしてイツセの形見の弓へ、おずおずと手を伸ばした。しかし。

「い、嫌じゃあ」

「こねえなとこで、死ねるか」

「逃げるか？」

盗人の群れが作る足音、恐らく四十そこそこの数を前にして、こちらの兵たちが泣き叫んでいる。それを耳にすると、ホホデミの胸に灯りかけた火まで消えてしまった。

「ウヅヒコ。逃げるが良くはないか」

向こうは盗人である。人を殺す訳は、あれこれの品を奪う障りとなるからだ。狙いはこちらの持つ荷のはずである。

「皆を連れて逃げれば、誰も死なせずに済む」

「荷がのうなったら旅も続けられん。今ここで皆を焚き付けるんが、何よりと違いますか」

ウヅヒコの声が忙《せわ》しなくなっている。盗人の足音は近い。あと二十幾つか数えるうちに間近まで迫り、襲い掛かって来るだろう。

「いけん！　こんままじゃ……とりあえず、わしゃ先行くっちゃ」

ウヅヒコは剣を取り、ひとりで盗人の群れへと駆け出した。

ヒノオミが泡を食っている。ひとりで行かせられるものかと、慌ただしく剣を抜いた。

「おいウヅヒコ！　おい！」

「俺はウヅヒコを助けて戦う。オオクメはホホデミ様をお守りしてくれ」

しかし。

「断る」

それがオオクメの答だった。ヒノオミは「何と」と眉を寄せ、盗人とオオクメを代わる代わる見た。

「俺たちの主なのだぞ。訳の分からぬことを言わず――」

「先に行け。まず、ホホデミ様に話がある」

遮って促され、ヒノオミは何かを呑み込んだように駆け出して行った。

向こうでは、間もなくウヅヒコと敵が斬り結ぼうとしていた。助けねばとヒノオミも足を速めている。その様をちらりと見て、オオクメはホホデミに向いた。

「それでも長なのですか」

入れ墨の面を険しく固め、静かに言う。然る後に。

俄かに声を張り上げ、どやしつけてきた。

「イツセ様に続いて、イナヒ様もミケイリノ様も亡くなられたのだ。長として、あなたが戦わずして何とされる。然るに口を開かば『引き返す』だの『逃げる』だのと！　萎れておるのは兵たちではない。あなたが挫けておるから皆が引き摺られるのだ」

いつも口数の少ない男が、流れ落ちる滝の如くに言葉を継いできた。それだけで何を言い返すこともできなくなった。

「イナヒ様から、あなたの目指すものをお聞きした。我ら倭人はいずれ諸越への強みを失う。その時に備えて、倭を束ねる国を建てたいと。わしは心洗われる思いだった。だから、この旅に加わりたいと名乗り出た」

オオクメの言葉は留まるところを知らない。曰く、己は故郷を襲われて行く当てをなくした身である。そこをイナヒに拾ってもらい、日向で海人として安らかに暮らしてきた。そのままでも良かった。否、そのまま暮らしていたかった。しかし。

「わしは争いの果てに辛い目を見た身です。ゆえに、他の者に同じ思いをさせとうなかった。日向の皆にずっと心安く暮らして欲しかった。イナヒ様が仰せでした。あなたなら、できると。我が弟はそれだけの器なのだと。わしを助けてくだされたお人が誇らしげに胸を張っておられた。だからホホデミ様の志に賭けて、平らかな暮らしを捨てた。なのに」

ホホデミは弱音を吐いた。皆を守るために逃げたい、引き返したいと。今のまま豊葦原と戦えば、なるほど為す術なく皆を死なせるのみだろう。引き返せば、兵たちは命を永らえるかも知れない。だが飽くまで「かも知れない」だけなのだ。引き返す道で今宵のように襲われないと言えるのか。イナヒやミケイリノを失った時の如く、何かしらの厄に遭わないと言えるのか。分かっているはずだろうに――。

「今のホホデミ様には目の前しか見えておられぬ。何を成すこともなく逃げ帰るなら、これまでに死んだ者は何のために命を落としたのか分からぬ。あなたを頼んだ者を、甲斐なく死なせることになるのです。それをお望みなのですか。違う！　ホホデミ様は、全ての民を安んじたいと願われたはずだ」

強い思いが、なお津波の如く押し寄せて来た。豊葦原は見境なく周りの里を襲い、人々を泣かせている。イツセが黄泉に渡ったことで、噂のみの話でないと分かっただろうに。そうと知って捨て置くと言うのなら、このオオクメと同じに故郷を追われる者、親しい人を殺される者が増えるばかり。全ての民の幸せとは、全く逆しまの世になってしまうのだと。

「ホホデミ様のお心は弱い。ゆえにイナヒ様とて、言いたくもない小言を重ねられた。我を超えよ、自らの今を超えよと、ただそれのみを願っておられたのだ」

イツセを葬り、兄弟で酒を酌み交わした次の朝、イナヒが言っていたそうだ。我が弟もようやく、まことの長になろうとしていると。

「それは嬉しそうにしておられた。わしも嬉しかった。付いて来て良かったと、心の底から思うた。なのにホホデミ様は、今まで力を貸してくれた者の命さえ疎かに扱おうとしておられる。それが、まことの長たる人の為すべき業か。ホホデミ様がお望みのことなのか。今のあなたが為すべきは、わずかな間だけ皆を生き延びさせることではない。望みを持ち、そのために力を尽くしたと思えるなら、たとえ志が潰えても人の心は報われましょう。皆の胸に、目に、先々の望みを見せる！　今ここで長が為すべきは、それではありませんのか」

　激しく厳しい言葉の数々は、そこで止まった。未だ立てずにいるホホデミを見下ろして、オオクメは大きく息をついた。

「それでも戦わぬと仰せなら。あなたはもう、わしの主ではない」

　終いにひと言を残し、オオクメは盗人の群れに顔を向けた。ウヅヒコとヒノオミは互いに背を預け合い、襲い掛かる者共をどうにか退けている。丹敷戸畔の手下はここまでに幾らか斬り捨てられて、残るは三十と四、五であった。

　たった二人で抗う輩《ともがら》を助けなければ。オオクメは「いざ」と吼え、逞しく駆けて行った。

　ホホデミはしばし身動きできなかった。口数の少ない男が、ああまで言葉を尽くして諫めた。その数々が、頭の中で渦を巻いている。

　何が正しいのだろう。兵たちは今、岸に着けた船に駆け寄って身を寄せ合い、震え上がっている。この哀れな者共を助けたいと思うのは、間違いなのだろうか。

「おどれら何しとんじゃ、うすのろ共が！　こんな奴らに皆して構っとらんで、もらうもの、もらってまえや」

丹敷戸畔が怒鳴り散らしている。と、ウヅヒコやヒノオミ、後から加わったオオクメを囲む者が二手に分かれた。手向かいする三人には二十ほど残し、他は船へと走り始める。

「いかん」

ホホデミは腰を上げて片膝立ちになった。荷を奪いに掛かった盗人は十と幾らかでしかない。そればかりの数でも、今の兵たちでは危うきに過ぎる。殺すつもりで迫る者と端から逃げ腰の者では戦いにもなるまい。

「守ってやらねば」

目の前しか見えていないと、オオクメは言った。逃げたとしても、引き返したとしても、どこかで人が死ぬかも知れないのだと。それは分かっている。だが、今まさに殺されんとしている者を助けるのが間違いのはずはない。ホホデミは傍らから剣を取り、腰に佩く間も惜しんで抜き払った。

その時、真後ろから男の声が飛んで来た。

「うぬが長かいや！」

驚いて振り向けば、二人の盗人が駆け寄っていた。菖蒲《あやめ》の葉の如き細身の得物——ありふれた青銅の剣を大きく持ち上げ、こちらの頭を叩き割ろうとしている。

しまった。盗人たちは見ていたのだ。オオクメたちだけではない、あそこに身なりの良い者がいる。これが親玉だろうと、当たりを付けていたのだ。

「死ねや！」

「身包み剥いだる」

二人が襲い掛かって来た。ホホデミは頭の上で、右手の剣を横向きに構える。防ぎ得たのは向かって右のひとりだけだった。左側の盗人は、こちらの手にある剣を見て打ち込みを遅らせていた。その刃が左斜めから首へ迫る。

「うわあっ！」

思わず左手を掲げていた。身を守ろうとして、ひとりでに動いたものである。

盗人の剣が、ホホデミの左手を捉えた。

だが断ち落とされてはいない。石と金物のぶつかる音——アヒラツの貝輪に当たって、刃が弾き飛ばされていた。

「この死に損ないめ」

男が悔しがった、その時。

右手の剣で受け止めた側の盗人が、声も上げずにくずおれた。後ろから首を射貫かれている。

何が起きたのかと遠くを見遣れば、オオクメが次の弓を引き絞っていた。

「え？　な、何や」

たった今悔しがっていた側が、大いに狼狽えた。二つ数えた後、その男も胸を射られてどさりと倒れ、もの言わぬ屍となっていた。

「助かった」

ホホデミは大きく息をついて、自らの左手を見た。手首の貝輪がなければ、オオクメが矢を射るより早く斬られていたに違いない。アヒラツの心が守ってくれたのだと、貝輪を撫でた。

すると。

「あ！」

貝輪は音もなく割れ、手首から落ちてしまった。

何たることか。何たる。ただの貝輪ではない。アヒラツの思いが籠もった品、替えの利かないものなのだ。それが、このようなことに。

心を壊されたような、頼りない思いが満ちる。三人の兄を失った今、この貝輪まで損なわれては、己はどうやって自らを支えれば良い。教えてくれと、割れ落ちた欠片に右手を伸ばした。

「痛っ」

塩舐め指の先に鋭い痛みが走った。割れて尖ったところがあったらしい。手を引き戻して見れば、滲んだ血が玉になり、指を伝って流れ落ちた。

その血は、ホホデミの目には血と映らなかった。アヒラツの涙——そう思える。

どうしてだ。なぜ泣く。何を悲しんでいるのか。己は旅の皆を守りたいと願い、悩んできた。長としての務めを果たそうと——。

「務め？　皆を守る……。皆を。旅の皆を」

指の根から、ひと雫の血が落ちる。頭の中身が、がらがらと音を立てて崩れるような、激しい驚きを味わった。

アヒラツが泣いている。違う、そうではないと。それこそが間違いなのだと。

どうしてだ。我が身は何を間違った。どこで間違った。

初めから思い返してみる。旅に出ようと決めた、その時からの全てを。

「私は」

じわりと、目が見開かれた。眼差しが虚ろになって定まらない。それでいて、頭の中には恐ろしい速さであれこれが駆け巡っていた。

今宵どうして襲われたのか。多くの荷を持っていたからだ。そして何より皆が萎えてしまっていた。丹敷戸畔は見越していたのだ。旅の者なら、少なくとも食いものは持っていると。その上で、こちらには抗おうという心の力がない。襲われて当たり前である。

争いの絶えない世で戦いの備えがなければ、或いは争いを厭わぬ強さがなければ、どこにいても襲われる。名草邑の湊で襲われたのも、イツセの死によって皆の心が萎えていた時であった。今はあの時より酷い。やっと先々の見通しが立ったと思った矢先に、イナヒとミケイリノを失った。誰もが憂いを抱え、いつもどおりではいられなかった。

「だが。旅とは」

己は旅に出た。皆が付いて来た。死ぬかも知れないと、それを受け容れて。ここまでに命を落とした皆は、その「かも知れない」のとおりになっただけではないのか。

「ならば何を恐れる……私は。何ゆえ恐れる」

呟いて兵たちを見た。荷を狙う十余りの盗人たちに、二百と四十もの兵が慄き、逃げ惑っている。命が危ういからだ。しかしながら、それは旅立ちの時も同じだったはずである。

見遣る目を北に移す。ヒノオミとウヅヒコが剣を振るい、手に余るところはオオクメが走り回って助けていた。

「オオクメ。おまえの言ったとおりだ」

あなたが挫けておるから、皆が引き摺られるのだ——その言葉を思い起こす。然り、萎れていたのは兵ではない。我が身こそ、誰より心が挫けていた。

「だらしない。私は」

それで良いのかと、ホホデミは改めて剣を取った。貝輪の欠片で切った指先、流れる血によって、握った柄がぬるりと滑る。間違いない。この血はアヒラツの涙なのだ。

貝輪を受け取った時に、ヒノオミから聞いたではないか。妻が何ゆえ我儘を言い、縁を断てと迫ったのかを。

アヒラツは言った。自らが日向に残っていれば、このホホデミの力となるだろう。しかし逆しまに、心を弱くする種にもなりかねないと。旅は命懸け、己とてそれは分かっていた。しかしアヒラツは、だからこそ危ぶんだ。従う皆を死なせそうになったら、その時、我が夫は旅を諦めてしまうのではないかと。

「アヒラツ。おまえは、まことに我が妻であった」

血の滑り気を飛ばそうと、浜の砂を取って剣の柄になすり付ける。そして自らの心を確かめるべく、強く右手を握った。

己はまさに、アヒラツの危ぶんだとおりになっていた。引き返そうと言い出したのは、兵を死なせたくないと、何よりそれを重んじたがゆえ。しかし本を糺《ただ》せば恐れていたからだ。兄を死なせ、船諸共に漕ぎ手を死なせ、人が死ぬことに慄いていたのである。

生き残った兵だけでも死なせたくないと、己は望んだ。良き心の顕れに違いあるまい。

しかし。

命懸けの旅に出て、そのとおりに散った命がある。どれも日向のホホデミを頼んだ者たちだった。己は旅の長、それを背負ってしまったのだ。裏切る訳にはいかない。我が心の平らかなるを求め、挫けて引き返すなど、許されるはずがあろうものか。

ホホデミは、すくと立った。

「私は」

しっかりと心が定まった。虚ろだった目が落ち着きを取り戻し、ぎらりと光る。

「ウヅヒコ、ヒノオミ！　オオクメ！　待たせた。今行くぞ」

北へ向けてひとつ叫び、ホホデミは力一杯に駆けた。

「ホホデミ様！」

遠く向こう、ヒノオミが声に喜びを弾けさせた。ウヅヒコが「よっしゃ」と昂っている。オオクメが「おう」と叫び、大きく弓を掲げた。

そうだ。旅に出たからには、そして皆を引き連れて来たからには、己はもう言ってしまったのだ。このホホデミのため、全ての倭人のため、各々の命を差し出せと。アヒラツにも死ねと言ったに等しい。永の別れのつもりで旅立ちを告げたのだ。何が違おう。

そのアヒラツは、ヒノオミに言ったそうだ。ホホデミは心優しき人だからと。

違う。己は優しくなどない。

安芸で別れた塩土《シホツツ》は、我が心を清らかだと言った。

それも違う。我が心は端から汚れていた。皆に死ねと言い付けた男の、その心が清いなどと。

だが、それで良い。構わぬのだ。シホツツの教えが、ようやく分かった。

清いだけでは足りない。濁り、汚れを呑み込まずに、どうして人の上に立てようか。辿り着いた心から、力が湧き出してきた。

「丹敷戸畔とその手下共！　この旅の長、日向のホホデミだ。行くぞ」

駆けながら、右手をぐいと横に張り出して剣を構える。盗人たちが「こなくそ」と憎々しげな眼差しを寄越した。シホツツの言ったとおり、悪しき心しか持たぬ者がいる。目の前に、これほどの数が。人を襲い、あれこれを盗み、命を奪い続け、良き心を死なせてしまったか。

我が心は違う。良きものと悪しきもの、背き合うはずの二つが、ひとつの体に混ざり合っている。

「らあっ」

駆け込みながら、構えた剣を横に振り抜く。切っ先が盗人の目を捉え、切り裂いた。

「ひ、ひぃやああああ！」

怯えきった叫びを耳にして、締め付けられるように胸が痛んだ。人を討って苦しむのは、自らの中に良き心が生き残っている証である。しかし。

「次は誰だ。掛かって来い！」

豊葦原も然り、この盗人たちも然り。全てを争いで片付けようとする者は、戦って退けるしかない。より大きな争いを招かぬためには、目の前の争いを厭うてはならないのだ。

「ぶち殺したらあ！」

斬り掛かる盗人の刃を右手の剣で受け止め、ホホデミは「たわけが」と相手の股座《またぐら》を蹴り上げた。盗人は「ぎゃ」と短く叫んで白目を剝き、泡を吹いて倒れた。

人を傷付ければ胸が痛む。この痛みを飼い慣らさねば。それが大いなる望みへの道、全ての民を幸せへと導く足掛かりなのだ。

シホツツに教えられた。イナヒが小言をくれた。イツセに守られ、ミケイリノに支えられ、ヒノオミに諭され、ウヅヒコに促され、オオクメに叱られた。

そしてあの貝輪が、我が血となって流れたアヒラツの涙が、全てをまとめてくれた。

良き心のみでは、良きことを成し遂げられない。より大きな幸せのために、目の前の小さな幸せを捨てる時がある。それが今なのだと。世のために自らの心を押し殺し、悪しき行ないに手を染めて苦しむ時がある。それが人を統べる者なのだと――。

「我が兵たちよ」

船に背を向けたまま、ホホデミは大声で呼ばわった。

「見よ、皆が長の姿を！　おまえたちが進むべき道を、これから示してやる」

そしてヒノオミとウヅヒコ、オオクメを囲む十人ほどの輪に斬り込んだ。斜めに打ち下ろす剣が盗人の肩を捉え、右腕を断ち落とした。

「私は皆と旅に出た。それは、皆に死ねと言ったに等しい。だが！」

戦いながら、切れ切れに叫んだ。今までの旅で失われた命があった。旅を諦めて引き返すにせよ、帰り道で失われる命もあるはずだ。そして食いものが尽きれば、野垂れ死にが待つのみ。そういう死は、戦って死ぬのと何か違うのか。

答は、否！

「命の終わりに違いなどない。違いがあるとすれば、そこに値打ちがあるかどうかだ」

声を上げながら、またひとりを斬り捨てる。こちら四人を囲む輪が幾らか遠退いた。盗人たちは恐れを抱き始めている。

「おう、らっ！」

ウヅヒコが駆け出し、体当たりを食らわせる。二人の盗人がよろけたところへ、ヒノオミとホホデミが斬り掛かって息の根を止めた。

「兵たちよ、私は！　皆の死に高い値打ちを与える。それが長の務めだ」

皆の心が萎れているからと言って引き返すなら、今までに散った命から値打ちが消える。それではいけないのだ。生き残っている身は、嫌でも旅を続けねばならない。失われた命が「先々の礎」という誉れを得るために。

「この旅に加わったからには！　豊葦原と戦うと決めたからには！　それが生き残った皆の務めである。彼の里に向かい、戦うことでしか、わぬしらは命の値打ちを定められんのだ」

盗人を斬り、オオクメの矢で射貫き、囲みを解いてゆく。初めは四十余りもいた盗人は、荷を奪いに走った者を含めても、もう二十と少しになっている。数が減って及び腰になった敵を、ひとり、またひとりと退けていった。

「ホホデミ様」

ヒノオミが呼ばわる。指差した先には、北の森に逃げ込もうとする丹敷戸畔の影があった。

「オオクメ、あれを射よ」

ホホデミの声に、オオクメは「はっ」と短く返し、弓を引き絞った。暗い中では、射出された矢がどう飛んだのか分からない。だが丹敷戸畔は確かに足を止めて転げた。耳障りな汚い声を上げ、苦しげにのた打ち回っている。

「ヒノオミ、行け。ここは私たちだけで良い」

女盗人に止めを刺すべくヒノオミを走らせる。親玉を叩かれた盗人共は震え上がり、我先にと背を見せて駆け出した。

「逃がさんど、こらあ！」

ウヅヒコが追い掛け、ひとり、二人と背中から叩き斬る。ホホデミもひとりを斬り、船を向いた。荷を奪いに掛かった盗人たちにも、こちらで起きていることは見えていたらしい。片手で運べるだけの荷を抱え、泡を食って逃げに掛かっている。

そうと見て、未だ震えている兵たちへと呼ばわった。

「兵たちよ。怯えるばかりで良いのか。自らの命に高い値打ちを与えよ」

誰の命もいつかは終わる。旅だろうと飢えだろうと、病だろうと。ならば、せめて自らの命を誇れ。縮こまったままで何の甲斐があろうか。望みを叶えるために力を尽くせば、たとえ死んだとて魂は確かな足跡を残す。その思いを込め、ホホデミは高らかに唱えた。

「私が皆に示してやる。値打ちのある生き方を！　値打ちのある死を！　改めて言おう、我が僕たちよ。同じ死ぬなら戦って死ね。私のために、自らのために！　先んじて死んだ輩《ともがら》たちのために！　そして、倭の民全てのために！」

その声と呼び合うように、オオクメが弓の弦を弾いた。荷を奪って逃げようとする盗人がひとり射貫かれ、裏返った声で「ぎゃあ」と叫ぶ。

これを境に、皆の心が翻った。怯えを恥じ、昂ぶりを誇るかのように。

「糞ったれ共が」
「やってくれたのう！」
「ただでは済まさん」
兵たちは束になって盗人を囲み、袋叩きに退けた。皆の心が熱く迸り、夜明け前の丹敷浦を狂おしいばかりに包んだ。

*

真夜中に戦ったせいで、すっかり目が冴えてしまった。誰の胸も激しく高鳴って、落ち着こうにも落ち着けない。まして、空が白むまで長く時がある訳でもなかった。それでもホホデミは皆に「寝よ」と言い付けた。朝日が昇れば、いよいよ豊葦原を指して山越えの旅が始まる。眠れないまでも、体だけは休めておかねばならなかった。

兵たちだけではない。率いるホホデミたちも同じである。襲われる前のように、ホホデミの左にはヒノオミ、右にウヅヒコ、その向こうにオオクメが寝そべっていた。

ホホデミも目を瞑った。が、やはり眠れない。自らの深いところ、心の奥底から湧き出した何かのせいだろう。新たな力を得た思いがして昂ぶりが収まらず、すぐに目を開けた。

空には未だ星が滲んでいる。美しいな、と頬が緩んだ。寝入り端——とは言え眠ってはいなかったが——に眺めた時は、そういう思いも抱かなかったのに。自らの心が暗い洞穴《ほらあな》に囚われていたからだろう。

このわずかな揺れを汲み取ったのか、オオクメが小声を寄越した。

「ホホデミ様。お許しを」

口を極めて諫めたことを言っているのだろうか。なるほど言葉だけを思い起こせば、罵られたようにも聞こえる。しかし。

静かな笑みが浮かんだ。

心を強く持て。かつて長兄・イッセに諭され、イナヒに叱られたのは、こういうことだったのかも知れない。ミケイリノが死の間際に見せた怒りも同じなのだろう。兄たちの命は、過たず己の中に生きている。そう思えて、胸の内が穏やかなもので満たされた。

「お陰で目が覚めた。言うてくれる者がいる。ありがたいことだ」

柔らかに、しかし、しっかりと返す。すると、くすくすと安らいだ笑いが聞こえた。

「目ぇ覚めたんかえ。これから眠るにぃ」

右の隣、ウヅヒコである。次いで、ヒノオミも小声を寄越す。

「お早うございます」

我が心の乱れが治まったから、であろう。混ぜ返す言葉も温かい。ホホデミは「ふふ」と笑って再び目を閉じた。瞼の裏に残る星影が、夏の終わりを告げていた。

九　導標

明け方の丹敷浦では、皆が船の周りで忙しなく動いていた。食いものと幾日かを賄う水を運び出し、各々が背負って行けるようにと麻袋や土師の瓶に小分けしている。他にも剣や弓、楯、身に纏う鎧と、下ろすべき荷は多い。ひとりでも多くの手が要るとあって大来目《オオクメ》や珍彦《ウツヒコ》も手伝っていた。

彦火火出見《ヒコホホデミ》と日臣《ヒノオミ》は、それに加わらなかった。皆の妨げにならぬよう、船から遠く西に外れて東の空を見ている。青黒い水と空の境目は、少し前から橙に滲み始めていた。

「お。来ましたぞ」

ヒノオミが声を上げる。二つ三つ息をする間に、海と空の際で朝日が弾けた。あまりに眩い光を受け、ホホデミは目を細める。

「どうだ。間違いないか」

「ええ。ここから」

答えつつ、ヒノオミは北に聳える山を向く。そして山裾の森を、やや西向きに指差した。

「あちら側に真っすぐ進めば、豊葦原の東です」

生駒山で長髄彦《ナガスネヒコ》に襲われた時から月の満ち欠けで二巡りと半ば、今や夏も終わらんとしている。

「日の出づる方も南寄りになっております。その上で、我らが生駒からどれくらい南に離れたかを考えれば、まず間違いありません」

「よし、分かった」

二人は船の並ぶ辺りへ歩みを進めて行った。

しばしの後、朝日はすっかり海の上へ顔を出した。その頃には荷造りも終わり、皆で朝餉を取った。柔く煮た黒い米に瓜の塩漬け、塩干しにした鹿肉《かのしし》を食い、腹がこなれるまで少し休む。

そして——。

「昨夜の騒ぎがあって、私を始め皆が心を新たにした。いよいよ豊葦原へ向かい、我らの志を果たす時だ。見知らぬ道を行く旅ではあるが、それは今までも同じだった。皆々、心を強く持て。さすれば道は開かれん。参るぞ」

ホホデミの唱えた言葉に、皆が揃って「はい」と声を張る。沸き立つ思いに満ち溢れて、山越えの旅が始まった。

丹敷浦から北の森に入り、やや西寄りに奥へ進む。しばらくして道は上り坂になった。それほど険しくない、小ぶりな山である。

だからと言って易しい道ではなかった。山がちな日向から来た者はさて置き、野原の多い吉備の者は山歩きに慣れていない。天磐盾に登った時のウヅヒコと同じである。しかも昨夜はろくに眠っておらず、さらには各々が重い荷を背負っているのだ。森の中、青々と繁った葉に日の光を遮られていながら、すぐに滝の如き汗を流すに至る。気持ちが奮い立っているがゆえ、弱音を吐く者はない。しかし、誰を見ても明らかに疲れの色を濃くしていた。

「少し休むのが良いだろうか」

ホホデミは左脇を向き、呟くように問うた。並んで歩くヒノオミが小さく頷いた。

「かも知れません。それに、少しでも空を仰げるところを探したくもあります」

いささか困り顔で上を向く。推し当てで進んでいては、山の厄に遭うかも知れない。兵たちを小刻みに休ませ、その間に森の中を見て回りたいとヒノオミは言う。なるほど言葉のとおり、生い茂る梢に遮られて日の動きが見えない。

「木立の少ないところか」

「ええ。目印を付けながら少しずつ探るところを拡げていけば、俺が迷うこともないでしょう」

「良かろう。任せる」

ホホデミは後ろを向き、付いて来る兵たちに呼ばわった。

「しばし休む。座って息を整えるが良い」

兵たちは勢い良く「はい」と返し、すぐ後に皆して「ああ」と声を上げた。安らいだような響きである。思ったとおり、かなり疲れていたらしい。

ではホホデミたちが疲れていないのかと言えば、それも違った。兵の鎧は木や竹で作られているが、率いる身の鎧はさらに鉄で覆われている。肩と足には赤子を四、五と背負うに等しい重さが伸し掛かっていた。吉備の兵ほどではないが、ホホデミとて汗は流している。

「おまえも少し休んでから調べに行くと良い」

鎧の外に出た袖で額を拭う。ヒノオミも「そうですな」と息をついた。

辺りには「座ってください」とばかり、あちこちに岩があった。岩肌は滑らかで、尻を置けば冷んやりと心地好い。火照った体を冷ますのには誂え向きであった。

「木立の切れ目は、まず昼餉の頃まで探すとしよう」

右脇に並んで座るヒノオミを向き、そう勧めた。探し終えて戻ったら昼餉を取り、また少し進んで夜明かしをする。今日のところは、それで良かろう。

「そうですな。昨夜は眠っておりませんし、あまり急ぎ過ぎれば皆が参ってしまいます」

手筈を決め、今少し身を休める。だが、どうしたことだろう。涼しかった森の中が、じわりと暑くなっていた。尻に敷く岩にも先ほどの冷たさがない。むしろ温かきに過ぎる。

「おかしいな。これでは汗も飛ばん」

「まったくです。嫌に蒸しておりますぞ」

そう言えば、少し前から風がない。そのせいだろうか。

思った矢先、しゅう、と激しい音がした。十ほど歩みを進めた先、積み重なる大岩の間からである。音の出どころに目を遣れば、引き続いて熱い霧が強く噴き出してきた。

「何だ」

潮に似た香りが強く鼻を穿った。これは何か、と左の斜め前を向く。ウヅヒコが幾らか眉を寄せていた。嫌そうな面持ちは、潮臭さがあまりに強いせいなのか。

「ウヅ――」

声をかけようとした時、ウヅヒコの眼差しが虚ろになった。次いで、くるりと白目を剝く。目を閉じたい、しかし閉じてはならぬと抗っているのだ。

「どうした」

慌てて呼ばわるも、ウヅヒコは膝から下の力が抜けたように、へたり込んでしまった。

「おいウヅヒコ。ウヅ……これは」

　ホホデミの目の前が、じわりと滲んだ。力が抜ける。抗えない。

　何もかもが、分からなくなって——。

*

「——し。もし！」

　強く呼ばれ、肩を揺すられて目を開けた。未だ頭の中は虚ろだったが、目の前にある男の顔は分かった。見知らぬ者だ。年の頃は、黄泉に渡った長兄・五瀬《イッセ》より少し上くらいか。

　ホホデミは、ぼんやりと口を開いた。

「わぬしは？　いや。私は、どうして」

「ああ、良かった」

　二重瞼の大きな目を細め、男が笑みを浮かべた。どことなく、故郷に残した父に重なる顔であった。

「日向のホホデミ様ですな」

「そうだが。いや、少し待ってくれ」

　何もかも分からない。この男は誰なのか。己はどうしていたのか。旅の僕たちは。なぜ我が名を知っている。否、そもそも何があった。聞きたいことが山ほどある。ひとつずつ説いてくれぬものか。

「まず名を教えてくれぬか」

「高倉下《タカクラジ》と申す」

「この辺りの者か」

タカクラジと名乗った男は、首をゆっくり横に振った。

「豊葦原の者だ。が、あなたの敵ではない」

「どういうことだ」

「それは後ほど明かすとして、まずは皆を起こすとしよう」

ということは、命を落としてはいないのだ。ホホデミは起き上がり、近くに倒れているヒノオミの身を揺すった。少しの後に、ヒノオミは「うう」と唸りながら目を開けた。次いでウヅヒコを起こし、オオクメの眠りを醒まし、手分けして兵たちを起こしてゆく。そうやって体を動かすと、幾らか頭が痛い。ホホデミは皆を座らせ、自らもその前に腰を下ろした。

「あなた方に何があったのか、そこからお聞かせしよう」

タカクラジは旅の皆と向かい合って座り、然る後に脇の大岩へと目を遣った。熱く潮臭い霧を吹いた、あの怪しい岩である。

「この辺りには出湯がある。切り傷や火傷、打ち身などに効くのだが」

その出湯が溜まって煮詰まるところが、あちこちにある。この大岩の下も同じだ。そうした湯が、たまに霧となって噴き出すのだという。

「まともに吸い込めば、あれこれ悪しきことがある。かつてこの辺りに暮らした者の間では、神の霧と呼ばれておった」

その霧は既に流れ去っている。ひと度噴き出してしまえば、しばらくは同じ霧に見舞われることもないから安んじて良い。タカクラジはそう言った。

ホホデミは軽く右手を挙げて問うた。

「我らが倒れたのも、神の霧とやらのせいなのか」

「そのとおり。あなた方は名草から熊野の神邑、丹敷浦へと旅をして疲れていた。ゆえに倒れ、眠り続けておられたのだろう」

確かに疲れていた。旅路の疲れに加えて丹敷戸畔に襲われ、眠れぬ夜を明かしてすぐに山を登ったのだから。

「酷く疲れておらねば、頭が痛むか、吐くか、そのくらいで済んだのだが」

話を聞き、ホホデミはかえって顔を強張らせた。

「詳しく説いてくれて、ありがたい。と、言いたいところだが。わぬし何ゆえ、我らの足取りを知っておる」

するとタカクラジは「ふう」と小さく息をついた。

「ホホデミ様なら豊葦原を変えてくれるやも知れぬと思うて、足取りを追って来たのだ」

「ちいと待っちくりい。ちゅうこたあ、あんた豊葦原から来たんか」

ウヅヒコが目を丸くし、タカクラジが「そうだ」と頷く。皆がざわめいた。さもあろう、ホホデミを除き、誰もこの話は初耳である。

「わしらを討ちに来たのか」

「ひとりで参るとは」

オオクメが身構え、ヒノオミが腰を浮かせた。が、ウヅヒコは違う。先には少し驚いていたものの、今はからから笑っていて、呆れ顔で二人を宥めた。

「そげな訳ねえっちゃ。殺すつもりなら起こさんに限るわ」

眠っている間に、手に掛けてしまえば良いのだ。そうしないところを見ると、こちらを殺めるつもりではなかろう。兵を連れているとも思えない。細かく説かれ、オオクメが「む」と唸る。ヒノオミも「あ」と恥じたように口を噤んだ。

タカクラジは安らいだ息をついた。

「どうやら、皆も幾らか落ち着いてくれたようだ」

「わぬしが敵にあらずと明らかになったのだからな。騒ぐには及ばん」

ホホデミは皆を見回し、改めて前を向いた。

「してタカクラジ、私が豊葦原を変えるとは如何なることか」

少し待てとばかり、右の掌が向けられた。

「もう、タカクラジの名乗りは要らぬであろう」

「それは？」

今ひとつ呑み込めない。眼差しから読み取ったか、タカクラジは改まって背筋を伸ばした。

「日向の者は我らが敵じゃと、登美彦《トミビコ》が触れ回っておる。そうした中で足取りを追い、あれこれを訊ねて回るには、身を偽らねばならなかった」

「では先ほどタカクラジと答えたのは、身構えさせぬためか」

「そのとおり」

やり取りを聞いていた兵たちが、再びざわついた。後ろで「トミビコて誰じゃ」「阿呆、ナガスネヒコのことじゃ」とやっている。タカクラジは——偽りの名らしいが——ちらりと皆に目を遣って苦笑いを浮かべ、またホホデミへと顔を向けた。

「我がまことの名は天香山《アマノカグヤマ》。豊葦原の里長・可美真手《ウマシマデ》が兄だ」

驚いた。話しぶりからして、いずれ豊葦原でも位高き者だろうとは思っていたが。まさか、それほどの身であったとは。

「長の兄が、何ゆえ私を。豊葦原を変えたいと望むなら、自らできるだろうに」

「そうでもないのだ」

タカクラジ——否、アマノカグヤマは、苦しそうに溜息をつく。

「今の豊葦原が如何なるところか、詳しくお話ししよう」

その昔、豊葦原は豊かで穏やかな里だった。周りの小さな里とも仲が良く、互いに争うことなどなかった。

だが、ナガスネヒコが兵を率いるようになって風向きが変わった。

ナガスネヒコは若い頃に豊葦原の兵となった。誰よりも強く、逞しく、また戦も巧い。そういう男ゆえ、すぐに位を上げて兵を率いる身となった。

「我が父は早くに身罷《みまか》ってのう。するとトミビコ……いや、あなた方に倣ってナガスネヒコと呼ぼうか。あの男が牙を剝いた」

カグヤマの弟・ウマシマデは、生まれて四年で長を継いだ。するとナガスネヒコは、多くの兵を握るのを良いことに、自らの末の妹をウマシマデの妃に据えた。幼き長には強き後ろ盾が要ると言って力ずくで押し切り、否やを唱える者は全て討ち果たしてしまったらしい。二十七年前、ホホデミが生まれた頃の話だという。

それからの豊葦原は、かつての穏やかな姿を変えた。周りを見境なく襲うようになり、長く睦み合っていた里さえ滅ぼして呑み込んできたという。

「ウマシマデは幼かった。私とて弟より二年《ふたとせ》早く生まれたに過ぎぬ。如何にしてもナガスネヒコの行ないは止められなかった」

そうこうするうちに、誰もナガスネヒコに逆らえなくなった。時が過ぎ、ウマシマデが齢を重ねてからも同じだった。ナガスネヒコは豊葦原の全てを握り、力を持ち過ぎている。ゆえにウマシマデやカグヤマも身動きが取れない。

「下手をすれば里長でさえ討ちかねない。あれはそういう男だ」

何しろナガスネヒコは自らの他を全て疑っている。周りの里も遠くの里も、全て豊葦原を狙っていると危ぶんで、常に兵を向けられるように整えてしまった。

「豊葦原は、それは美しく、そして豊かだ。良き田を作れる肥えた土に恵まれ、四方《よも》を囲う山には木の実があり、狩るべき獣も多い。川には魚が跳ね、磐余《いわれ》という里には葦も多く繁って眞金も打てる」

この里の全てを我が物とし、他の誰にも渡すまい。渡さぬために周りを潰し、呑み込み、なお多くを我が手にせん。それがナガスネヒコの望みなのだとカグヤマは言う。

「だが、あらゆる里を恐れさせては多くの敵《かたき》を作るであろう。いずれそれらが手を結んで、豊葦原を囲むのではないか……。私はそれを憂えて、今からでも再び里を変えたいと願うた。ナガスネヒコの我が物顔を嫌い、私と思いを同じくする者とて多い」

　ひととおりを聞き、ホホデミは大きく頷いた。

「ゆえに、わぬしらと同じ血筋の私を頼みたいと？」

「ナガスネヒコから生駒山での話を聞き、このお人なら或いは……と思うた」

とは言え、頼むに足るかどうかは見極めねばならない。そこで足取りを追い、ホホデミが立ち寄った邑であれこれを確かめてきたのだという。

　筋が通っている。偽りではなかろうとウヅヒコを向けば、小さな頷きが返された。

「カグヤマ……いや、カグヤマ様。かくお話しあるからには、私を認めたということか」

「さもなくば、もう豊葦原に帰っておる」

「だが何ゆえか。生駒での戦いを聞いたのであろう。我らはナガスネヒコに手も足も出なかったのだが」

　カグヤマは「はは」と笑った。

「訳は二つ。まずは、あなたの束ねる数だ」

　ホホデミが生駒山に踏み込んだ時には三百の兵を束ねていた。かつて豊葦原が襲った里にはなかった数だ。どの里も五十から百足らず――それでも日向に比べれば多い――くらいで、多くても百と五十に満たなかったという。

「人というのは、おかしなものでな。十のうちひとりが右を向いても、誰も見向きもせぬ。だが百の中で十が右を向かば、何があるのかと引き摺られる者が出る」

　かつて襲って呑み込んだ里の、三つから六つに当たる数。ホホデミは長く苦しい旅を続けた末に、それだけの数を束ねたのだ。誰にでもできることではない。日向の数を聞けば、このお方に賭けようと思う者は必ず出て来る。

カグヤマの言葉を聞き、真っすぐに目を見て、しかしホホデミは面持ちを曇らせた。

「今の話からすれば、豊葦原にとって百《もも》と五十《いそ》くらいはものの数ではないのだろう。我らとて、それと大きくは違わぬぞ。何しろ丹敷浦に至るまでに数を損なっている」

「知っておる。兄君たちに於かれては、お労《いたわ》しいことであった」

イツセ、稲飯《イナヒ》、三毛入野《ミケイリノ》。三人の命が失われたことまで、カグヤマは摑んでいた。

だが、と続けられる。

「昨夜の丹敷浦での戦いを、陰ながら見させてもろうてな。これを以て私は、確かな手応えを得た。ホホデミ様なら頼むに足ると」

さすがに驚いた。あの時、浜のどこかにカグヤマはいたのだ。

「先に、訳は二つあると仰せられた。昨夜の戦いが二つ目ということか」

「手を貸さなんだことは、悪く思わんでいただきたい」

頭を下げられて、ホホデミは「構わぬ」と首を横に振った。

「頼むに足るか否か分からぬ者に、手を貸す謂れはあるまい」

カグヤマは顔を上げ、大きくひとつ柏手を打った。

「されど戦いの末に、ホホデミ様はまことの王《きみ》として目覚められた。私も弟も、自らの力が及ばぬことを嘆くばかりであった。だがホホデミ様は違うた。兄君たちに先立たれ、率いる兵共の心も萎えて、誰も力を出せぬはずであったのに。自らの姿と言の葉で、それを鮮やかに覆した」

如何なる死を迎えようと、命の終わりに違いなどない。違いがあるとすれば、死に値打ちがあるか否かだ――兵たちを奮い立たせるべく叫んだ、あの時の言葉。それこそ王の証なのだと、カグヤマは大いに讃えた。己を誇る強みを持たぬ者。何ひとつ、ものの役に立たぬ者。そういう身でさえ、自らの命が某かの器であると思って疑わない。人とは、そういう愚かな生き物だ。だからこそ上に立つ身は、下々の命に値打ちを定めてやらねばならないのだと。

「長がため、自らのため、輩のため、ひいては世のために戦うて死すべし。長として皆の命に高い値打ちを与えてやると、ホホデミ様は仰せられた。これを言えるお方こそ、人を導く標《しるべ》となり得る。私は、そう思う」

前のめりになって、じっと見つめてくる。そして、なお熱く語った。ナガスネヒコは全てを我が手に握らんと願うのみ。そのような輩とホホデミでは、そもそもの器が違うのだと。

「先に申したとおり、豊葦原はナガスネヒコの思うがままとなっている。されど私の如く、これを疎ましく思う者とて多い」

ナガスネヒコに与し、良い思いをしている者は確かにいる。しかし、ひと握りだ。昔の穏やかな暮らしを懐かしむ者は、それより遥かに多い。他の里を襲って恨まれるのを厭う者、いつか仕返しを受けると恐れる者もある。

「戦いの全てが悪いと申すつもりはない。されどナガスネヒコの如き戦いを繰り返すのは、間違いなく悪しきことよ。そうと分かっておるがゆえ、皆、切っ掛けを待っているのだ。確かに豊葦原は夥しい数の兵を抱えておるが、あなたが起たば靡く者とて多い。それを迎え入れなば、きっと勝てる」

だから。どうか。豊葦原のために、周りの里のために、今の悪しき姿を変えてくれないか。頼む――偽りのない願いが眼差しに満ちていた。

　カグヤマの心を噛み締めるように、ゆっくりと二つ頷く。そしてホホデミは胸を張った。

「分かった。私とて、そのつもりでここまで来たのだ」

「おお」

　カグヤマは座ったまま少し後ろに下がり、柏手を二つ打った。

「然らばまず北を指して進み、菟田《うだ》という里に向かわれるが良かろう。私は、あなたに与する者を語らいに向かう。できるだけ多くを募り、お手許に送ってみせよう」

　ホホデミも柏手を二つ返した。

「ありがたきことかな。されど我らは豊葦原への道も知らぬのだが」

「憂えるには及ばず。これへ参る前に、あなた方の導き手を頼んでおいた。先へ進まば落ち合えるはず。もっとも、私が目を離していたせいで神の霧に悩ませてしもうたのだが……」

「助けてくれたではないか。誰も命を落としておらぬし、それで良しとすべし」

　カグヤマは「忝い」と笑みを浮かべ、腰に佩く二振りの剣から、ひとつを外して差し出した。

「私は今を以て、あなた様の僕となりましょう。その証に物言いも改め、この剣を捧げとうございます。布都御魂《フツノミタマ》と申す剣です」

　受け取って柄を握る。すらりと、音も立てずに鞘から抜き払われた。

「何と、これは！」

　思わず声を上げた。剣の肌と刃の色が違う。イナヒが使っていたのと同じ合わせ鍛えだ。ホホデミは固唾を呑んで問うた。

「豊葦原には、これを鍛える技があるのか」

カグヤマは苦い笑みで「いいえ」と頭を振る。

「これほどの剣は鍛えられませぬ。されど、いつの頃からか我が血筋に伝わっておりました。長の位は豊葦原の習いに従って弟が、この剣は私が受け継いだものです」

この打ち方を知る里と戦うなど、今の我が身にはとても覚束ない。そう思っていたから、カグヤマの話を聞いて少なからず胸を撫で下ろした。そして。この剣を握ると、イナヒと共にあるかのような心強いものを覚える。

「ありがたく受け取ろう」

「神の霧に見舞われた上は、まだ頭も痛うございましょう。私は先んじて発ちますが、ホホデミ様に於かれましては、今少し休まれてからお発ちあるがよろしいかと。良いですな、菟田の里ですぞ」

そう残し、カグヤマは立ち去って行った。

*

少し進んでは休み、梢の切れ目を探して日の動きを読む。繰り返すこと二日、折り重なる小山を二つ越えた。

しかし、三日目――。

「まずいことになりましたぞ」

辺りを見回ったヒノオミが戻り、強く眉をひそめる。ホホデミも思わず面持ちを曇らせた。ヒノオミは亡き兄・イツセと同じで、人となりが大らかである。少しくらいの困りごとなら、こういう顔をしない。

「空が見えんのか」

「いえ。どうやら、ここは今朝にも通ったらしいのです」

空が見えるところを探しに行く時は、森の中で迷わないよう、木の皮を少し剝いで目印を付ける。ところがこの近くには、既にその目印があるのだという。

「俺が付けたものに間違いありません」

「では迷ったのか」

ホホデミは少しの間、腕を組んで思いを巡らした。縄を幾つも繋ぎ、それを引いて進んでみてはどうだろう。どこで道を誤ったのか、分かるかも知れない。

いや。朝から歩いた道のりを思えば、手持ちの縄を全て繋いでも足りるはずがない。ならばと腕組みを解く。

「目印が残っているのなら、今朝、空を見たところには行けるだろう。そこから日を読み直すしかあるまい」

ヒノオミは「はい」と返しつつ、幾らか渋い面持ちになる。朝に空を見た梢の切れ目は東向きであった。昼餉も過ぎた今では日が見えないらしい。

「なるほど。では、今日はここに留まろう。明日の朝、また頼む」

「まことに申し訳ございません」

ホホデミは「なに」と笑みを浮かべた。早めにこの森を抜けるに越したことはないが、一日の違いで何かが大きく変わるとも思えなかった。

翌朝、再びヒノオミに日を読ませる。もっとも首を傾げていた。昨日取った道で間違いないのだが、と。ともあれ日読みに従う他はないのだからと、薄暗い森を進んで行く。そして昼過ぎには、またも同じところに戻って来てしまった。

「まことに、すまぬことです」

ヒノオミが肩を落として小さくなっている。オオクメとウヅヒコがその前に座り、ヒノオミの左脇にはホホデミが腰を下ろした。

「どうしたものかな。我らには日読みの他に道を知る術がない」

「ホホデミ様、それより水やわ」

ウヅヒコが眉根を寄せた。分かっている。このままでは、あと二日で水が尽きるのだ。それを慮ったか、ヒノオミが控えめに口を開いた。

「少し引き返してはと思うのですが」

なるほど、一日ほどの道を戻れば沢があったはずだ。

とは言いつつ、である。水汲みに戻るのは良しとしても、再び進むに当たってはどう行けば良いのだろう。同じように日を読めばここへ戻ることになり、またぞろ迷うのは間違いない。

「カグヤマに騙されたのでは」

オオクメの目に疑いの色が浮かんだ。北へ向かって菟田なる里を目指せ、導き手を頼んでおいたからと、巧い話を持ち掛けて迷わせたのではないか。あの男がまことに豊葦原の長・ウマシマデの兄なら、行き倒れるように仕向けてもおかしくないのだ、と。

確かに的を射てはいる。しかし。

「私には、カグヤマが悪しき心の者だとは思えぬ」

腰に佩いた剣、次兄・イナヒを思わせるフツノミタマに目を落とした。こちらは生駒山でナガスネヒコに軽く捻られている。これほど拵えの良い剣を差し出して騙すくらいなら、追っ手を差し向ける方が手早い。そうでなくとも、神の霧で倒れていた時に殺めれば済む話である。

ホホデミは唸った。唸って何が変わる訳でもないが、如何に動くべきかを決めかねて、しばし口を開けずにいる。

「あのう」

少し左に離れた辺りから、間の抜けたがらがら声が聞こえた。いきなりの声に驚き、ホホデミたち四人は、びくりとそちらを向く。

「こんちわ」

薄汚い男だった。顔は垢じみて真っ黒、その中に大きな丸い目が、ことさらに白く映る。衣は土で汚れ、あちこちがほつれていた。確かめるまでもなく、旅に付き従う僕ではない。

「誰や、わぬし」

ウヅヒコが探るように声をかける。が、すぐに「あ」と目を丸くした。

「あ、あ。ああ、あ、あやかしの類か」

先へ進もうとして、いつの間にか戻ってしまう迷いの森なのだ。この辺りは二日も歩き回っているが、人が暮らしているところなど、どこにもなかった。つまり目の前の男は、どこか他からやって来た。この迷いやすい森を、易々と踏み分けて。人にあらず、あやかしか鬼かと疑うのも致し方ない。

　もっともその男は、さもおかしそうに、けらけらと笑っていた。

「あやかし違うわ。おいら人やで」

　そう言われても、訝しい思いは拭い去れない。如何ほどの齢か、まずそれが分からなかった。背丈は並の大人より頭二つほど小さい。がらがらに割れた声からして、長く生きているようにも思える。にも拘らず、幼子の如き話しぶりだ。

　ホホデミは少し身構えながら問うた。

「わぬし、どこから来た。名は何という」

　男は汚れた顔に「あはは」と笑みを弾けさせた。

「どこ、て。向こうの森の中やん。あ！　あと名やったね。生玉兄《イクタマエ》ちゃんやで、兄ちゃん」

馴れ馴れしい物腰に、オオクメがぴくりと顔をしかめる。先まで萎れていたヒノオミも楽しまぬように舌を打ち、疎ましげに問うた。

「で？　何か話でもあるのかね」

「あるある！　あるやん」

　イクタマエは四人の周りを跳ね飛びながら、ここに来た訳を語った。

「おいら頼まれたんよ。ホホデミ様ちゅう兄ちゃんが来るさかい導いたれ、言われて」

　ホホデミは目を見開いた。

「まさか。わぬしに頼んだのは、カグヤマという男か」

「そやで」

跳ね回っていたイクタマエが、皆の真ん中にちょこんと腰を下ろす。ホホデミは「それ見よ」と、オオクメに笑みを向けた。

「カグヤマは、こうして導き手を寄越してくれたではないか」

何しろこの森を抜けて来たのだ。幾らかおかしな男だが頼りになるだろう。そう思って身を乗り出し、なお訊ねた。

「イクタマエとやら。わぬし菟田の里を知っておるのだな」

「知らん、そんなん」

この上ない笑みで楽しそうに頭を振る。前屈みの身から、がくりと力が抜けた。

「それで、どうやって導くと申すのだ」

「あ、せやけど兄ちゃん。どこに人里があるんかは分かるで」

ウヅヒコと顔を見合わせる。とりあえず、この男を頼むしかあるまい。向かい合った苦々しい面持ちには、そう示されていた。ならばと、ホホデミはひとつ息をついた。

「では今から導いてくれ。頼むぞ」

しかしイクタマエは、からからと笑うばかりだった。

「今からやと、できんのやわ。明日の朝なら、いけるで」

「どうしてだ」

「烏《からす》が教えてくれるんや」

どういうことだろう。分からない。しかし、この男を措いて他に頼るべき者がないのは確かである。致し方なく、今日はここで夜を明かすと決めた。

獣避けに火を焚かせ、早めの夕餉を取ることにする。兵たちが飯を拵えている間、ホホデミはイクタマエに諸々を聞いた。

イクタマエは幼い頃に邑を襲われて山の中に逃れた。この辺りの森は迷いやすく、余所の兵もまず入り込まないため、身を隠すのに向いていたのだという。そして木の実を採り、小さな獣を狩って、どうにか食い繋いできた。頷けるところがある。人との交わりが少なかったせいで、幼子のまま大人になってしまったのだろう。

ともあれ、イクタマエに悪しきものは見えない。少なくとも今宵のうちに仇を為すことはなかろうと、心を安んじて眠った。

明くる朝、ホホデミはヒノオミと共に、イクタマエを梢の切れ目まで伴って行った。

「日を読んだのは、あそこからだ」

ヒノオミが指差す先を、イクタマエはじっと見ていた。そのまま動かない。何かを待っているという姿であった。

「あ！　来たで。烏や」

やがてイクタマエが小さく声を上げる。と、五つか六つの黒い翼が切れ目の空を飛び越えて行った。ホホデミとヒノオミは立ったまま「なるほど」と膝を打った。籾殻に青菜の根、魚や獣の骨など、人が食い残すものは烏にとって良い餌となる。見知らぬ森でどうにか日を読み、大まかに行く先を定めるよりも、ずっと確かなやり方だ。

しかし。

「烏、あっちに飛んでったな。ちゅう訳で人里もあっちゃ」

イクタマエが指差す先は、ヒノオミに導かれて進んだ道と全く同じである。つまり日読みは間違っていなかったのだ。ホホデミは、いささか憂えて問うた。

「我らも、そちらに向かって迷ったのだが」

「そんなん兄ちゃんたちが間違えただけや。この森、抜けたらええんやろ？　なら、おいらに付いて来てえな」

任せるしかなさそうである。今日も迷ったなら明日は少し戻って水を汲もう。そう決めて朝餉を取ると、ホホデミは皆を引き連れて進んだ。

イクタマエはおよそ真っすぐに進まなかった。木立の中をくねくね曲がり、笑いながら「こっちやで」と歩いて行く。なぜそうしているのかは、すぐに分かった。落ち葉に埋もれた石、折れて落ちた梢、見た目に分からない木の根の盛り上がり、滑りやすい山肌など、森の中には危ないものが多い。それらを避け、歩きやすい道を選んでいるのだ。

とは言え、これではまたも迷いはしないか。ホホデミは危ぶんで、イクタマエにヒノオミを付けた。梢の切れ目を見付けたら日を読ませるためである。

ところが。驚いたことに、イクタマエは進む先を全く誤っていなかった。あれほど悩まされた迷い道に嵌まることなく、夕暮れには水の手がある辺りまで導いてくれる。これは確かな者だと頼みに思い、明くる日からもイクタマエが明け方の烏を見て道を定め、ヒノオミがこれを助けて森を進んだ。

そして、七日目の朝。

「見よ、あれを」

高見の峠――辺りの山より少し高い頂から遠くを見遣り、ホホデミは喜びの声を上げた。日の入りの西から、幾らか北へ外れた向こう。そこには、かつて塩土《シホツツ》の翁から聞いたとおりの眺めが広がっていた。

霞掛かった山が連なる。それらは青々と繁った木立に包まれ、心地好く冷たい朝の風さえ青く染めるかと思われた。日向に聳える高千穂の峰とは、また違った尊さがあった。

そうした山々に囲われて、遠く向こうまで野が続いている。

広い。あまりにも、大きい。厳かにさえ見える。

「何と美しい」

心の底から呟きが漏れる。それきり、しばしホホデミは言葉を失った。

日向の荒々しい力強さが好きだった。それは今でも変わらない。なのに心が震えるのだ。この柔らかな眺めの、何と慕わしいことか。野を縫うが如き川は静かに流れ、至るところを、そして我が心までを潤すかのようである。

間違いない、これぞ豊葦原だ。シホツツにその名を聞いてから、ずっと夢見てきた幻の里。兄たちを失い、多くの命を失い、山ほどの悲しみを受け容れてまで目指した土。

それを眺めている。己は今、それを眺め下ろしているのだ。

そして。

「何と豊かな」

またひとつ、ぼんやりと呟いた。

田畑があった。細い川が縫って進む野は、ここも、向こうも、至るところが田畑である。ようよう明けゆく空の下、実りの稲は黄金の海か。

小さきに過ぎる人の命。容易く失われる人の命。この野が、田が、畑が、その命を確かに支えている。ここには命が息づいている。

じわりと涙が浮かんだ。旅の終わりはまだまだ先、苦しい戦いに勝たなければ辿り着けない。

しかし。嗚呼、しかし。

ついに来た。

ついに、来たのだ。長く辛い日々の末に！

ホホデミは目元を拭い、後ろを向いてイクタマエに柏手を贈った。

「忝い。わぬしの導きがなければ、ここまで辿り着けたかどうか」

「えぇ？　ヒノオミかて、手伝うてくれたやん」

褒められた幼子の如く、照れて身をよじっている。それを見ると、思わず笑みが零れた。

「これから、どうするつもりだ。また森に帰るのか」

「んん、それなんやけど。ホホデミ様に付いてったら、あかんかなあ」

慣れた森の中とは言え、ひとりで暮らすのは容易くないらしい。それよりは皆を助けて共にあり、飯にありつきたいのだという。

「おいら何でもするよ。そやから、ね？」

「何でもと言っても、我らはこれから戦うのだぞ」

大人になるまで人と交わっていなかった男だ。いささかの憂いがある。

そうした面持ちを見て、ヒノオミが「良いのではないですか」と笑った。

「イクタマエは身が軽い。森の中でも、あれこれを目敏く見分けておったように、目も利きます。それに、どういう訳か人好きのする奴ですからな。使いどころとて、あるやも知れませぬぞ」

ホホデミは「ほう」と目を見開いた。

「使いどころは、おまえが定めてやるか」

「いえ、それはまあ、ウヅヒコの頭に任せるとします」

ホホデミは「ははは」と大笑いした。おかしな男だが、ヒノオミが言うとおり、どうしてか、イクタマエは共にあると心が和む者であった。

「では、わぬしは今日より我が僕だ」

聞いて、イクタマエは「やった」と跳ね回っている。ヒノオミが笑って「良かったな」と手を叩いた。

この二人が力を合わせて豊葦原への道を拓いたのだ。その働きに、ホホデミは新たな名を贈って報いた。僕にとって主から名を賜るのは誉れであった。

イクタマエの導きは大きい。鳥の飛ぶ先を見て進む道を定め、過たずここまで連れて来てくれた。この働きと真っ黒な顔、がらがら声を以て、ことさらに大きな鳥――八咫烏《ヤタガラス》の名を贈る。

ヤタガラスを助けたヒノオミには、道臣《ミチノオミ》の名を与えた。

*

高見峠の近くには人の住まぬ野があった。野とは言っても、小さな川沿いに開けたところで、山を穿った窪の如く狭い。ホホデミはここに邑を拓き、穿邑《うがちのむら》と名付けた。

自らの宮を築くに当たっては、形だけで良いと言い付けた。里を拓いて田畑を作る訳でなし、ナガスネヒコと戦うための基とする邑でしかない。屋根は雨を凌げれば良し、壁は少しくらい隙間風が入っても障りはなかった。

「よし、木の隙間に枯れ草を詰めよ。それで雨漏りは防げる」

宮を築き始めて三日、望むとおりの「形だけ」が整ってきた。兵たちの住まいも少しずつ作られている。概ね全てが思い通りに運んでいたのだが、ホホデミにはひとつだけ憂いがあった。

「ただ今、戻りました」

後ろから声を寄越された。辺りを探りに出ていたウヅヒコである。

「良く戻った。どうだ、あれこれ分かったか」

しかしウヅヒコは難しい顔であった。

「ここらが菟田の里や、ちゅうことだけ。他は何も」

カグヤマに言われていた里に辿り着いた。それが分かっただけでも、得たものはあると言えよう。しかし、まことに菟田がこちらに与するのかどうか。これを探るのは難しい。もしも敵となる肚を固めているのなら、下手に声をかければ藪の中の蛇を突くに等しい。

ホホデミは「そうか」と腕を組み、面持ちを曇らせた。

「ところでウヅヒコ、カラスを見なかったか」

「ヤタの奴、おらんのですか」

「昨日の朝から姿が見えない。目立つのだがな、あやつは」

僕とするに当たって、ヤタガラスには身を清めさせた。垢で真っ黒な顔が白くなるかと思ったが、元々の肌も同じくらいに黒く、見た目に変わりがない。そのせいで、新しく与えた衣の白さがことさらに際立って見える。どこにいても分かるはずなのだが。

「出てっちまった、たあ思えんね。どげんしたんやろ」

この旅に付き従うと決まって、あれほど喜んでいたのに。どうして姿が見えないのか、それがホホデミの憂いであった。

昼餉を過ぎ、夕暮れを迎えても、ヤタガラスは見当たらなかった。ミチノオミの言うような、使いどころのある者かどうかは知らない。しかし、そこにいるだけで和む男だ。姿が見えねば寂しいものがあった。

ところが――。

「ホホデミ様あ！　あれこれ調べて来たで」

明くる朝、日の出を前に、宮の外から大声が聞こえた。この声は、間違いない。ホホデミは飛び起きて外に出た。

「お早うさん」

黒い顔が、あっけらかんと笑っている。思ったとおり、ヤタガラスであった。

「おい。どこにいたのだ。ずっと憂えておったのだぞ」

「そうなん？　ごめんなあ。でも、おいら働いて来たんやで」

「何も言い付けてはおらぬはずだが」

「ええから、ええから。皆、集めてや。な？」

　訝しいものがある。しかしホホデミは促されるまま、ミチノオミとウヅヒコ、オオクメを宮に招き、ヤタガラスを囲んで話を聞くことにした。

「まず、川下の谷の向こうに里があるやろ。あれが菟田ちゅう里やねん」

「おい。まさか探りに行ったのか」

　ミチノオミが驚いて問う。ホホデミの顔も渋くなった。

「おまえの如く、目立つ者がうろついては」

「いやあ？　誰が調べたって目立つやないの」

　ヤタガラスは、からからと笑って続けた。

「でもな、おいら黒いから隠れんの楽やんな。衣脱いで木ぃ登って、葉っぱの陰に入りゃええんやもん。そんでな、人が話しとるとこ、あれこれ聞いてきたんや。二日も隠れて聞いとったんやで。褒めて、褒めて」

　驚いた。自らの目立つ姿を逆手に取って探りを入れるとは。おまけに二日も待って耳を欹《そばだ》てたのだ。ヤタガラスは思ったより賢く、そして粘り強い。

「ともあれ、知り得た話を聞かせてくれ」

「任してえな」

菟田の里の辺りには小さな川の流れがあり、周りには小高く平らな丘があって田作りに向いている。ヤタガラスが探った時は刈り入れの最中だった。民たちの話す中には年の貢ぎを云々する声があり、里長の名も出てきたという。

「菟田の里長、猾《ウカシ》ちゅう名前の兄弟みたいやね。兄ちゃんが長の猾隈《ウカシクマ》で、弟は猾野戸《ウカシノト》やら言われとったよ」

ホホデミは「なるほど」と頷いた。

「猾の兄弟、兄猾《エウカシ》と弟猾《オトウカシ》か」

ヤタガラスは「どうだ」と胸を張っていたが、すぐに「あ」と言い添えた。

「それとな、ホホデミ様。カグヤマのおっちゃん、十日ばかり前に来たらしいで」

「まことか？　ならば猾の兄弟は我らに従うと見て良さそうだが……」

腕組みの右手を外して顎に当て、俯いて考える。カグヤマはまず菟田に向かえと言っていた。こちらに与する見込みがあるということなのだろう。

しかしホホデミは、否、と目元を引き締めた。

「カラス。猾の兄弟が、カグヤマの頼みを容れたかどうかは？」

「そこは聞けんかったなあ。あ！　せやけどホホデミ様、おいら悪うないよ。猾の兄弟が豊葦原に逆らうかどうか、ちゅう話やろ？　言い触らすはずないやん。きっとそうや。知らんけど」

やはりヤタガラスは、いるだけで和む。引き締めたばかりの目元も緩むというものだ。ホホデミは頷いて返し、次いでウヅヒコを向いた。

「どうにかして確かめられまいか」

「そうじゃなあ。しねっと使い出して、聞いてみるしかねえちゃ。ただ、兄と弟は分けて聞かにゃならん思いますわ」

こっそりと使いを出す。それも二人それぞれに。なるほど、と頷いた。

「兄と弟が同じ思いだとは限らんからな」

どちらかが従うと決めていて、残るひとりが戦うと決めていたら。それを思えば、確かに二人まとめて話すのは避けたいところだ。

エウカシとオトウカシ、それぞれに出す使いは、やはりミチノオミとウヅヒコが良いだろうか。思っていると、ヤタガラスが「はい！」と手を挙げた。

「そんなら、おいら聞いて来るわ」

オオクメが「待て」と割れた声を響かせた。

「自らが目立つと知っておるのだろう」

使いに立つからには、それではいけない。里の民の目に触れようものなら、誰かが訝しく思ってナガスネヒコに報せるかも知れぬ。オオクメはそこを危ぶんでいるようだった。しかしヤタガラスは、それすら正しく受け取っていたらしい。

「夜中に忍び込んだら、ええやん。おいら黒いし」

ミチノオミが驚いて「おい」と声を上げた。

「できるのか。菟田にも宮を守る兵はあるだろうに」

「できるよ。あそこの兵な、夜になると、ボーッとしとるもん」

そこまで見ていたのか。もっとも、憂えるべきは他にもある。ミチノオミも危ぶむ眼差しであった。

「向こうが二人とも我らの敵となるつもりなら、おまえ、殺されるぞ」

「手ぇの届かんとこから話せばええんよ。梁の上とか、幾らでもあるで」

夜に忍び込む。身を隠して声だけ届ける。エウカシとオトウカシが各々の部屋で眠る時を狙うつもりか。思惑を知って、ホホデミは大いに唸った。

「ミチノオミの言ったとおりだ。使いどころも、使いでもある。掘り出し物だぞ」

「いやはや。これほどとは、俺も思いませなんだ」

顔を見合わせて笑う。ウヅヒコが釣られて笑い、オオクメもにやりと頬を歪めた。

そして、ヤタガラスまで楽しそうに笑っていた。やはり、おかしな男である。これほど目端が利くくせに、何を「掘り出し物」と言ったのかは分かっていないらしかった。

ともあれ、ホホデミはヤタガラスを遣って確かめさせた。

待つこと二日、夜を迎える。しかしヤタガラスは未だ帰って来ない。

果たして巧くいったのか。或いは、しくじって殺されたのでは。胸が騒いで眠れずにいる。明り取りもない形ばかりの宮、真っ暗な中で目ばかりが冴え、ぽつりと呟いた。

「誰か探りに行かせようか」

ヤタガラスは、ただの使いではない。カグヤマが「豊葦原の者を引き込め」と言ったのは、連れている二百と四十余りではナガスネヒコに勝てないからだ。猾の兄弟を語らえるかどうか、それは戦の行方を決めると言って良い。

「明日には……。どうにか戻ってくれよ、カラス」

　またひとつ呟いて寝返りを打つと、外に人の足音が聞こえた。慌てていることは、小刻みな足取りで分かる。何かあったのだ。

「誰だ」

「起きておいでしたか。ミチノオミです。オトウカシが訪ねて参りました」

　聞いて、がばと身を起こした。人目を忍んで訪ねて来たなら、これは当たりだ。すぐに会おうと、寝間着からいつもの装いに改め、管玉の首飾りや手纏《たまき》、足纏《あゆい》を身に着けた。

　高床の宮の前、十の兵が集って辺りを松明で照らしている。ホホデミは宮に昇る階に腰を下ろし、オトウカシを待った。

　少ししてミチノオミとオオクメ、ウヅヒコ、そしてヤタガラスが細面の男を導いて来た。

「猾の弟、ウカシノトにございます。ヤタガラスより話を聞き、これへ罷り越しました」

　照らし出された細面は、日向に残した父と同じくらいの齢だろうか。色白で如何にも穏やかなものを湛えている。戦いを好まぬ男の顔であった。

「わぬしは私に付くのだな」

　改めて確かめる。オトウカシは「はい」と答え、ホホデミを敬うべく柏手を打った。

　ふと、ウヅヒコの眼差しに気が付いた。まだ分からぬと、その目が語っている。なるほど、この言葉だけで手放しに喜ぶ訳にもいくまい。

「ありがたき話だ。が、何ゆえそう決めた。疑う訳ではないが、聞かせてくれぬか」

　オトウカシは頷き、口を開いた。

「わしは戦が嫌いです。矛を取れば、人に負けぬだけの技を身に付けてはおりますが」

それとて里を守るために得た力だ。そもそも昔の豊葦原は穏やかな里で、戦などなかった。しかしトミビコ――ナガスネヒコが力を持ってから、他と争ってばかりで心が休まらない。オトウカシはそう言って、満たされぬ思いに眉をひそめている。

「カグヤマ様からホホデミ様の話を聞いて驚きました。これぞ、わしが待ち望んだお人ではないのかと」

「ふむ。わぬしが従うてくれるなら心強いが。兄はどうした」

苦く、そして躊躇いがちな面持ちが返された。

「兄は、わしとは違う腹の生まれです。そのためか人を殺すを好み、トミビコにも重んじられておりまして。共に参ろうと説いたのですが」

エウカシは弟の勧めを蹴った。ホホデミが来たのなら、また戦ができると喜んでいたそうだ。

「しかし菟田の民は戦に倦んでおります。兵共の中にも、力弱き里を襲うことに疲れておる者がいて……そうした者共を救うていただきたく、お願いに上がったのです」

どうやらカグヤマは、菟田の民が抱える憂いを知っていたのだろう。そしてオトウカシにだけ話を持ち掛けたのだ。

ホホデミは位の高い僕を見回し、眼差しで「どうだ」と訊ねた。ミチノオミはすぐに頷いた。オオクメは――いつものことだが――何も返さず、主に従うのみと肚を決めているらしい。

だが、ウヅヒコだけは違った。

「謀は疑うとかんとな。わぬしには、すまねえが」

そう言ってオトウカシに目を向ける。

「致し方なき話です」

静かな笑みを返し、オトウカシはそれきり黙ってしまった。どうしたのだろう、苦しい胸の内が伝わって来る。それが何なのか、ホホデミには、そこはかとなく分かった。

「何じゃね。黙っちょったら、分からんちゃ」

痺れを切らしたようにウヅヒコが促す。ホホデミは「控えよ」と窘め、相手が口を開くのを待った。

しばしの後、オトウカシから重い声音が寄越された。

「どうにか兄を説き伏せられぬかと、思いを巡らせておったのです。が……できますまい。踏ん切りが付きました。今から申し上げる話に備えた上で、兄を討ってくだされ」

そして明かした。三日もすればエウカシの使いが来るはずだと。

「我もホホデミ様に従うからと偽って、宴《うたげ》に招くつもりなのです」

「毒かい」

ウヅヒコの問いに、オトウカシは「いいえ」と頭を振った。

「兄は今、宴の宮を築いております。その宮に、からくりがありまして。足を踏み入れたら内向きに崩れます」

押し潰して殺す謀である。よしんば死ななかったとて、崩れた柱や梁の中では身動きも取れまい。あとは火でも掛ければ済む話だ。

「この話とて、お疑いになられるやも知れませぬ。ゆえに、わしは身の証を立てるべく、自らを虜《とりこ》と成してこれへ留まりましょう」

ホホデミは目を閉じ、二つ、三つと頷いた。腹違いの兄だとて兄には違いない。それを裏切って敵であるはずの相手に付こうというのだ。辛かろうな、と閉じた瞼に涙が滲む。

だが、人前で情けを見せる訳にはいかない。ホホデミは目を細く開けて涙を堪えた。

「分かった。ミチノオミ、オオクメ。夜明けと共に菟田へ向かい、エウカシを討ち取って参れ」

二人は、それぞれ「はっ」と返し、下がって行った。

その宵は、ウヅヒコの勧めに従い、オトウカシに縄を打った。

眠れぬ夜が明けると、ミチノオミとオオクメは五十の兵を連れて菟田の里に向かった。そして夕暮れ時、何ごともなく帰ってホホデミの前に並んだ。

「エウカシ、確かに討ち取って参りました」

ミチノオミによれば、エウカシは溢れんばかりの笑みで二人を迎えたそうだ。そしてホホデミに従う証として、追って宴に招くと言った。何もかも、オトウカシが話したとおりであった。

「そこで俺は、宴の宮を見せてくれと頼みまして」

疑われてはならじと思ったのであろう。エウカシは快くこれに応え、未だ築き上がっていない宮へと導いて行った。

ミチノオミはエウカシに迫ったそうだ。自ら宮の中に入ってみよ、と。

「すると嫌がって、あれこれ言い逃れようとしましてな。なるほど確かに罠であろうと、オオクメと共に斬り掛かり」

そして逃げ惑うエウカシを捉まえ、オオクメが宮の中に放り込んだ。果たして罠の宮は内向きに崩れ、全てを押し潰したという。

ホホデミは「分かった」と俯き、長く息を抜いた。

「オトウカシの縄を解いてやれ。あと、エウカシの骸を見せてはならぬぞ」

二人は「はい」と返し、柏手を打って下がった。

薄暗くなった宮の中、ホホデミはひとり涙を落とした。

兄を失う辛さを、オトウカシにも与えてしまった。どれほど辛いか、身を以て知っているはずなのに。

しかし、と自らに言い聞かせるように囁いた。

「ならぬ……情けをかけては。私は決めたのだ。全ての民の長になると」

そのためには悪しき手管に頼る日もある。心を強く持て。人の上に立つ者として、心を殺せ。

思い定めて顔を上げる。

もう、涙はない。日向を出て概ね四年、豊葦原との戦いが始まろうとしていた。

十　戦陣

「心強き限りですな」

珍しく大来目《オオクメ》の声が浮き立っていた。彦火火出見《ヒコホホデミ》も同じ思いで「ああ」と頷く。ちらりと振り向けば、三人の頼もしい男たちと五十余りの兵が後に続いていた。

弟猾《オトウカシ》を降らせ、菟田の里を手に入れてすぐ、天香山《アマノカグヤマ》から使いの者が訪れた。穿邑から西に少し行った山間の、吉野なる里で三人の輩《ともがら》を得たという報せだった。それぞれの名は井光《イヒカ》、磐排《イワオシ》別《ワケ》、苞苴担《ニヘモツ》という。

カグヤマの報せなら間違いないと、ホホデミは喜んだ。オトウカシと菟田の里、百余りの兵を加え得たのは、紛れもなくあの者の働きによる。すぐさま吉野に出向けば、報せのとおり新たな輩が慕って来た。

もっともカグヤマは既に吉野を去っていて、再び顔を合わせることは叶わなかった。これは致し方ない。何しろ豊葦原の長・可美真手《ウマシマデ》の兄である。菟田がホホデミに降った今、豊葦原は大騒ぎになっているだろう。そうした折、自らの宮を長く空けていれば怪しまれる。

次にカグヤマに会えるのは、いつの日だろう。思いつつ三人に呼ばわった。

「おまえたち。菟田に戻ったら、すぐに戦の話し合いだぞ」

イヒカ、イワオシワケ、ニヘモツは「はい」と返したが、そこはかとなく戸惑いを漂わせている。梯子を外された思いがして面持ちの力が抜けた。

「どうした。何か憂いでもあるのか」

ニヘモツが首を傾げた。

「そういう訳やないですけど。ホホデミ様は兵を如何ほど抱えておられますんや」

日向の者、吉備の者、菟田の者、合わせて三百と五十余り。吉野の五十を加えて四百ほどである。それを聞かせると、イヒカの顔が少しばかり強張った。

「その、ですな。そんな数で豊葦原と戦うんですやろか」

「登美《トミ》……長髄彦《ナガスネヒコ》は、ホホデミ様の兵を十も集めたほど持っとりますが」

イワオシワケの声音も固い。ホホデミの胸からも、浮かれたものが吹き飛んでしまった。

「それほどに多――」

言いかけて、止まった。カグヤマに会った時、兵の多さは聞いていたではないか。そもそも豊葦原は、あの面土が二つも入るほど広い。抱える兵とて面土二つと同じであって然るべきだ。

しかし。我が兵を十も集めるなら、つまり四千である。面土が四つも集まらねば、その数にはならない。まさかこれほどとは思っていなかった。

「豊葦原は豊かだと聞いておったが、それほどなのか」

訊ねる声が少し小さくなる。イワオシワケの顔から、穏やかなものがすっかり抜けた。

「豊葦原だけなら、もっと少のうございますわ。ホホデミ様の数、六つくらいです」

それでも二千四百、面土が二つと少しである。だとすれば残りは。

「余所の里を襲って従え、そこから集めておるのだな」

「ええ。おまけに三輪山《みわやま》で眞金を作っとりますさかい、兵も強うございますよ」

イワオシワケの言う三輪山には聞き覚えがあった。菟田を従えた後、オトウカシの口からだ。

「三輪山とは磐余《いわれ》の里か？」

「そう、それですわ」

ホホデミは「はは」と笑った。

「そこも私に与するはずだと聞いておる」

斜め後ろを歩くオオクメに顔を向け、眼差しで「なあ？」と語る。入れ墨を施した鋭い目が緩み、静かな頷きを返してきた。

オトウカシによれば磐余の里もカグヤマの誘いに乗っているらしい。ならばと、ホホデミは吉野に向かうに当たり、オトウカシに磐余の長を訪ねるよう言い付けていた。今頃はこちら側に迎えるべく、諸々を話し合っているだろう。

「磐余では周りの邑の兵も加えて千人《ちひと》ほど動かせるそうだ。この数が私に付くなら、戦えぬほどの違いではなくなる」

豊葦原は四千から千を失って三千に、ホホデミは千四百になるのだから、数の開きは千六百まで縮まる。未だ相手の半ばくらいだが、カグヤマの言う「数の力」という話に照らせば、千を引き剝がすのはこの上なく大きい。十の中でひとりが右を向いても見過ごされるが、百の中の十なら他も「何があった」と引き摺られる。まして四千の中の千なのだ。より多くの者が心を揺らしてもおかしくない。

「ゆえに、憂えるには及ばん。おまえたちも戦いに備えて身と心を健やかに養っておけ」

吉野の邑長たちは、ようやく面持ちの固さを解いた。

明くる日、ホホデミたちは菟田に戻った。秋分けの日まで二十日足らずという頃、昼餉の少し前であった。菟田の里は周りを濠で囲われていて、入り口にだけ土の橋が渡されている。そこまで出迎えた道臣《ミチノオミ》によれば、オトウカシもつい先ほど戻って来たそうだ。

「ですが、おかしいのですよ。こう……難しい顔をして、口も利かんのです」

「まさか、巧くいかなかったのだろうか」

「さあ。何しろ口を開かんものですから、確かめられません」

だが如何にしても、長たるホホデミには成り行きを明かさねばならぬはずだ。会って話すに限るとミチノオミは言う。ホホデミは軽く頷き、引き連れて来た皆を向いた。

「オオクメ。戦の話し合いは少し先になるやも知れぬ。吉野の皆は穿邑で休ませてやれ。おまえは、すぐ戻って来るようにな」

オオクメは「はっ」と返し、皆を穿邑へ連れるべく、里に入らぬまま立ち去って行った。

ミチノオミと共に、オトウカシから譲られた宮へ入る。そして珍彦《ウヅヒコ》と八咫烏《ヤタガラス》も集め、オトウカシを召し出した。

「申し訳ございませぬ」

顔を合わせるなり、オトウカシはひれ伏して詫びた。それだけで、磐余を引き入れ損なったのだと知れた。

「おいおい、どげんしたっちゃ。磐余は、わしらに付くんやなかったんか」

ウヅヒコが眉をひそめる。オトウカシは、おずおずと顔を上げた。

「何もかも、わしが悪いのです」

それだけでは分からない。ホホデミは努めて穏やかに問うてみた。

「磐余の長は磯城《シキ》の兄弟であったな。怒らせでもしたのか」

「いえ、そういう訳では」

聞けば、そこには人の心というものの難しさがあった。

磐余は菟田から西へ続く谷を抜けた先、三輪山の麓に拓かれた里である。昔から鉄を作る技に優れ、豊葦原でも指折りの豊かな里だったらしい。

しかしナガスネヒコが力を得てからは、剣や鏃などを安く吸い上げられるようになった。里長を務める兄の兄磯城《エシキ》も、それを助ける弟の弟磯城《オトシキ》も、長らくこれを快く思っていなかった。

カグヤマはそこに目を付け、ホホデミに与するように説いた。エシキ・オトシキ兄弟も、初めはそうするつもりだったらしい。

ところが。菟田でオトウカシが降ると、これが磐余で噂になった。さすがに隣の里である。すると里に連なる邑が寝返りに否やを言うようになった。

「邑長たちが恐れてしもうたのです。ナガスネヒコも既にこの噂を嗅ぎ付けておるはずだ、疑り深い男ゆえ我らにも目を光らせておるに違いないと言いまして。そうやって皆に迫られ、エシキまで恐れを抱いてしまったらしく」

参った。連なる邑々に背かれ、大本となる磐余の里こそ引き摺られてしまったとは。カグヤマの言う「数の力」が逆しまに働いたか。

「わしがホホデミ様と戦った上で降ったのなら、このようなことには」

オトウカシが再びひれ伏した。確かに、負けて呑み込まれた形なら、ナガスネヒコは菟田の里を治める兄弟に怒りを向けるのみだったろう。だが言っても虚しい話か。菟田と戦わなかったからこそ、兵を損なわずに済んでいるのだ。

　ホホデミはオトウカシを労わって、柔らかく声をかけた。

「おまえのせいではない。顔を上げよ。それよりナガスネヒコが嗅ぎ付けておるなら、近いうちに攻め込んで来るのではないか。恐らく、先手を言い付けられるのは磐余の者共だ。何しろ隣の里だからな」

　オトウカシは顔を上げ、涙声で「はい」と頷いた。

「向こうが戦の備えを済ませるには、あと十日も使うでしょう。菟田と磐余の間の谷は、朝に出れば夕べには辿り着くほどの道のりですが、多くの数を連れて参るなら二日もかかるかと」

　ホホデミは「分かった」と頷き、面持ちを引き締めてウヅヒコに向いた。

「聞いたとおりだ。ウヅヒコは十日のうちに、この辺りをつぶさに見て回るように。攻め込まれた時、どこに拠って如何に戦うべきかを見定めてくれ」

「分かりました。ほいだら、オトウカシとヤタも連れてくっちゃ」

　オトウカシは元々が菟田の者で、この辺りの野山を良く知っている。ヤタガラスは迷いの森の中でも行く先を過たなかった男だ。野山を調べる助けとしては、この上ない二人である。ホホデミは「良いだろう」と許し、次いでミチノオミを向いた。

「少しすればオオクメが戻る。誰にどれだけ兵を付けるか、二人で話し合うて定めよ」

　それぞれに務めを得て、皆は柏手を残して下がって行った。

　ひとりになると、ホホデミは自らの部屋――かつては宮の主だった兄猾《エウカシ》が使っていた――に下がり、長兄・五瀬《イツセ》の形見となった弓を撫でた。左手は腰に佩いた布都御魂《フツノミタマ》に添えている。この剣は次兄・稲飯《イナヒ》が使ったのと同じ合わせ鍛えである。こうしていると、二人の兄と手を取り合っている気がした。

「あに様方。力をお貸しくだされよ」

三兄・三毛入野《ミケイリノ》を偲ぶ品はない。だがミケイリノとて、魂はいつも共にあると残して世を去ったのだ。きっと己を包んでくれている。そう思い、ぶるりと身を震わせた。

*

菟田の里から南へ進んで、わずかに西寄り。そこに聳える緩やかな山を高倉山《たかくらやま》と言った。ホホデミはここに拠って磐余の兵を迎え撃つ。

木の葉が赤く色付いた頃、ホホデミは朝靄の中で高倉山の頂に立った。昨日の日暮れを前にエシキ・オトシキの兵が進んで来たためである。

西向きに眺める先には、見上げるほど高い山が尾根を連ねていた。

「左手から龍《りゅう》の峰《みね》、国見《くにみ》の丘《おか》、右のずっと奥が磐余に近い鳥見山《とみやま》にございます」

オトウカシの声に頷いて山々を眺める。龍の峰と国見の丘は、互いにそれほど離れていない。平らな道なら、誰かと話しながら歩いているうちに辿り着くくらいだ。二つの山は頂に近いほど険しく、こちらに向けて低くなると山肌も緩やかになっていた。

「兵共の姿が見えるな」

龍の峰と国見の丘、二つに挟まれた麓に狭い野がある。そこには小川が流れ、こちらから見て向こう側、川上に至ると右手に枝分かれしていた。二筋の流れに挟まれた辺りに、五十ほどと思しき固まりがあった。

「おや。髪を美豆羅《みずら》に結うていないのか、あれは」

互いの間合いは遠く、人影は米粒ほどにしか見えない。それでも兵共の髪が後ろで束ねられただけなのは分かった。どうやら女か。

ホホデミの驚きを見て、オトウカシが説いて聞かせた。

「女兵にございます。日向では、女は戦わぬのですか」

「ああ。争いが起きた時、戦って死ぬのは男の務めだ」

そうした折、女は自らと子を守り、もしも夫が死ねば里の皆に力を借りて子を育てる。言うなれば、それは次の世を作る務めなのだ。ゆえに日向の女は守られることを誇りに思っている。この女兵たちも然り、名草戸畔や丹敷戸畔など盗人の長が女であったのも然り、旅に出て初めて戦う女がいるのだと知った。

まこと世の中とは様々に違うものだ。思いつつ目を少し動かす。国見の丘の右手、斜め前には幾らか低い尾根があった。その辺りにも兵の姿がある。

「こちらは、何とも少ない」

「あれは梟帥《タケル》共の集まりでしょうな。磐余に連なる邑の長です」

梟帥、すなわち兵を率いる者だ。こちらに照らして言えば、ミチノオミとオオクメ、ウヅヒコ、そしてこのオトウカシが梟帥である。

「固まっておるのは、どう戦うか話し合うておるのだろうか」

「でしょうな。ひとつところにおれば、あれこれ示し合わせるのも手間が少ない」

「だが、いざ戦いになれば打つ手が遅れよう」

それを押して話し合いを重んじるのは、こちらが降るやも知れぬと思い、出方を見ているのだ。

ホホデミの見立てに、オトウカシも「はい」と頷いた。

「梟帥共は小さな邑の長ですから、各々それほど多くの兵を持ちませぬ。後方に磐余の兵があるとは言え、できるだけ戦わずに勝ちたいのですよ」

なるほど。集まった多くの将――八十《ヤソ》梟帥は及び腰か。すぐに挑んで来ないのは、向こうから隙を見せてくれたようなものだ。

「あとは……梟帥共の右に百《もも》ほどか。それと」

この高倉山から北、遥か遠くの野にも、枯れ草の薄茶を埋めるが如く兵が屯《たむろ》していた。やはり百ほどだろう。先に見た女兵と合わせ、二百五十といったところだ。

「向こうが兵を置いた山も、数も、概ねウヅヒコが見越していたとおりだ」

もっとも、今ここに見えているのは先手に過ぎないだろう。初めに見た三つの頂のうち、右奥の鳥見山は磐余の間近になる。そこにはエシキ・オトシキの兄弟があり、その手許にも多くの兵が控えているに違いない。

「オトウカシ。鳥見山を探りたいのだが、向こうの目に付かぬ抜け道を知らぬか」

「ここな兵共の目を盗んでとなれば、左から大回りに行くしかありません」

「龍の峰と国見の丘、二つの裏手を回るのか」

「はい。しかし抜け道とは申せ、谷にございます。鳥見は背の低い山ですが、さすがに谷底は見下ろせましょう」

ゆえに物見は森の中を行くことになり、山歩きに慣れていなければ務まらない。そして鳥見山に近付くに連れ、目立たずに動くための手立てが要る。

オトウカシの話を聞き、ホホデミはにやりと笑った。

「いるではないか。おまえの寝返りを誘った者が」

ヤタガラスは長く迷いの森に住んでいた。山はお手のものだ。黒い肌は深い木陰に溶け込むが如し、まさに持って来いの男である。

「おお！　では、わしが道を教えましょう」

「頼む。カラスには、すぐに発てと伝えて欲しい」

話がまとまり、二人はひとまず山を下りた。ホホデミの兵は、まだ高倉山の東の麓に屯している。ここまで戻ってヤタガラスを物見に遣ると、果たして篝火が焚かれる頃に戻って来た。

「いやあ、おったおった！　鳥見山に、山ほどおった。あんな数、おいら初めて見たわ」

ホホデミと兵たちが屯する前で、ヤタガラスは「こんなに、おった」「もっとおった」と諸手を広げて走り回った。

「カラス。こんなに、では分からん。ここにおる数と比べてどうだった」

ホホデミの声に、ヤタガラスは動きを止めた。そして夜空に目を泳がせ、難しい顔で鳥見山の有様を思い起こしている。

「……そやなあ。ここにおる皆が二つ集まったくらい？」

やはり、そうか。菟田の近くに置かれた二百五十は邑々と磐余から出た先手であり、エシキの手許には八百が残っているのだ。併せて千余り、かねて聞いていた数と辻褄が合う。

「ホホデミ様。まずいのでは」

右前に立つミチノオミが小声を寄越した。ちらちらと目を遣る向こうで兵たちが心を揺らし、ざわついていた。

「何じゃ、その数」

「まともに戦えるんか？」

「負けが見えとる」

確かに、これはまずい。だが戦うからには、相手の力を知らねば何もできないのだ。そこを言い聞かせなければと、声を上げようとした。

「鎮――」

「勝ち負けは人の知るところやねえ。神様に聞くんがええちゃ」

口から出ようとした「鎮まれ」は、ウヅヒコの大声で遮られた。顔を向ければ、ウヅヒコはこちらに目配せをして、星降る空を指差した。

「ええか皆。ホホデミ様は天津神のお血筋や。祈《うけ》いでも立てりゃあ、神様が勝ち負けを教えてくれるっちゃ」

そして、あれこれを述べてゆく。

ひとつ。瓦と瓶を焼いて天津神を祀る。ただし、その土は敵の兵が屯する山の向こう、古い祠から取って来なければならない。

ひとつ。ホホデミが水なしで飴を作る。

ひとつ。この辺りの川に御神酒の瓶を流し、魚を酔わせて浮かばせる。

「三つとも巧う運んだら、この戦は勝つ。ひとつでもしくじったら、そん時ゃ負けるやろけん戦わんで逃げる。これでどうや」

まず、できそうにないことばかりである。それを三つ重ねると聞いて、兵たちは萎えかけた心を呑み込んだようであった。

ホホデミはその夜、自らの梟帥となるべき者を集め、高倉山の裾に広がる森へ入った。これも祈いの手続きだと兵たちには偽っていた。

「あのようなことを言って、どうするつもりだ」

小声でウヅヒコに問えば、ミチノオミも「まったくだ」と頷く。敵の只中を抜けて山を越え、土など取って来られるものか、と。

「そもそも、まことにその祠はあるのか」

「知らん」

咎めるミチノオミに、ウヅヒコはこともなげに返した。

「取りに行った振りで構わねえっちゃ。どこの土かなんぞ、この辺りの焼き物の匠にしか分からん。飴も作る振りだけで、でき上がったもんと掏り替えりゃ済む話やろ。魚も同じやな。死んだやつ流せばええ」

驚いた。皆も同じで、目を丸くしている。

「騙すのか」

オオクメの問いに、ウヅヒコは「人聞きの悪い」と苦笑いを浮かべた。

「神様の水やけん飲めって言われりゃ、ただの水でも薬になるもんやど。兵の恐がりを治す薬とか何とか、言うてくれんか」

ホホデミは、くす、と笑った。

「なるほど。しかしウヅヒコ、磐余の兵は確かに数が多いぞ。これをどう退ける」

するとウヅヒコは「同じやわ」と胸を張った。

「恐がって心が負けたら、勝てる戦も勝てん。けど『心の負け』ちゅうのは他にもありますわ。何ごとも飽いたらお終いや」

この高倉山に拠って、しばらくは固く守るべし。そうして睨み合えば、向こうは長く自らの里を離れることになり、戦を続けるのが嫌になるはずだと言う。

「こっちは違うっちゃ。負けたら死ぬるんやけん、少しくらいで嫌にはならんです」

敵方が戦を厭い、こちらは未だ倦んでいない。そういう頃合を見計らい、相手の弱みを衝いてやる。少なくとも、先手との戦いはこれで勝てるとウヅヒコは言った。

そういうものだろうか。だがウヅヒコは誰よりも頭が冴え、人の心の隙を衝くのも巧い。あの生駒山での戦いもそうだった。ナガスネヒコに前から襲われた中、後ろを取ろうとした草香邑の兵を「邑が襲われちょう」のひと言で狼狽えさせ、退けている。

ならばと、ホホデミは頷いた。

「任せよう。しかし、エシキの手許にある兵との戦いはどうしたら良い」

「そりゃ先手に勝ったら、やな」

勝てば諸々が変わる。その時にエシキが打つ手を見て、再び敵の心に隙を作るしかない。ウヅヒコの言葉を聞き、ホホデミも「分かった」と肚を括った。

明くる朝から、飴の祈いと魚の祈いが執り行なわれた。

ホホデミは腰までの高さがある架《たな》に麦の粉を盛り、水なしで練る振りをした。もっともこの架は木箱になっていて、中には小柄なヤタガラスが隠れて水飴の瓶を持っていた。皆からヤタガラスが見えないのを良いことに、ホホデミは少しずつ麦の粉と水飴を掏り替えていった。

次いで川の流れに酒の瓶を沈める。瓶には酒に加え、死んだ魚を忍ばせてあった。早瀬が瓶を洗うたび、その魚がひとつ二つと浮かび、流れ去って行った。

終いに、ウヅヒコとオトウカシが土を取りに行く。二人は高倉山に隠れて夜を明かし、朝日と共に土を持って戻った。焼き物の土は、他でもない高倉山から取ったものである。ホホデミはそれを形ばかりの瓦と瓶に焼き、天津神を祀った。

成るはずのない祈いが、三つ揃って成った。これを目の当たりにした兵たちは、神のお告げにこそ慄いて、敵の数への恐れを忘れた。

まやかしの祈いによって、ただの水は薬となった。

*

「退け、退けい！」

夕暮れ時、相手方の梟師たちが叫び、兵をまとめて退いて行く。高倉山に籠ったホホデミの兵は、それらの背に矢を放った。

日々、攻め寄せる者を矢で追い払うのみ。互いにほとんど数を損なっていない。紛うかたなき小競り合い、形ばかりの戦を二十日余りも繰り返していた。

「よし、そこまでだ。皆、矢を使い過ぎるなよ」

見下ろす山肌の半ばでミチノオミの声が上がる。矢が止んだのを確かめて、ホホデミは緩やかな坂を少し登った。山の頂に至れば、そこにはウヅヒコとオトウカシの姿がある。

「どうだ、今日は」

歩みを進めながら問うと、オトウカシが笑みを以て迎えた。

「良いですぞ。寄せ手の動きが、すこぶる鈍くなっております」

「そうか。だが我らの兵も同じではないのか。何しろ冬だ」

向こうの鈍さとて、寒さゆえでは——目を向ければウヅヒコが「いんや」と頭を振った。

「わしらの矢は勢いが変わらんけど、向こうは山裾で騒ぎよんだけで、踏み込まん奴が多くなりましたけん」

待ち望んだ、相手方の緩み。ホホデミは「ふむ」と頷き、ならばとヤタガラスを呼んだ。

「カラス。真っすぐ前の山が見えるか」

向かい合うのは国見の丘、八十梟師の居どころであった。紫に染まる山際の下には、夕闇を映した森が黒々と広がっている。その中にある篝火は昨日より明るく見えた。

「見えるで。おいら森ん中で暮らしとったし、このくらい軽いもんやわ」

「昨夜と比べて篝火は増えたか」

ヤタガラスは「少し待って」と目を凝らし、二つほど数えた後に「あはは」と笑った。

「増えた増えた。増えたて思う」

ウヅヒコが「お」と色めき立った。

「ヤタ、幾つや」

「おいら？　知らんわ、そんなん」

齢の話と思ったようだ。ヤタガラスは賢いのだが、こうした取り違えも多い。もっとも、それはそれで憎めないらしく、ウヅヒコは「たわけ」と笑いながら言い添えた。

「篝火の数や。数えてみい」

「あ、それかあ。ええと。ひい、ふう、みい……」

しばし、ぶつぶつやっている。数え終わると、勢い良く「はい」と手を挙げた。

「四つと、四つと、ひとつ」

つまり篝火は九つ。オトウカシが「いいぞ」と手を叩き、こちらに向いた。

「ホホデミ様。磐余に従う里の全てです」

日暮れに至って今日の戦を収め、梟帥が全て集まった。取りも直さず、話し合いが要るようになったということだ。向こうの兵共はそれほど戦に倦んでいる。

今こそ動く時。ホホデミは兵のひとりを山肌の半ばへ走らせ、ミチノオミとオオクメを呼んだ。戦が始まってから、二人は常にそこで兵と共に寝起きしている。

少しすると、二つの勇んだ顔が駆け登って来た。

「いよいよ始めるのですな」

「いつです」

ミチノオミの声にも、オオクメの短い問いにも、沸き立ったものが見える。

「今宵のうちに発ち、オトウカシの導きに従って国見の丘へ参れ。空の白む前に済ませるのだ」

ホホデミはすぐに答え、ちらりとオトウカシを向く。待っていたとばかりに身震いしていた。

相手の兵が戦に倦んでくれれば、八十梟帥は打つ手を話し合うべく再び集まると見ていた。そして、倦んでいるのは兵のみではない。梟帥たちも同じなのだ。

そこを襲う。抜け道を使って迫り、夜が白む前に。梟帥たちを討ってしまえば、下に付く者の心はすっかり萎えるに違いない。

もちろん相手方の兵とて、騒ぎを知れば駆け付けんとするだろう。だがそれらの兵は戦う心を鈍らせていて、助けに来るにも手間取るはずだ。その、わずかな隙——梟帥たちを全て討ち果たすための、ほんの少しの時を捻り出したかった。だからこそ、わざわざ小競り合いを繰り返し、この時を待ったのだ。鳥見山にエシキの八百が控えていることを思えば、何としても数を損なわずに先手を蹴散らさねばならなかった。

夜が更けるに連れ、高倉山を包むものが引き締まってゆく。オトウカシ、ミチノオミ、オオクメ。そして三人が率いる二十の兵に、張り詰めたものが満ちて行った。

いざ——篝火の下、ホホデミは静かに声を上げた。

「良いか。この朝駆けで向こうの先手を切り崩すぞ」

「参ります。良き報せをお待ちくだされよ」

　オトウカシが胸を張って柏手を打つ。オオクメとミチノオミ、その後ろに続く兵たちが同じように手を叩き、山を下って行った。

「カラス。見えるか」

　しばしの後、国見の丘を眺めながら問うた。月明かりこそあれ、ホホデミの目には夜の山影など黒い固まりにしか見えない。

　ヤタガラスは違う。

「あ。あそこや。今、葉っぱが揺れよった」

　薄暗い中で育ってきたがゆえ、目が暗さに慣れている。獣道を辿る皆の様が、はっきり見えているようであった。

　やがて、その声が聞こえた。ぎゃあ、と苦しげな叫びである。

「始まった」

　呟いて、固唾を呑んだ。

　頼む。どうか八十梟帥を討ち果たしてくれ。祈る思いで待つことしばし、国見の丘に漂うものが変わった。目には見えない。しかし人と人が斬り結べば必ず、互いにぶつけ合うものがある。殺してやる、という恐ろしい心だ。それが消えた。

「やった……のか」

　胸の内を優しく掻き毟られるような、落ち着かぬ思い。早く知りたい。どうなったのか。巧く行ったのか。ホホデミは右へ左へ、そわそわと足を運び続けながら待った。

　そして高倉山の後ろ、東の空が白み始めた。

「ホホデミ様あ！　やりましたぞ」

息を切らしながらの大声が、山肌から飛んで来る。

「ミチノオミ、オオクメ！　オトウカシ」

ホホデミの背に心地好い粟が立つ。それに応えるかの如く、三人と二十の兵が森を抜け、目の前に馳せ寄って来た。誰ひとり欠けることなく、やり果せたのだ。

「八十梟帥、ひとり残らず討ち果たしてございます」

ミチノオミが息を弾ませる。オオクメは黙って力強く頷き、オトウカシは清々しい面持ちで額の汗を拭った。

導く者が、いきなり消える。従う側にとってこれほどの戸惑いはない。こちらがイナヒとミケイリノを失った時と同じである。八十梟帥を討ち果たしてしまうと、磐余の先手は戦を仕掛けて来なくなった。

萎れきった相手を叩くのは容易い。しかしホホデミは、そうしなかった。ウヅヒコの勧めに従い、向こうが屯する山々にヤタガラスを遣ったのみである。

ヤタガラスは森に潜み、昼なお暗い木陰に隠れて、持ち前のがらがら声を響かせた。

豊葦原は日の出づるところ。日の神・天照《アマテラス》の血筋が治めるべき里。

汝の戴くウマシマデは偽者だ。

ホホデミこそは、天津神の子。ホホデミこそが、まことの長。

昼となく夜となく唱えさせる。十日も二十日も繰り返す。心を挫かれた兵たちは畏れを抱き始めた。神の子に弓引いて良いものか、厄が降り掛かりはせぬかと、畏れは日に日に大きくなってゆく。

そして、ついに敵は膝を折った。

枯れ草と黴《かび》の混ざったような、慕わしい冬の匂い。吹き抜ける冷たい風がその香気に彩られた頃、ホホデミの前に多くの兵がひれ伏した。国見の丘にあった百の男兵と、龍の峰にあった五十の女兵であった。

*

八十梟帥を討ち果たして兵が降って来た。磐余の先手は高倉山の北、右手遠くの墨坂《すみさか》に百を残すのみ。翻ってホホデミの兵は五百五十に膨らんでいる。この数を以てすれば、百を平らげるくらい訳のない話なのだが――。

「蹴散らすなと言うのか。どうしてだ」

ウヅヒコの肚を聞いて、ホホデミは眉をひそめた。あの兵を退けてしまえば、エシキの八百が屯する鳥見山は丸裸になるというのに。

「いつまでも捨て置くんと違います。あの百がおれば、勝ちやすうなるかも知れんのですわ」

今ひとつ分からないが、ホホデミは「む」と唸って頷いた。

「確か、またカラスを物見に出していたな。それと関わりがありそうだが」

「ええ。まあ、そうですわ」

「分かった。ひととおり任せる。手立てが整ったら報せよ」

「へえ！　肚ぁ据えてやるっちゃ」

目を輝かせ、喜び勇んで柏手を二つ、ウヅヒコは下がって行った。

物見のヤタガラスは、しばらく帰って来なかった。それが何ゆえかは、さらに幾日か過ぎてから明らかになった。

朝靄の中、ヤタガラスがある男を伴って帰って来た。その者の名は——。

「磐余の里長が弟、磯城那岐《シキナギ》にございます」

何と磯城の弟、オトシキと呼ばれる男だとは。ひれ伏す姿を見て、ホホデミは大いに目を丸くした。共に迎えたミチノオミ、オオクメ、菟田のオトウカシも同じである。

そうした中、ヤタガラスとウヅヒコの面持ちは少し違った。ヤタガラスは楽しそうに笑みを浮かべ、いつもの如し。ウヅヒコは「してやったり」という眼差しであった。

「どうしてだ」

ホホデミは、やっと口を開いた。八十梟帥を討って百五十の兵を呑み込みはしたが、数の上で未だこちらは見劣っている。なのに、何ゆえオトシキはここに来た。ヤタガラスに伴われて来たのなら、寝返るということではないか。

「疑われるのも当たり前です」

上げられた顔は、亡き次兄・イナヒと同じくらいの齢らしい。面差しは、のっぺり平たく目が吊っている。その平たい面立ちが、辛そうに歪んだ。

「まことの話を明かさば、私はカグヤマ様の娘婿にございまして」

驚いた。それは初耳と目を丸くすれば、オトシキはかえって目を伏せ、小声で続けた。

「我ら磐余の里は初め、ホホデミ様に与するつもりでした」

「磐余で作る眞金を、ナガスネヒコが長きに亘り奪っていたからだと聞いた」

確かめるホホデミの声に、オトシキは少し訝しげな目を見せた。が、ヤタガラスが「登美彦《トミビコ》のことやで」と言い添えると、腹に落ちたようであった。

「はい。我らの富となるものを安く吸い上げられて、面白く思うはずもなく。そこへ縁深きカグヤマ様からお誘いがあり、兄もトミビコに背こうと決めたのです。しかし」

「磐余に連なる邑々がナガスネヒコを恐れ、里長のエシキが引き摺られた。そうだな？」

オトシキは「嗚呼」とホホデミを仰ぎ見た。

「弟の私が申すのも憚られますが、兄は心の弱き人なのです。邑の者に泣き付かれて、私にひと言もなく、カグヤマ様との申し合わせを違えてしまいました」

言葉にも面持ちにも苦しげな思いが滲んでいる。ホホデミは努めて優しく声を向けた。

「わぬし、悩んでおったのだな」

「それはもう。妻の父との申し合わせを違えるなど……。しかし磐余の長は飽くまで兄、それを助けるべき私が離れて良いものかと、日々身悶えするばかりでした」

オトシキが涙を落として声を詰まらせる。ウヅヒコが後を引き取り、労わるように問うた。

「で、ヤタの声聞いてこっち来たっちゅう訳やな」

「はい。夜な夜な聞こえた声こそ、神のお導きだろうと」

天津神の子、汝を召します。いざ、いざ――ヤタガラスは四日に亘って静かに声を響かせたという。迷う心を追い詰めるやり方は、ウヅヒコが唆したのに違いない。ホホデミは「なるほど」と大きく頷いた。

「そこは分かった。しかし、何ゆえ兄と共に参らなんだ」

オトシキは悲しそうに溜息をつき、小さく首を横に振った。

「三日前にトミビコ……いやさ、ナガスネヒコから使いがあり、きつく言い付けられたのです。すぐに兵を率いて行くゆえ、必ず持ち堪えよと。早々と負けたなら、たとえ生き延びても首を刎ねてくれると脅かされまして」

「ならば、なおのこと我らに付いてナガスネヒコと戦うが良かろうに」

何しろエシキは未だ鳥見山に八百、墨坂に百の兵を抱えている。これがホホデミに与すれば、ナガスネヒコとも渡り合える数になるだろう。それを言うと、オトシキは「ですが」と言葉を濁した。何かを言おうか言うまいか迷っている。

「わしら、生駒でナガスネに負けたけんなあ」

ぼやき声が聞こえた。ウヅヒコである。オトシキが、おずおずと頷いた。

ひととおりを呑み込めた。生駒山で軽く捻られたのは騙し討ちに遭い、また朝日に目を眩まされたからだが、そうでなくとも負けていただろう。皆の中で最も強かった次兄・イナヒでさえ、あの時の矢には大いに苦しんだものだ。豊葦原の兵、そしてナガスネヒコは強い。それがエシキの心を縛り付けている。

「ゆえに兄は、何があっても寝返らぬと頑なになっております。先手の兵共を失うた上は、何か手柄を立てねばナガスネヒコに顔向けできぬと」

　ホホデミは「そうか」と溜息をついた。

「どうやら私は、おまえの兄を討たねばならぬらしい」

「致し方ありませぬ。ですがホホデミ様がこの戦に勝った時、もしも兄が生き残っておりましたら、どうか許してやっていただけませぬか」

「兄を思う心や良し。その暁には、命までは取らぬと誓おう。だが、ひとりの民として生きるならばの話だ。心に決めたことを脅しひとつで翻すようでは、人を束ねる者としては足らぬゆえ」

「それで良うございます。それから鳥見山には、私と思いを同じくする者がおります。戦の折には、どうかそれらの降るを容れてやってくだされませ」

　これにてオトシキは、ホホデミの僕となった。

「さあて。それじゃあ戦うとするかえ」

　ウヅヒコが、さも当たり前とばかりに声を上げる。ホホデミの眉が、じわりと寄った。

「おまえはずっと落ち着いておったが、何かあるのか」

「そらそうや。ヤタを物見に出したん、わしですよ」

　ヤタガラスは長く高倉山を空けていたが、ずっと戻って来なかった訳ではないらしい。エシキとオトシキの兄弟を探り、知り得た話を報せに来ていたのだという。

「近いうちにナガスネが来るて聞いたもんで、こりゃ急がないかん思うて。ホホデミ様には会わせんで、すぐにオトシキを引き込みに掛からせたんですわ」

　オトシキを引き剥がせば、向こうは心の弱いエシキのみ。そうなりさえすれば鳥見山は楽に落とせると、ウヅヒコは踏んだらしい。

「けんど、そのためには墨坂の百が残っとらんにゃ、いけんかった。やけん墨坂を攻めんでくれって頼んどったんですわ」

話を聞いて、ホホデミは強く眉根を寄せた。

「それは良いとしても、私に何も知らせ置かぬとは」

「ホホデミ様、任せる言うたやねえですか。ひととおり整うたら聞かしぃ、言うて」

「え？　あ……」

思い出した。確かにそう言った。ひそめた眉が開きかけ、また締まり。目尻が下がる。この面持ちを見て、ウヅヒコは「ふは」と笑った。

「すんません。それでも耳に入れとかな、いけんでした」

「ああ、いや。まあ。そのとおりだ」

決まりの悪いものを覚え、しどろもどろに頷く。ウヅヒコが跪いて深く頭を下げた。

「お詫びに、きっと勝って見せるっちゃ。それも、できるだけ楽に」

誓う言葉には、溢れんばかりの熱い思いが満ちていた。

*

その日は磐余のオトシキに高倉山を任せ、百の兵を付けた。ヤタガラスは鳥見山へ物見に出ている。ホホデミと四百五十の兵は、高倉山を北に下りた野で息をひそめていた。空は未だ白む前だが、夜の色ではない。深い黒が青黒く変わる頃であった。

「そいじゃ頼むで」

「任せておけ」

ウヅヒコが小声を向け、菟田のオトウカシが頷く。そして明けやらぬ空の下、五十の女兵を連れて発って行った。

エシキの籠もる鳥見山へ至るには、二つの道があった。ひとつは北の墨坂に向かい、そこを固める百を蹴散らして谷間を西へ進む道。もうひとつが、たった今オトウカシと女兵が向かった忍《おっ》坂《さか》の峠道であった。

足音を殺し、ゆっくり進むオトウカシと女兵を見送る。それらの姿が半ばまで小さくなった頃、ミチノオミがホホデミの左脇で小声を出した。

「なあウヅヒコ。まことに女兵だけで良いのか」

心細いものを滲ませている。だがウヅヒコは、けろりと返した。

「女やから、ええんや」

「とは言うがな。忍坂から攻め上れば鳥見山とて迎え撃とうとするだろう。多くの兵を出されたらどうする」

ウヅヒコは小さく「はは」と笑った。

「どげんするも何も、そうなる思うて女《おなご》出したんや」

そして続ける。エシキは弟のオトシキが言うくらいに肝が小さい。ナガスネヒコを恐れ、手柄を上げて見せなければと焦っているのだ。何が何でも勝てるだけの数を回すだろう。

「八百《やお》のうち五百《いお》も出してくれたら、ありがてえなあ」

「おい。女の身とて兵には違いないが、使い捨てにするつもりか」

やり取りを聞いて、ホホデミは静かに「待て」と声を挟んだ。

「ウヅヒコと知り合うた日を覚えておるだろう。我らは潮を往なせずに苦しんでいた。そこを助けてくれたではないか」

そのような男が兵を、たとえ降ったばかりの者共であれ甲斐なく死なせるはずがない。言葉の裏に含ませると、ウヅヒコは「そういうこっちゃ」と頬を歪めた。

「なあオオクメ。丹敷戸畔に襲われた時や。おまえ、あの女ぉ矢で射たやろ。何でや」

オオクメが入れ墨の目をじろりと動かした。

「我らは数に見劣った」

丹敷戸畔の手下は四十ほどで、こちらは二百四十の兵を抱えていた。だが、あの夜に戦い得たのはミチノオミとウヅヒコ、オオクメのみ。立ち直ったホホデミが後から加わったものの、それでも四人だけだった。こういう戦いでは、何より相手の長を叩くのが効く。

これを踏まえて、ウヅヒコはなお問うた。

「わしらが数で勝っちょったら、射よったか？」

「知らん」

言いつつ、オオクメの目元は鋭さを失っている。ウヅヒコが「そやろな」と頷いた。

「こういうこっちゃ、ミチノオミ。男ちゅうんな女に甘えもんやど」

命のやり取りに於いて男に比べ得る女は少ない。女兵の姿を見れば、エシキの兵共はきっと侮る。女と戦うことに、やりにくさを覚えもするだろう。

「それに向こうの兵共は、しばらく里から離れちょうやろ。女ぁ見たら、残して来た連れ合いが恋しゅうなって、里心が付くかも知れん」

ミチノオミは「ふむう」と唸った。

「戦に倦んだ心を、さらに腐らせるのか」

「まあ、そやな。言うても戦やけん、まともに戦うたら女しは討たれちまう。オトウカシにゃ、戦うたらいかん言うてある」

ホホデミは「なるほど」と頷いた。ウヅヒコが何をしようとしているのか、今こそはっきりと分かった。

「肝の小さなエシキが、忍坂に多くの兵を向ける。我らが女兵はそれを巧く往なし、少しずつ下がって鳥見山から引き離す。我らが動く時を捻り出すために。そうだな？」

「はい。わしらはその間に墨坂を潰して、そっち側から鳥見山に攻め掛かるんですわ」

こちらの数を全て束ねれば五百五十、墨坂に備える百の兵くらいは早々と叩き果せたはずだ。だがその動きを見せれば、エシキは墨坂を助けるべく多くの兵を差し向けたに違いない。それでは、たとえ勝っても痛手を受けていただろう。遠からず襲い来るナガスネヒコとは、とても戦えない。

だからウヅヒコは、しばし墨坂を捨て置こうと勧めたのだ。そして今朝、忍坂から攻めると偽った。鳥見山の八百を二手に割れば、こちらが墨坂を襲った時、エシキは多くの助けを寄越せない。大きく傷を受けずに墨坂を抜き、手薄になった鳥見山を叩く。全てはその形を作るためであった。

「参ったな。おまえの謀には恐れ入ったよ」

ミチノオミが舌を巻く。オオクメも「全くだ」と呆れたように呟いた。

かくてホホデミたちは、ただ時を待った。菟田のオトウカシ率いる女兵が、相手方の物見に見付かるその時を。

青黒い空が深い青に変わる。後ろ側、東の空がじわりと白んでゆく。明け方、吹き抜ける冬の風が最も冷える時を迎えた。

そして。西へと続く峠道の奥から、遠く戦の声が渡って来た。

「始まったか」

ホホデミはキッと目を吊り上げ、自らの兵に腹の底からの声を向けた。

「右向けい！　我らはこれより墨坂を攻める。駆け足、進め」

手に手に剣を、弓を取って掲げ、頼もしい者共が「おう」と応える。四百の駆け足が冬の曙に枯れ野を踏み締めて行った。

囮となった女兵たち、迎え撃つエシキの兵たち、その声が左後ろに遠ざかってゆく。東の空にようよう橙色が滲み始めた頃、遠く向こうに墨坂の兵の姿が見えた。

「掛かれ！」

ホホデミの喉から大声が叩き出される。ミチノオミが「行くぞ」と叫び、百を連れて突っ掛けて行った。負けじと、ウヅヒコの百がこれに続く。

相手方は、ここに至って初めて「襲われた」と悟ったらしい。屯する兵が右へ左へ駆け回り、何とか迎え撃たねばと狼狽えていた。

「弓、構えい」

オオクメの割れた声が響き、ホホデミ率いる二百が足を止めた。皆が矢を番えて引き絞り、次のひと声を待っている。

ホホデミは腰に佩いたフツノミタマを抜き、高々と掲げた。

「輩《ともがら》の頭を越し、敵に矢の雨を降らせるぞ。放て」

振り下ろした剣の切っ先が墨坂に向く。弓の弦が揃って弾かれ、前を走るミチノオミやウヅヒコの頭を越えて行った。やっと身構えたばかりの敵方を、二百の矢が襲う。楯を持ち出すのが間に合わなかったのか、相手の兵がばたばたと倒れた。

「踏み込め」

ミチノオミの声が飛び、兵たちが「わあ」と喚いて攻め寄せる。いきり立った兵共にとって、矢の雨で肝を潰した者などものの数ではなかった。

ウヅヒコは少し右に回り、東側から相手方の横腹を抉る。前からミチノオミの兵、遠くからは矢の雨。墨坂の者共は浮き足立って乱れに乱れた。

ミチノオミとウヅヒコが剣を振るい、ひとり二人と片付けてゆく。オオクメ率いる弓方が五人、十人と退けてゆく。斬られて息絶える者、射られて斃れる者は引きも切らない。それらの姿を見るほどに、墨坂から多くの兵が逃げ出すようになった。

そして――。

「ようし。我らの勝ちだ！」

朝日が昇り始めた頃、墨坂の戦いは終わった。

ホホデミの兵には、手傷を負った者こそあれ、命を落とした者はひとりもいない。それを確かめている間に、鳥見山に遣ったヤタガラスが戻って来た。

「ウヅヒコの兄ちゃん！　聞いてんか。鳥見山、あんまり残ってへんよ」

跳ね回っているのは嬉しい時の癖である。見てきたところによれば、エシキは忍坂の女兵に四百を向けたそうだ。

「ホホデミ様。鳥見山、わしらと変わらんなってますわ」

しかもエシキの兵には、こちらに寝返ったオトシキと同じ思いの者がある。時を置かずに攻め込み、それを引き剝がすべしと、ウヅヒコが勇んで声を上げた。

「さあ！　行こうえ」

促されて、ホホデミは兵を進めた。

谷を流れる細い川に沿って西へ、西へ。鳥見山までは、高倉山から墨坂までの道のりを二つ重ねたほどに遠い。その間に、朝日はすっかり顔を出す。谷間の道に多くの兵、如何にしても時を食った。

昼を過ぎてなお進み、すっかり日が傾いた頃、向かう先に鳥見山の低い頂が見えた。強い西日が山を越えて降り注いでいる。こうなると戦は構えられない。生駒山でナガスネヒコに負けた時と同じ、目が眩んでしまう。その代わりに——。

「止まれ」

ホホデミは振り返り、皆の駆け足を止めた。見届けて再び山へ向き、天地の果てまで届けと声を張った。

「磐余の長・エシキよ、聞こえるか。日向のホホデミだ」

鳥見山は静まり返っている。人がいないのではない。山からは怖じけたものが漂っている。誰もが息を潜めているのだ。

「私は豊葦原と和み合うために、長く旅をして来た。しかし！　わぬしらの仰ぐウマシマデ、それに最も近しき僕たるトミビコは、話を聞こうともせず、騙し討ちにて我が兄を殺した」

とは言え、恨みを晴らすために来たのではない。我が望みは、飽くまで全ての民が心安く日々を暮らすことだ——この旅に賭けた思いを語ってゆく。

「ゆえに降る者は容れる。百を数える間に、我が前に跪くべし」

ひとつ。ホホデミが叫ぶ。二つ。ミチノオミが続く。三つ。ウヅヒコが声を張り上げる。次々と数えていくうちに、鳥見山から駆け出して来る者があった。百やそこらでは利かない。少なくとも二百の兵であった。どれも木や竹で拵えた鎧を纏っていて、梟帥ではないと分かる。

戦になるのかと、皆が身構えた。しかし。

「おや。あれは」

向かって来る兵のひとりが何かを抱えている。それが何であるのかは、眺め続けるうちに明らかになった。美豆羅に結い上げた髪。滴り落ちる血潮。人の首級《しるし》であった。

「日向のホホデミ様！」

三十も歩みを進めたほどの先で、首を抱えた兵が跪く。これに従い、駆けて来た二百余りが全て跪いた。

「ここな首級こそ磐余の磯城《シキ》彦《ヒコ》、エシキと呼び習わされる者にございます」

ホホデミは「おお」と声を上げて迎え、胸の内では「嗚呼」と嘆いた。戦の後にエシキの命があらば、ひとりの民として生かしてやる。オトシキにそう誓っていたのに、哀れ彼の者は首だけの姿となり果てていた。

「この首を以て、我らの降るを容れてはいただけませぬか」

「分かった。わぬしらは、今日より我が僕である」

跪いた磐余の兵たちは胸を撫で下ろすが如く、喜びの息を漏らした。

兵共の裏切りによって、鳥見山の戦いは終わった。

山にあった四百の半ばまでは降り、残りは何処かへ逃げ去っていた。忍坂の女兵にも四百余りが向けられていたが、これらは負け戦を知ると全てが降って来た。

この戦いに勝ったことで、ホホデミの兵は千と百を数えるまでに膨らんだ。

十一　日輪

鳥見山から今少し西へ進み、谷を抜ける。そこには見渡す限りの野が広がっていた。かつて高見峠から眺め下ろした頃――実りの時には黄金の海だったが、寒さ厳しい今となっては土の黒と枯れ草の薄茶ばかりが目立つ。

彦火火出見《ヒコホホデミ》は思った。それでもやはり豊葦原は美しい、と。

野を囲う低い尾根の連なりは冬でも青に覆われ、赤や黄の塊にぽつぽつ彩られている。高見峠の時にも思ったが、山に木の少ない日向では思いも寄らぬ眺めである。にも拘らず慕わしいものを覚えるのは、瓊瓊杵《ニニギ》の兄が拓いた里だからなのか。或いは野の有様が、日向の北にあった面土と似ているせいかも知れなかった。流れる川は概ね細く、低い野にも田畑が広がっている。

「ホホデミ様。あちらです」

野山に目を奪われていると、弟磯城《オトシキ》が呼ばわった。指差す先を見遣れば里がある。

「何と大きい。これが磐余か」

「はい。我が故郷にして、これよりホホデミ様の治める里にございます」

濠と壁に囲われた里の構えは、他の里と同じである。だが、それが幾つも寄り集まっている様は面土に近い。初めはひとつだけだったものが、長くかけて人が増え、次また次と作り増されたのだろう。取りも直さず、それは豊葦原の土が如何に肥えているかの証であった。

「おや。あれは」

里の北側、右手の奥まったところに山があり、ホホデミの背にある鳥見山と共に野を挟んでいる。里の群れの陰になって確とは分からないが、その山裾と思しき辺りから煙が立ち上っていた。

「オトシキよ。磐余では眞金を多く作っておるのだったな。あれは野踏鞴か」

目を輝かせて問うと、嬉しそうな頷きが返された。

「如何にも。あれは三輪山と言って、鍛の匠たちが住まうところです」

「はて。何ゆえ鍛は里に住まぬのだ」

首を傾げていると、オトシキは頷きながら「それは」と返した。

「眞金の値打ちが高きに過ぎるから、とでも申しましょうか。今に至っても眞金を打てない里は多くありますが、三輪山では遠く古より鍛の技を持っておりました。その頃から豊葦原の民に敬われておる手前、下手に里に住めないようになってしまったという訳です」

ホホデミは「はは」と笑った。

「神の如き扱いだな」

「民の中には、まことに神の如く敬う者もおりますよ」

話しながら磐余へと進み、幾つもの里が寄り集まった真ん中、最も大きなひと固まりに至る。長の宮がある里であった。

土橋のすぐ前まで来ると、ホホデミは後ろへ向いて声を上げた。

「皆々、長らくの戦で疲れていよう。新たに加わった兵のうち、この里に住処がある者は、ひとまず戻って良い。他はそれぞれの里を訪ね、寝起きするところを借りるように」

連れている兵のうち七百は、元々が磐余の兵だった。それらは久しぶりに里へ戻った喜びで、すぐに自らの住まいへと帰って行った。残る四百ほどは、日向や吉備から従って来た者、菟田から従った者、吉野の邑長たちが伴って来た者たちである。オトシキによれば、磐余には三千を超える家が構えられているらしく、このくらいの数なら家々の物置などに迎えてもらえるということであった。

「では宮へ参りましょう」

オトシキに促され、ホホデミは「しばし」と返した。

「先の野蹈鞴を見に行きたい。鍛の長にも会うてみたいのだが」

磐余が長髄彦《ナガスネヒコ》に背いたのは、元を糺せば鉄を安く吸い上げられていたからである。鍛たちも面白く思ってはいなかったろう。日向のホホデミがこの里を従えたからには、そのようなことはなくなると言っておきたかった。

「まずは心を安んじてもらいたいのでな」

珍彦《ウツヒコ》が「そりゃええ」と手を叩いた。

「ナガスネに眞金ぇ渡さんごつなりゃ、わしらも戦いやすうなりますけんな」

「それもある」

苦笑いで返し、ホホデミは皆を連れ、オトシキの導きで三輪山に向かった。

濠で囲われた里の集まりは、里と里の間も濠で隔てられている。裏手の三輪山へ向かうには、互いを繋ぐ土橋を渡り、四つの里を通って行かねばならなかった。

「さて、ようやく三輪山ですぞ」

オトシキは軽く息をつき、関を守る兵に言い付けて扉を開かせた。すると。

「これは」

ホホデミは目を見張った。里の裏手、三輪山の麓は枯れ葦の野であった。野蹈鞴の煙が見えたからには葦があり、その根に付く鈴石を使っているのだろうと思ってはいたが、見込みより遥かに目覚ましい眺めではないか。

「吉備の葦原どころではありませんな」

道臣《ミチノオミ》も目を丸くしている。然り、吉備の葦は川沿いに多く繁っていたが、ここは野という野が全て葦で埋め尽くされている。吉備の葦を十から二十も集めないと、こうはならない。

「豊かな葦原か。豊葦原と呼ばれる所以《ゆえん》だな」

ホホデミは酔い痴れたように呟いた。遠く昔から鉄を作り、それを以て里は栄えた。鉄の鍬で肥えた土を耕し、多くの米を得て人が増えたのだ。まさに塩土《シホツツ》が言ったとおりの、豊かで美しきところである。

「さあ参りましょう」

オトシキの声に、びくりと身を震わせて「ああ」と返した。

葦原の中には、人が二人並んで通れるほどの道があった。獣道に近い。これをしばし辿って山裾の野に至る。この辺りは葦を刈り尽くしたのか、黒々とした土の他には何もなかった。

その中で、野蹈鞴は行なわれていた。七人の男たちが蹈鞴を見張っている。

「か――」

鍛の匠たちよ。オトシキは、そう声をかけようとしたのに違いない。だがその矢先、鍛たちは揃って山に向き、跪いて柏手を打った。

どうしたのか。見ていると、麓の森から人影が出て来た。

娘であった。細身の体は生まれて十と五、六年といったところか。大きな目が澄んで美しく、色白の丸い顔と相まって何ともかわいらしい。

「あれは？」

ホホデミの問いに、オトシキが頷く。そして娘に向けて声を張った。

「五十鈴《イスズ》媛《ヒメ》」

イスズと呼ばれた娘がこちらを向いた。

「那岐《ナギ》様」

オトシキは「磯城の弟」ということであり、そう呼び習わされているに過ぎない。初めに聞いていたとおり、正しくは名を磯城《シキ》那岐《ナギ》という。イスズはその名を口にするも、どこか戸惑ったものを漂わせていた。

「そちらの皆さまは？」

なるほど、初めての顔が多くあって少しばかり驚いたようだ。それと見て取り、オトシキが笑みを向けた。

「こちらは我らが新しき長である。日向のホホデミ様と、兵を率いる梟帥たちだ」

イスズの面持ちは、なお変わらない。と、オトシキが小声を寄越してきた。

「三輪山の長、事代主《コトシロヌシ》が娘です」

声をかけてやって欲しい。ホホデミの声と語り口は人の心を落ち着かせる。そう言われて、ひとつ前へ歩みを進めた。

「私がホホデミだ。恐がらずとも良い。我らは媛と三輪山の鍛を守る者である」

努めて柔らかく語り掛けるも、イスズの戸惑いはさらに強くなってしまったらしい。頬を赤らめ、どぎまぎと「あの」「ええと」を繰り返している。

「よろしく、お、お頼みします」

それだけ言うと、そそくさと山に紛れてしまう。ホホデミは眉をひそめた。

「私は戦いの末にこの里を手にした。恐れるなと言うのが、間違っておるのやも知れぬ」

「いや？　違うでしょう、それは」

オトシキの顔が、今にも笑い出しそうに緩んでいる。訳が分からない。どういうことかと後ろを向けば、大来目《オオクメ》の面持ちが沈んでいた。

「わしか……」

「おまえじゃ。恐えっちゃ、その入れ墨が」

ウヅヒコはそう言いつつ、こちらの顔を見て目をにやにやさせる。頼りにならぬと弟猾《オトウカシ》を向けば、これも同じような顔であった。何だ、これは。いささか腹立たしい。

「おまえたち、揃いも揃って何だ」

「え？　ああ。日を改めたが良かろうという話ですよ」

ミチノオミが、くすくすと肩を揺らす。オトシキが「はあ」と息をついた。

「コトシロヌシに会う日は、私が追々定めるとしましょう」

やはり面白くない。しかしイスズがああまで戸惑っている中で、山に入るのも憚られる。

「分かった。それにナガスネヒコとて間もなく来るはずだ。どう戦うか定めておかねば」

溜息をつき、ホホデミは踵を返した。ミチノオミたちは相変わらず含み笑いで付いて来る。そうした中、オオクメはひとり萎れていた。

道すがら、冷たい風が野を抜ける。獣道の脇でざわざわと葦が揺れた。枯れ葦の漂わせる匂いが馨《かぐわ》しい。そう思うと、ホホデミの胸に湧き出してくるものがあった。

この里を守りたい。長となったから、だけではないのだ。先に見たイスズヒメの如く、穢れを知らぬ者もいる。全てがこの身を頼んでいると思うと、先ほど覚えた腹立ちも消えていった。

*

磐余のオトシキが寝返った時、ナガスネヒコは既に動いていると聞かされていた。それでもホホデミは敢えて三日、兵たちを休ませることにした。少しなりとて疲れを抜いておかねば、あの猛々しい男とは戦えないと踏んだからである。

だがナガスネヒコは、その三日を待ってくれなかった。

磐余に入って二日目には、野の果てに人の群れが現れる。漆で固めた鎧を纏い、寄り集まって歩み寄る様は、さながら黒い塊であった。

「分かってはいたが、何という数だ」

ホホデミは先まで兄磯城《エシキ》が拠っていた鳥見山に兵を入れ、頂に立って野を眺め下ろした。

空には分厚い雲が垂れ籠めて、昼だというのに仄暗い。鈍色の空の下、敵方の兵が纏う鎧の黒が寒々しく映る。それが百ほど固まって、ここにひとつ、向こうにひとつ。そこにも、あちらにも。ナガスネヒコの兵は二十の固まりに分かれて鳥見山を囲んでいる。

「困りましたのう。戦にならんほどの違いやねえんですが」

ウヅヒコが眉をひそめた。こちらの兵は千余り、戦い方によっては数の違いも覆せる。しかし如何にせん、兵たちの疲れが抜けていない。

「どうします。少しなりとて防ぐためには、二つの手立てがありますが」

菟田のオトウカシが腕を組んだ。こちらも兵を二十に分けて山を囲む各々に当てるか、或いは山に籠もって押し寄せる敵を矢で追い払うかだ、と。

ウヅヒコが「む」と唸って、重そうに口を開いた。

「兵を分けるんは、いけんやろ。ひとりで二人を相手にするんたあ訳が違うっちゃ」

数だけを比べるなら、ひとりが二人の相手をすれば済む。だがナガスネヒコにしてみれば、こちらのひとりに必ず二人を当てねばならぬ筋合いなどない。

「ひとりが揉み合うちょんなら、そこは任せちまえば済む。わしらの兵が千《ち》の数を相手にしちょう間に、向こうは残りをまとめて鳥見山に寄せたらええ」

「そうだな。しかも俺たちの兵は元々、ほとんどが豊葦原の者だ」

溜息交じりにミチノオミが頷いた。兵の数こそ千と百を数えたが、そのうち七百は磐余の者、百は菟田の者である。それらにとって、やはりナガスネヒコの名は恐ろしかろう。疲れを残した今は、なおのことだ。ひとりが恐れるくらいなら障りないが、恐れる者が十、二十、百とあれば、他の者も引き摺られて怖じけてしまう。天香山《アマノカグヤマ》が言っていたこと——百のうち十が右を向けば他も「何があった」と右を向く、という話だ。

　これが数というものの恐さか。ホホデミは目を瞑り、ぐっと奥歯を噛む。しかし、すぐに再び瞼を上げた。

「カグヤマは我らに与する者を集めると言っていたが、おまえたちの他にはいないのか」

　オトウカシとオトシキを向く。オトウカシが「さあ」と俯いて眉を下げた。

「可美真手《ウマシマデ》様に近しき中には、そういう者もあると聞いておりますが」

「頼りきってはならぬ……か」

　だとすれば、しばし鳥見山に籠もって守りを固めるしかない。矢を放って追い散らせば、向こうの数も少しずつ殺がれてゆくのだ。

「とは言え、長くは戦えぬ」

　エシキと戦った時は、まず固く守り、相手が戦に倦むのを待って八十梟帥《ヤソタケル》を蹴散らした。しかしナガスネヒコに同じ手は効かぬだろう。効き目がないと言うより、戦が長引けばこちらの兵こそ萎えてしまうに違いないのだ。疲れとナガスネヒコへの恐れゆえである。

　どうするべきか。菟田を従え、磐余を手にした今となっては、それら二つの里を守りたい。この身を頼みとしてくれる者を守りたいのだ。しかし――。

「日向の盗人よ」

　迷うホホデミを嘲るように、日の届かぬ薄暗い野に声が響いた。山々に跳ね返り、木霊して幾重にも聞こえる。がらがらに罅割れたこの声は耳に覚えがあった。ナガスネヒコだ。

「どうしたのだ。我が豊葦原を掠め取りに来たのであろう。この登美彦《トミビコ》が出迎えてやったというのに、何をするでもないのかね。ああ！　そう言えば風の便りに聞いておったな。生駒山で傷を負うた者、うぬが兄だというではないか。野垂れ死にしたらしいのう。小うるさい蝿の如き男には似合いの死に様よな。ゆえに、その弟も恐れて何もできぬという訳か」

　げらげらと笑い声を上げている。ホホデミは嚙み割らんばかりに歯ぎしりした。

　何という男か。誇り高き兄を、五瀬《イツセ》を！　しかも黄泉に渡った者を、こうまで辱《はずかし》めるとは。騙し討ちにしておいて、それを誇るが如き物腰は卑しきに過ぎる。恥知らずめ。許すまじ。腹の内に熱いものがこみ上げてくる。

　もっとも今は、怒りを抱いてばかりもいられなかった。鳥見山の山肌が、ざわついた声に満ちている。兵たちが恐れているのだ。

「まずいですぞ。このままでは」

　ミチノオミに促され、ホホデミは「ああ」と頷く。初めから兵を萎れさせてなるものかと、声を限りに叫び返した。

「黙れ！　語るに落ちるとは、わぬしのことだ。まず、この豊葦原を何と申した。我が豊葦原と申したな。違う！」

　豊葦原の長はウマシマデではないか。それを「我が」と言うのは、おまえこそこの里を私せんとしておるのだろう。ナガスネヒコを咎めるその叫びは、次いで鳥見山の兵に向いた。

「我が兵共よ。私はこの豊葦原を、我が曾祖父と血を分けたこの里を安んじるために来たのだ。たった今我らを蔑んだ男こそ、まことの盗人だ。穏やかに暮らしていたこの里を、戦ばかりの恐ろしき里に作り替えた、あやかしである」

今や豊葦原は周りの里から疎まれている。このままでは、いずれ周りが力を合わせ、逆しまにこの里を取り囲むに違いない。

「分かるか、我が兵たちよ。わぬしらが恐れるトミビコは！　ナガスネヒコは！　豊葦原を盗むのみならず、わぬしらの明日をも盗もうとしておるのだ」

山肌のどよめきが消えた。ホホデミは辺りを見回し、ナガスネヒコが再び口を開く前にと、自らの梟帥たちに素早く言い付けた。

「ミチノオミ、オオクメ、オトウカシ、オトシキ。すぐに兵の許へ向かえ。皆の心を支えるのだ」

四人が「はっ」と返し、山肌を駆け下りて行く。それに合わせるかのように、げらげらと汚い笑い声が飛んで来た。

「わしを盗人とは呆れた言い種ぞ。聞けよ日向のホホデミ。わしこそが、この豊葦原を守ってきたのだ。余所の里に優る眞金を持ち、これを使うて他を潰す！　この里を安んじる何よりの道だとは思わぬか。それが分からぬ者は長たるに足らず。兄と同じで、糞に集る蠅であろうが」

ホホデミはキッと目を吊り上げ、なお叫び返した。

「それは違う。私とてこうして戦に臨んでいるからには、争いの全てが悪しきものだとは言うまい。しかし！　端から力で従えるのみでは、周りを頑なにするのみぞ」

ホホデミの心が、熱く、熱く、言葉に乗った。まことに里を守るとは、まず互いに和み合う道を探ることである。それを良しとせず噛み付いて来る浅はか者があれば、その時こそ戦って従えれば良いのだと。

「聞けよトミビコ。いいや！　手足ばかり長く育ち、心が小さきままのナガスネヒコよ。先より重ねがさね我が兄を罵りおるが、兄・イツセは尊き人となりを以て兵たちを束ねておった。わぬしはどうだ。恐れさせ、締め付けて、人を物の如く扱うのみではないか。されば心から従う者も少なきはずだ。それすら分からぬなら、ただの愚か者と言わせてもらおう。人の上に立つべき身にあらず！　戦って下すべき者とは、わぬしが如く心根を腐らせた卑しき奴輩である」

　ナガスネヒコは、なお笑った。その笑いは少しずつ狂おしく歪み、そして——。

「たわけが！　世に臨み何かを物申すなら、自らの吐いた言の葉に見合う務めを果たさねばならぬのだぞ。今の戯言《ざれごと》に見合う務めを、うぬは果たせるのか。わしには果たせる！　力を持つがゆえだ。わしが、わしこそが豊葦原ぞ。うぬが如く力なき者は、ここで朽ち果てるに相応しい」

　狂い、いきり立ち、またも高らかに笑い。

　そして、ナガスネヒコは叫んだ。

「掛かれ兵共よ！　ホホデミの首を落とし、舌を引き抜いて我が前に晒すのだ」

　この声に押され、野に屯していた黒い塊が駆け出した。ナガスネヒコの猛々しいものに当てられて、けたたましく喚きながら迫って来る。

「我が梟帥たちよ。兵たちよ！　迎え討て」

　ホホデミの声に応え、また山肌に散った四人に促され、鳥見山から矢の雨が降らされた。だが寄せ手は巧みに楯を使ってこれを防ぎ、射貫かれて倒れる者はわずかであった。

「放て！」

「怯むなよ、それ」

オオクメの声が響く。ミチノオミが兵を励ます。ついに始まった戦を見つめながら、ホホデミは厳しく声を上げた。

「カラス、これへ」

「おいら？　何？　何したらええの？」

いつものとおり、八《ヤ》咫《タ》烏《ガラス》は笑いながら跳ね回っている。戦だからとて、子供の如き様は変わらない。そこが、かえって頼もしく思える。

「今ではない。日暮れになれば互いに戦を収める。その時に、すかさず相手の兵を探れ」

どこかに綻びはないか。心を弱くしている者はないか。それさえあればとウヅヒコを向く。

「先にも言ったが、長くは戦えぬだろう。勝ちを捥ぎ取るには、おまえの頭が要る」

かつて生駒山でナガスネヒコに襲われた折、後ろを脅かす名草の兵を、ウヅヒコは言葉ひとつで退けた。丹敷戸畔に襲われた時には、長が奮い立てば萎れた兵の心に火を点けられると言い、果たしてそのとおりになった。

エシキとの戦いに於いても、ウヅヒコは諸々の手立てを考えてきた。相手方の数に尻込みした兵を奮い立たせるべく、偽の祈いで心を励ました。八十梟帥を討つため、まず敵の兵を戦に倦ませた。オトシキの揺れる心を追い詰めて寝返らせた。相手方の兵を割るため、エシキの弱い心を衝いて女兵を囮に使った。女兵の姿を見せて相手方を侮らせ、戦いに臨む心を緩ませた。

どれも人の心の隙間を衝くやり方だった。この戦いを長引かせずに勝つなら、そうした手立てが要る。

「カラスが何か嗅ぎ付けなば、それを使うて寄せ手を崩せ。ここから戦を見て何か分からば、そこから相手の傷を広げるのだ」

「よっしゃ！　頼まれましたど」

ウヅヒコは大きく頷き、ヤタガラスを相手にひそひそと話し始めた。何を探れば良いか、どう揺さぶれば良いか、こと細かに説いて聞かせているのだろう。

ホホデミは「頼むぞ」と胸の内に呟き、戦へと目を戻した。

ナガスネヒコの兵が鳥見山に向けて突っ掛け、山から射出される矢が少し押し返す。それを繰り返しながらも、敵方はじわじわと囲みを狭めてきた。しかも大きく数を損なっていない。

「さすがに強い」

ナガスネヒコという猛々しい男に従うだけあって、兵はひとりひとりに至るまで良く鍛えられていた。剣を振るい、矛を払い、矢の雨を叩き落として押し寄せて来る。そうやって力の限りに戦う敵を見るたび、ホホデミは空を仰ぎ、当てが外れた思いに歯噛みした。

大回りに海を進んで東側から豊葦原に入ったのは、日を背にして戦うためであった。相手の目を眩まし、ナガスネヒコの率いる強い兵と渡り合うためだったのだ。なのに、空には冬ならではの厚い雲が横たわっている。

「が、この雲も少しは助けてくれようか」

憂いを胸に戦へと目を戻す。日の短い冬、曇り空によって日暮れの時はさらに早まる。もう少しで山から射出される矢も見え辛くなるだろう。その時まで踏ん張れば、少しなりとて相手の数を減らせるかも知れない。

しかし、やはりナガスネヒコは手強かった。いつもより早い夕暮れを見て取るや、あっさりと今日の戦を収め、兵を下がらせてしまった。

　それでも、とりあえず今日を凌いだ。ホホデミは「ふう」と息をつく。ちらりと見れば、ヤタガラスが衣を脱ぎ、暗がりに紛れて走り去って行くところであった。

*

　空は晴れない。むしろ日に日に雲が黒くなってゆく中、詰め寄る敵を矢で追い払うのみ。同じことを繰り返す日々に、兵の心に憂いと恐れが膨らんでいった。

　夜ごと物見に出ているヤタガラスは、今日も明け方に帰って来た。ホホデミはすぐに自らの梟帥を集め、縋る思いで問うた。今日こそは何か良い話があるのではないか、と。

「どうであった」

「あかんわホホデミ様。向こう、喜んどるばっかりや」

　にこにこと笑って答える。この顔はいつものとおりだが、苛立ちが募って溜息が漏れた。

「笑いながら言うことではない」

「そうなん？　あ、そや」

　思い出したように言葉が続く。もしや何か良き報せがあるのかと、ホホデミは勇んで身を乗り出した。が、ヤタガラスの口から出たのは最も悪しき報せであった。

「向こう、数が増えたで」

　昨日、夕闇の頃。ナガスネヒコの後ろを支えるべく、さらに兵共が来たという。数はこちらの兵――もう八百しか残っていない――の半ばより多いという。

「何たる……。梟帥は如何なる名だ。探り果せたか」

「それな！　向こうの兵が言うとったで。ウマシマデ様、ウマシマデ様って」

皆の顔から力が抜けた。ミチノオミが口をぽかんと開けている。オトシキの目は虚ろ、オトウカシの眉はきつく寄っている。

「数がどうやら、ちゅう話やねえど」

「ああ。ウマシマデが出て来ては」

ウヅヒコが頭をがりがりと掻き、ミチノオミがうわ言のように呟いた。

そのとおりだ。向こうは日々こちらを押している。そこへ豊葦原の長が来たとあっては、いやが上にも心に張りが生まれよう。

「ホホデミ様。このこと、兵共には知らせぬがよろしいかと」

「そうです。寝返る者が出るやも知れませぬぞ」

オトウカシとオトシキも苦しげに言う。心が弱くなっているのだ。

しかし。知らせずにいたとて同じではないのか。向こうの戦ぶりが力強さを増せば、兵たちは何かを悟るだろう。そうでなくとも、ナガスネヒコが大声で「ウマシマデが来た」と喚き立てれば――。

勝てない。皆の心がそれを認め、冷え始める。そこへオオクメが短く問うた。

「雲は？」

常と変わらぬ声、入れ墨で縁取られた鋭い目元に、憂いを捻じ伏せようという思いが宿っている。皆の眼差しが集まると、オオクメは重ねて問うた。

「雨か雪は降らぬかと訊ねておる」

ミチノオミが「あ」と我に返った。

「俺の日読みは田作りの技だ。こういう話では当てにならんと知っておるだろうに」

「他に手がない」

確かにオオクメの言うとおりであった。空を覆う黒雲のせいで、日を背にして戦うことができないのだ。ならば雨や雪の力を借りるしかない。皆の目に「頼む」を見たか、ミチノオミは困り顔で頷いた。

「やれやれ。間違ったとしても、悪く思うなよ」

未だ薄暗い空へと顔を向ける。日を読むのと違って、これには長くかかった。時折ぶつぶつと何か呟き、指を嘗めて風向きを調べている。

「……降るだろうな。かなり冷えておるから、きっと雪だぞ。早ければ今日だ」

「遅ければ？」

オオクメの問いに、ミチノオミは空から目を下ろした。

「詳しくは分からんが、四日のうちには」

オオクメが「なるほど」と頷き、こちらに向いた。

「雪が降ったところへ引き込み、足を鈍らせて矢で仕留める。如何です」

「待て。ミチノオミは積もるとまでは言っておらぬぞ」

ホホデミは顔を渋くした。だがオオクメは「同じです」と顔色ひとつ変えない。

「あまり積もらねば、踏み固められる」

「あ。そうか、滑るな」

日向では雪など稀にしか降らなかったから、そこまで思い至らなかった。オオクメが生まれ育ったところ、筑紫でも北寄りの里では違ったのだろうか。

如何にしても、そこに賭けるしかない。見回せば、皆もそれで肚を決めたようであった。

引き続いて固く守り、何としても堪えるべし。そして雪を待ち、鳥見山に引き込んで矢を浴びせる。ただひとつ残された戦い方を確かめ合い、皆は自らの持ち場へと散って行った。

*

その日は降らなかった。次の日も。

しかし三日目は、明け方から降った。ホホデミは空を向いて右の掌を差し出し、暗い空から落ちるものを受け止めた。

「霙《みぞれ》か」

竹を組んで作った鎧、表に張った鉄の上で、雨交じりの緩い雪がびちゃびちゃと音を立てる。

望んだとおりの雪ではなかったが、それでも構わぬところであった。しばし降り続けば、山肌は泥濘《ぬかる》んで滑りやすくなる。浅い雪を踏み固めるのと同じで、押し寄せる敵の足を掬うことはできるのだから。

「ミチノオミ、オオクメ」

二人を向けば面持ちが引き締まっている。今日、これが生きるか死ぬかの戦になると肚を据えているのが分かった。

「おまえたちは各々二百《ふたもも》を連れて、打って出よ。力の限り戦うべし」

そして偽って負け、ナガスネヒコの兵を山に引き込む。もっとも、偽らずともそうなるはずだった。向こうは全てを動かせば二千と五百、しかも強い。こちらの四百などひと捻りだろう。打って出た者は、自らの身を守るためだけに力を尽くせば良い。

「頃合を見てカラスに叫ばせる。それを聞いたら山へ戻り、道を外れて森に紛れよ」

ヤタガラスが「任せてや」と跳ね回る。ミチノオミとオオクメは「はっ」と柏手を打った。

次いで、ホホデミはオトウカシ、オトシキの二人に向いた。

「二人は弓持ちを二百ずつ連れて、山肌の森に潜め。踏み込んで足を滑らせた相手方を狙い撃ちにせよ。それからウヅヒコ」

「はい」

「今日は物見に出てくれ」

ミチノオミとオオクメは、きっと苦しい戦を強いられる。これを相手にすれば、敵は勝ち戦に驕るだろう。山裾に潜み、それを見て取ったら直ちに報せよと言い付けた。

敵が驕り、昂り、ホホデミは弱いと侮る。そうした心の隙、緩みができれば、山肌が滑るだろうという当たり前のことを忘れて突っ掛けて来るに違いない。過たず罠に引き込むためには、ウヅヒコの目と頭が欠かせなかった。

「おまえは人の弱みに付け込むのが巧い。敵の心とて見通せるはずだ」

「分かりました。やけんど、わし、何か嫌な奴のごたる言われ方やなあ」

ウヅヒコは苦笑いで頷く。ホホデミは「違うよ」と軽く噴き出した。

「頼みにしておるということだ」

踏み込んだ者が次々と射られたら、向こうは浮き足立つ。その時こそ皆で山を下り、ナガスネヒコを蹴散らすべし。改めて戦の組み立てを確かめ合い、ホホデミは「行くぞ」と声を張る。皆が「おう」と返し、それぞれが為すべきことのために散って行った。

いつもなら夜明けが近い頃だが、この空の下では未だ朝の闇が濃い。その中で、しばし鳥見山には静かな時が流れていた。霙の落ちる音と、風の音だけが聞こえる。風はいささか強く、雪より冷たい霙が顔の右側を横殴りに叩いた。

霙が目に入り、瞬きをする。幾度かそれを繰り返すうちに、山を包むものが変わった。今日の戦に臨む備えが終わったのだ。

野に屯するナガスネヒコの兵も、これを悟ったらしい。晴れることのない朝闇の中、黒々とした鎧の群れが膨らんだかに見えた。

「いざ、打って出よ」

声を限りに呼ばわると、鳥見山の山裾から「わあ」と喚き声が上がった。ミチノオミの二百、オオクメの二百が剣や矛を構えて駆け出す。兵たちはそれぞれに固まったまま、最も近い敵方へ突っ掛けて行った。

「カラス、山肌を見ておけ。泥濘《ぬかるみ》ができたら戻って来るように」

「はいな！」

ヤタガラスにも務めを言い付け、ホホデミは山の頂にひとりきりとなる。右手に長兄・イツセの形見となった長弓を持ち、腰に布都御魂《フツノミタマ》を佩いて、戦を動かす時を定めるべく山裾の様を見守った。

初めは、こちらが押していた。

敵のひと固まりは百、そこにミチノオミとオオクメが各々二百で襲い掛かったのだから、向こうが苦しくて当たり前である。兵たちには「自らの身を守れ」と言い付けたが、そうした戦いで身を守るばかりの者はいない。倒せる時に倒す、それが兵というものだ。

「ひとつ潰したか」

空がわずかに明るさを増した中、敵が大きく乱れて構えを崩した。百の兵は——未だ黒い塊にしか見えないが——半ばまで数を減らしたようで、少しずつ逃げる者が出始めている。オオクメとミチノオミ、どちらの率いた兵かは分からないが、兵が二人掛かりで敵のひとりを襲い、それを続けて蹴散らしたのだろう。

このまま勝てるなら何よりだ。が、そう巧く運びはすまい。何しろ向こうには百ずつの固まりがあと二十四もある。

思ううちにも、ナガスネヒコは次々と新手を繰り出してきた。二手に分かれたミチノオミとオオクメ、それぞれに百の固まりが三つずつ群がる。前を抑えられ、右からも左からも斬り掛かられて、こちらの勢いはすっかり止まった。

また少し明るくなった空の下、揉み合いを見下ろしながら、ホホデミは呟いた。

「皆、頼むぞ」

身を守るのは、ここからだ。少しでも多くの者が命を繋いだまま、相手方を山に引き込んで欲しい。オトウカシとオトシキの率いる弓が、必ず向こうの兵を叩いてくれる。

祈るが如き思いで、激しいぶつかり合いを見守る。しばらくそうしていたのだが、ふと、ホホデミはおかしなものを覚えた。

「うん？」

風に煽られて頬に当たる霙が、少なくなったように思える。或いは肌が冷えすぎて、分からなくなっているのだろうか。

いや。違う。右の頬に左手を当ててみて分かった。霙は確かに少なくなっている。先から少しずつ空が明るくなっていたのは、時が過ぎたためではない。霙を落とした雲が黒さを失い、薄くなってきたからなのだ。

「何たる……」

長くかけて積み上げたものを、ただのひと息で吹き崩されたような思いを味わった。この旅に出た切っ掛け――日向で田の土が流された時と同じだ。勝つための手立てが、こうまで早く失われるとは。自らの、人の力の何と小さきことか。如何にしても人は天地の理には勝てない。それを突き付けられている。

「カラス！」

大声を上げて呼ぶ。ヤタガラスが至るまでの間、じわじわと押される自らの兵を、やきもきしながら眺めるばかりであった。

「ホホデミ様あ。どしたん？」

やっと来た。訝しげな顔を迎え、ホホデミは食い付くが如く問うた。

「山肌はどうだ。緩んだか」

「ええ？　まだやよ。葉っぱがあるんやから」

「やはり」

ホホデミは呻く他に何もできなかった。ヤタガラスの言うとおりだ。豊葦原の山は冬でも青い葉を湛えている。それに遮られては、土に落ちる霙は少ない。もっと長い間、降らねばならなかったのだ。

また少し空が明るくなっている。霙はもう、ほとんど落ちて来ない。ただただ、ことさらに強さを増した風が吹き付けるのみ。

戦場では、打って出た四百が崩れかけていた。前から、右から、さらに左から襲い掛かられ、為す術なく叩かれている。

「うっ」

見遣る先に血煙が舞った。ひとつや二つではない。首を掻き斬られ、そこから勢い良く噴き出したものが、薄暗い中で七つ八つと赤い霧に変わっている。

揉み合いの中、黒い鎧が矛を振り下ろした。こちらの兵が剣を振り上げたかに見えた。だが、それは得物で受け止めようとしたのではない。恐れ、怯えて、頭を抱えたのみ。

こちらの兵は、もはや戦う者ではなくなっていた。頭を抱えた手ごと矛に叩き割られ、赤黒いものを撒き散らしては斃れてゆく。そこでも、向こうでも、同じ有様が繰り広げられた。どれだけ討たれたのか、それさえ分からない。

「私は」

さっと頭から血が引き、眩暈《めまい》がした。

戦うと決め、皆に戦えと言って、どれだけの兵を死なせてしまったのか。そもそも、この戦い方は正しかったのか。

こうするより他に手立てはなかった。それは間違いない。しかし。

ミチノオミの空読みは、雲行きの話に於いて確かではないのに。雪が降ると見立て、それに近い霙は降ったが、その先——いつまで降り続くかは読めないと知っていたのに。

そのような、あやふやなものに賭けてしまった。賭けざるを得なかった。それだけでも己は、人の上に立つ器として足りないのではないか。

「私は……どれだけ人を殺した」

戦場では今も次々に兵が死んでいる。先まで人だったものが、もの言わぬ骸へと作り替えられている。ただの肉の塊へと。

風はなお強い。寒さを覚えるごとに、それとは違う震えが身を襲った。

丹敷浦で女盗人に襲われた夜、我が心は萎えていた。戦わずに皆を逃がすべきではないかと思っていた。だが、あの貝輪——吾平津《アヒラツ》の思いに背を押されて戦い、兵たちの心に再び火を灯した。

そして揺るぎない思いを得た。旅を諦めれば、死んだ者の命が値打ちを失うのだと。命懸けの旅に出たからには、皆の命に高い値打ちを与えねばならないのだと。

長兄・イツセは矢傷を負い、それが元で死んだ。次兄・稲飯《イナヒ》は嵐の海に呑まれた。三兄・三毛《ミケ》入野《イリノ》も同じ海で世を去った。自らが助からないと悟り、より多くの者を生かすために命綱を断ったのだ。だからこそ己は心を定めた。兄たちの死を甲斐なきものにしてなるものかと。

しかし。しかし！　それは正しかったのか。

「天照《アマテラス》様。月読《ツクヨミ》様、素戔嗚《スサノヲ》様！　教えてくだされませ」

空を仰いで狂おしく叫ぶ。天津神は答えてくれない。見上げる先では、強い風に煽られた黒雲が恐るべき速さで流れるのみであった。

ホホデミの首から、がくりと力が抜けた。空を見ていた顔は俯き、目が虚ろになる。

「カラス」

力の抜けた小声を出すと、ヤタガラスが驚いた顔を見せた。こういう面持ちは珍しい。分かったのであろう。日向のホホデミは戦を諦めたのだと。

口惜しい。だが、これまでだ。できる限り兵たちを逃がしてやらねば。後のことは我が命を以て贖えば良い。

「皆に伝えてくれ。戦場を捨――」

口を開きかけた。しかし、言葉は遮られた。俄かに空が変わったからだ。

ひと際大きな黒雲が流されて来た。少しずつ明るくなっていた空が、瞬く間に夜と変わらぬ闇を纏う。

そして、その中にヤタガラスは見た。暗がりで利く目が、それを捉えた。

「ホホデミ様。あれ、何やろ」

指差す先へ、ぼんやりと顔を向ける。すると、ホホデミにも微かに見えた。ヤタガラスほどではないが、明け方からの暗さに目が慣れていたのだろうか。

「あれは」

空の上では何かが輪を描いて飛んでいた。しかし風の強さに抗いきれないのか、少しずつ低く飛ぶようになり、そして。

「あ」

それは空から滑り下りて来て、イッセの長弓に止まった。一羽の鳶《とび》であった。

鳶は、きょろきょろと辺りを見回している。薄茶色の毛に、細く鋭い嘴《くちばし》。しかし丸い目とその周りを彩る黒い毛はかわいらしく、どこか懐かしい思いがする。

ヤタガラスに、嬉しそうな笑みが戻った。

「こいつ、ホホデミ様に似とるわ」

違う。己に似ているのではない。ヤタガラスが受け取ったものは、きっと――。

「あに様。ミケのあに様……なのですか」

すると鳶は、首の動きを止めた。じっとホホデミの顔を見つめている。

おかしなものを覚えた。語り掛けられたような、労わられたような。それでいて背を押すような、支えられるような。我が身は死しても魂は共に。そう言って果てたミケイリノの、温かい心が流れ込んで来るかのようだ。

ホホデミの目が、ゆっくりと見開かれた。頭の中に兄の姿が蘇ってくる。より多くを助けるためにと、嵐の海で命綱を断った時の姿が。

「ミケのあに様は」

ただ縄を切ったのではなかった。自らの船に残った漕ぎ手へ向け、何かを語り掛けてから切ったのだ。

あれは何を話していたのだろう。

何と言っていたのだろう。

そこはかとなく、ではある。しかしホホデミには分かった。


『皆、許してくれ。これで他の皆が旅を続けられるんだ』


耳に聞こえた。兄の声だ。

その声が教えてくれた。頷いてくれた。おまえは正しかった。人の命に、より高い値打ちを与えてやれ。おまえには、それだけの器があるのだと。

ミケイリノの思いが胸に響く。イッセの弓を握る右手に力が籠もった。左手が腰へ伸び、フツノミタマ――イナヒを思わせる剣に掛かる。

何かが湧き出してきた。三人の兄、清く尊い魂たちが、この身を包んでくれたように思える。為すべきことを為せと。

わずかの後に、轟くばかりの風が吹いた。

「あ。あ！」

ヤタガラスの顔が、ぱっと明るくなる。

面持ちが、ではない。光だ。

「これは」

今の風で、或いは吹き続けた全ての風の力で、真っ黒な雲がわずかに切れていた。細い、まことに細い光の筋が、そこから差し込んでいる。ホホデミの鎧、表に貼られた鉄が日の光を受け、眩いばかりに煌めいた。

「あに様たちは仰せなのですか。これが天津神の御心だと」

呆けていた顔に力が戻って来ている。それも、今までの力ではない。

これまでの旅で知り得たこと。戦いの中で学んだこと。たった今、三人の兄から受け取ったもの。全てが告げていた。心に定めよ、と。

そうだ。人の上に立つ者とは。人を統べる者とは。王たる者とは！

「戦を、やめよ」

ホホデミの喉から、驚くべき大声が叩き出された。怒鳴り声ではない。この上なく澄んだ、誰の耳にも届く声であった。

「豊葦原の者よ。この里は天津神・アマテラスの血筋であろう。だが！　天津神の血筋は、ひとつではない。見よや者共、我が姿を」

高らかに唱える。

麓にある全ての者が、鳥見山の頂を見上げた。身に纏う鎧が、背に受けた日の光を跳ね返す様を。あたかも自らが光り輝いているかのような、ホホデミの姿を。

戦場の時が止まった。

誰も動かない。ただ眩い姿を見て、声さえ失っていた。

「我こそは、日の神・アマテラスが守りを得た者ぞ」

時が動いた。ミチノオミとオオクメの兵が得物を掲げ、喜びの声を上げた。逆しまに、黒い鎧の兵共は得物を取り落としていた。

神の子だ。日の神だ。ざわついた中に、そう聞こえる。御自ら光っておられる、と。

我が力ではない。ものの弾みだ。しかし、その弾みこそ天津神の心なのだ。思い定めて、ホホデミは胸を張った。

「畏れよ、我が身に舞い降りた神の御業を。我に従うべし。まことの神の子は、この日向のホホデミである」

ひとり、またひとり。ナガスネヒコの兵が膝を折り、ひれ伏してゆく。神に弓引くなど。神には勝てぬ。畏れる声、敬う声を漏らしながら。

「う、うぬらは！　何を、何をしておる！」

慌てた声が響く。がらがらと汚い叫びは、ナガスネヒコであった。

「神の子はウマシマデ様ぞ。そこな者など」

狼狽えて兵を動かそうとしている。しかしナガスネヒコの兵は、もう戦おうとしなかった。何を言おうと、脅そうと、ホホデミにひれ伏して腰を上げようとさえしない。戦の前に、ナガスネヒコに向けて言った。おまえに心から従う者は少ないと。まさに、そのとおりであった。

「ええい。退け、退けい！」

忌々しげな叫びに従い、黒い固まりが下がって行く。しかし、小さな固まりだった。従う者は百にも満たないと見えた。

我こそは力、我こそ豊葦原——そう謳った男は全ての力を失い、光に包まれたホホデミに背を見せて逃げて行った。

十二　大王《おおきみ》

長髄彦《ナガスネヒコ》から寝返った者を合わせ、彦火火出見《ヒコホホデミ》の兵は二千五百を超えた。だが豊葦原の兵そのものが退いた訳ではなかった。

磐余の里に戻るのは、もう少し先になろうか。思いつつ夜を明かし、次の日の朝餉を終えた頃であった。思いがけぬ者が訪ねて来た。

「使いだと？」

「ええ。今さら降る訳もなし。何を告げに来たのか、さっぱり分かりませぬが」

取り次いだ道臣《ミチノオミ》が戸惑い顔を見せた。さもあろう、使いを寄越したのは何とナガスネヒコである。ホホデミは腕を組んで「ふむ」と頷いた。

「話を聞かねば何とも言えんな。使いはひとりか」

「僕らしき男を二人連れています」

「そのくらいなら、私を闇討ちに来たのではあるまい。通してやれ」

ただし使いの者には厳しく目を光らせ、ミチノオミと大来目《オオクメ》はいつでも斬り掛かれるように備えておくべし。そう言い付けた上で、使いに目通りを許した。

鳥見山の仮宮は間に合わせの造りである。柱をひとつ立て、先から四方の土に縄を張って、縄と縄の間に布を施して雨風を凌ぐのみ。珍彦《ウヅヒコ》の故郷、菟狭でもてなしを受けた時の一柱《あしひとつ》騰宮《あがりのみや》と同じ形だった。

入り口の布を右と左に引いて分けさせ、使いの者を待つ。しばらくの後――先ほどの朝餉を食い終えるのと同じくらい経った頃、三人の男が導かれて来た。前に立つひとりが使いの者、後ろの二人が僕であろう。

それらの者は囲まれていた。向かって右にオオクメ、左にミチノオミ、後ろにはウヅヒコまで加わっている。それぞれ五人の兵を連れ、間違っても手荒なことはするなと目を光らせていた。

使いの男は仮宮に入ると、猛々しい顔つきの眉をひそめた。この宮の造りは見たことがないのだろう。これは何だ、という面持ちであった。

宮の奥は、土を盛って大人の膝くらいに高められている。そこに置かれた腰掛けから使いを見下ろし、ホホデミは胸を張った。

「ナガスネヒコの使いだそうだな」

「登美彦《トミビコ》様の使いである」

使いの男は苛立ちを隠そうともせず、驕った声で怒鳴り返した。暴れに来たのではないが、いずれまともな使いではあるまい。溜息が漏れる。

「何をしに参った。まずは聞こう」

すると使いは憎々しげに顔を歪め、唾を飛ばしながら怒鳴り散らした。

「しからば言おう。わぬし日向のホホデミ、豊葦原を掠め取らんとする者よ！　昨日の戦では天津神が子じゃと抜かしおったな。されど神の子は我らが長・可美真手《ウマシマデ》様である。偽りを申して神を冒し、民を惑わすとは何ごとぞ。トミビコ様はこれを許さぬと神に誓われた。なお怪《け》しからぬ物言いを重ねるとあらば、きっと神が許すまい。疾《と》く、この豊葦原より出て行くが良い」

言い終えて顔を怒りの赤に染め、肩で息をしている。刺すが如き眼差しは変わらない。

ホホデミはぴくりと眉を動かした。

「私の言うことが偽りとは、それこそ神をも畏れぬ物言いぞ。何を以て私が偽者だと申す」

使いは「間抜けめ」という顔を見せ、鼻で笑った。

「うぬが如く卑しき身は知るまいゆえ、教えてやろう。天津神の子には、それを示す玉が受け継がれておるのだ」

ホホデミは「ほう」と頷き、薄っすらと笑みを浮かべた。

「天羽羽矢《あまのははや》と歩靫《かちゆき》のことか？」

ゆったりと問う。使いの男は目を見開き、小さく「う」「あ」と呻き声を漏らすのみ。これまでの侮った物言いをそのまま返すべく、ホホデミは鼻で笑い返した。

「昨日も戦場で言ったとおりだ。天津神の血筋は、ひとつではない。わぬしが如く卑しき身は知るまいがな」

そして使いから左へと顔を向ける。ミチノオミが小さく頷き、手の者に目配せをして下がった。

少しの後、ひとつの箱が運ばれて来た。

『おまえのことだから、これは置いて行くだろうと思うておった。だが持って行きなさい』

旅立ちの日が思い起こされた。運ばれた細長い箱は、あの日、父・鸕鷀草葺不合《ウガヤフキアエズ》から渡されたものである。

同じ品が豊葦原にも受け継がれているはず、血を分けた者の証として持って行くべし。父の声を耳に思い出しながら箱を受け取り、蓋を開いた。

中には二つの品が入っていた。ホホデミ自ら名を明かした天羽羽矢と歩靫である。日向の長の証、即ち天津神の血筋の証であった。

歩靫——矢入れは太い竹の節を抜いたもので、磨き上げられた表の半ばから下までは固い草の蔓を編んだ網で覆われていた。靫は人に見立てられ、矢入れ口には勾玉と管玉の飾りがあしらわれている。

そして歩靫には、人の腕ほどに長い矢がひとつ納められていた。三つの矢羽には鷹の羽が使われており、互い違いになった白と土色が美しい。鏃は黒光りする大きな石で、鉄を打ったかと見紛うばかりに磨き上げられていた。

「私が日向を継ぐと決められた時に、父から受け継いだものだ。わぬしらが長・ウマシマデも同じものを持っておるのだろう。違うか」

「ち……そ、そのとおりだ。が」

初めは「違う」と言おうとしていたのだろうが、嘘は言えなかったようだ。天津神の血筋でなければ証の品が何かは知らない。しかしホホデミは矢と靫を持っていたのだから。

ホホデミは、すくと腰を上げて使いの男を見据えた。

「私が身の上を偽っておらぬことは、もう分かったはずだ。いざ帰ってウマシマデとナガスネヒコに報せよ。日向のホホデミは間違いなく天津神の血筋であったと」

向かって右、オオクメが兵の手から矛を取り、使いの喉に切っ先を向けた。

「山裾まで導こう」

相手は、もう唸ることもできずにいる。オオクメに追い立てられるまま、忌々しげな眼差しを寄越して下がって行くのみであった。

「やれやれ。ナガスネヒコは、ひとかたならず行き詰っていると見える」

呟いて溜息をつく。すると宮の外から「そのとおりです」と声が届いた。聞き覚えがある。これは——。

「まさか。天香山《アマノカグヤマ》か」

「そやで、ホホデミ様。カグヤマのおっちゃんや」

八咫《ヤタ》烏《ガラス》が飛び跳ねながら入って来た。笑みを以てそれを見ながら、カグヤマが後に続いてゆったりと歩み寄る。オオクメが背筋を伸ばし、ミチノオミとウヅヒコが「カグヤマ様」と喜びの声を上げた。

「お久しゅうございます」

五つか六つを歩むくらいの間を隔て、カグヤマが跪く。ホホデミも「おお」と笑みを弾けさせた。

「会いたかったぞ。だが、これへ参って障りないのか」

「ナガスネヒコは多くの兵を失うて、もう何の力も持ちませぬ。ゆえに目を盗まずとも良うなりました」

カグヤマは少し前に鳥見山に入ったらしい。ナガスネヒコが使いを出したと知ったからだという。

「あの者にとって残された拠りどころは、ホホデミ様が天津神の子ではないと示し、失うた兵共を呼び戻すことのみ。ゆえにホホデミ様を試すための使いを出したのだと睨んでおりましたが、思うたとおりでした」

「私が二つの玉を持っておらねば危ういところだった、ということか」

「その時のために、私はここへ参ったのです」

もしもホホデミが天羽羽矢と歩靫を携えていなければ、カグヤマはナガスネヒコの使いを脅す肚であったらしい。おまえが戻るより早く、ホホデミが今日の戦を起こしたらどうなる。勝ち目は毛の先ほどもない。つまらぬ死に様を望むのか、と。

「聞き容れぬと申すなら、あの使いを斬り捨てた上、すぐに兵を動かすべしとホホデミ様を焚き付けるつもりでした」

ホホデミは「はは」と笑った。

「さすがだな。良き備えぞ。もっとも、これでナガスネヒコは全ての望みを失った訳だ」

「そのとおり。あとは、あの者の手に残ったわずかな兵を潰してやれば終わりです。御身が天津神の血筋なりと証を立てられた上は、ナガスネヒコも萎れておりましょう」

ゆえに、やはりすぐ兵を動かせという。だがホホデミは「いや」と首を横に振った。

「我が手に寝返った兵共も、ナガスネヒコの許に残った者共も、等しく豊葦原の者である。この戦の行く末がはっきりと見えたからこそ、同じ里の者で殺し合いをさせたくはない」

「では、如何なされると？」

カグヤマの目が光る。ホホデミは眼差しを引き締め、胸を張って厳かに返した。

「汝、アマノカグヤマ。我が僕としてナガスネヒコを闇討ちにせよ」

ナガスネヒコは、既にカグヤマの動きひとつを見張ることもできない。それほどに全てを失ったとあらば、手の者を以て討つのは容易いはずだ。眼差しでそう語ると、眩しそうな笑みが返された。

「下々を哀れみ、御自らは後ろ暗き手管をも厭わぬ。それでこそ、まことの王にございます」

カグヤマは「お任せを」と柏手をひとつ残し、去って行った。

そして明くる朝。豊葦原の長が、カグヤマに導かれて鳥見山を訪ねて来た。

「我が名はウマシマデ。初めてお目に掛かります」

跪いて柏手をひとつ。面差しは日向の血筋と似ていた。細面に穏やかな目元、落ち着いた佇まいは長兄・五瀬《イツセ》を思わせるものがある。かつて聞いた話によれば、生まれはホホデミより四年早い。三兄・三毛入野《ミケイリノ》と同じであった。

供の者はカグヤマを含めて五人、最も後ろに立つ者が桶を抱えている。誰ひとりとして鎧を纏わず、剣すら佩いていない。

「日向のホホデミである。良くぞ参られた」

「これへ参りましたのは、トミビコが首級を届けんがため」

ウマシマデはそう言って、後ろで控える者に「これ」と呼ばわった。桶を抱えた者が進み出でる。そしてホホデミを守るオオクメ、ミチノオミ、ウヅヒコの前へ、手にしたものを置いた。真ん中のミチノオミが桶を持ちあげ、蓋を取る。右手のオオクメが中の首級を取り出して検めた。

「間違いなし。ナガスネヒコです」

人の生首など、いつまでも見ていたいものではない。すぐに桶へと戻されると、ウマシマデは改めて恭しく柏手を打った。

「これまで私はトミビコに振り回され、あの者の行ないに苦いものを覚えながら、何もできずにおりました。そのような者より……。我ら豊葦原はこれにて降り、ホホデミ様を新たな長に戴きとうございます。このウマシマデを、今日より僕としてくだされませ」

ホホデミは穏やかに笑みを浮かべ、大きく頷いた。

「申し入れ、忝く容れよう」

戦は、終わった。

皆の顔に喜びが滲む。ミチノオミはウヅヒコと肩を叩き合い、長く辛い旅が報われたことに涙していた。オオクメはいつもの鋭い眼差しを緩め、遠くを眺めるかのようであった。誰よりも慕っていた人——ホホデミの次兄・稲飯《イナヒ》を思っているのだろう。

ウマシマデは安らいだ面持ちであった。ナガスネヒコに組み敷かれた日々が如何に息苦しいものであったかは、これだけでも容易く見て取れた。

そしてカグヤマが、ナガスネヒコを討った経緯を詳らかに語った。

昨日の朝に寄越された使いは、ホホデミが間違いなく豊葦原と血を分けた身であることを告げた。ウマシマデはこれを聞き、里を譲ろうと決めたそうだ。

しかし、ナガスネヒコは聞く耳を持たなかった。あまつさえウマシマデを罵ったという。うぬが如きは、もう我が主ではない。我は誰にも従わぬ。ひとりでも戦うまでだ、と。

「これまでの行ないからして、降ったところで許されまいと分かっておったのでしょう。よしんば許されたとて、今より先は豊葦原を好きにはできぬと」

次に会う時は戦場だと思え――居丈高に叫び、ナガスネヒコはウマシマデの仮宮を出た。

しかし、そこにはカグヤマと、腕の立つ三十の兵が待ち構えていた。物陰から伸びる矛、背に浴びせられる刃。動きを止めたナガスネヒコの身に、数限りない矢が突き立ってゆく。長らく豊葦原を私してきた男は、蓑虫の如き姿になって果てたという。

「そうであったか。良う分かった」

ホホデミは立ち上がり、ウマシマデたちを見下ろした。

「汝ウマシマデ、並びにその兄・カグヤマは同じ天津神の血筋である。ゆえに、我に従いて手柄の多き者共、ここなミチノオミ、オオクメ、ウヅヒコらと同じに扱う。それで良いな」

ウマシマデが「はっ」とひれ伏した。

「豊葦原を、よろしくお頼みします」

「ああ」

ホホデミは厳かに頷いた。豊葦原のみではない、全ての倭人を背負って行くつもりなのだと胸に秘めて。

*

日向と吉備、菟田に吉野、そして磐余の兵――ナガスネヒコを迎え撃つべく出た時の数は、千と百であった。それが三千余りになって戻る。弟磯城《オトシキ》が皆を導いて前を行き、ホホデミはその後ろに付いて磐余の里を眺めた。

「天津神の子、ホホデミ様！」

「雲を晴らすお人じゃ」

「わしらの新しき長よ」

「御自ら光るお方」

山ほどの民が出迎えの人垣を作り、盛んに喜びの声を上げている。磐余に加え、他の里からも多くが詰め掛けているらしい。ナガスネヒコに振り回された日々は、ウマシマデのみならず、民たちにも心の重石だったのだろう。

そうした皆の姿に、ホホデミは晴れやかな笑みで手を振った。集った民たちは、或いは跳ね回り、或いは諸手を上げて小躍りし、或いは抱き合って心を沸き立たせている。じん、と胸に沁みるものがあった。

「おや」

前にあるオトシキが、くるりと顔を後ろに向けた。

「ホホデミ様。事代主《コトシロヌシ》も出迎えに参っておりますぞ」

「お。三輪山の長か」

豊葦原の鉄を司る鍛の長である。早いうちに訪ねておこうと思っていたが、ナガスネヒコの兵が来たために繰り延べになっていた。

「あそこです。目立つでしょう」

指差す先には小山の如き大男が立っている。体はがっちりとして肩幅が広く、腕や脚、腹の辺りも逞しく太い。美豆羅に纏めた髪も、豊かに蓄えた顎鬚も、白髪交じりの鼠色であった。

「おうい」

オトシキが大きく手を振る。自らに向けられたものと分かったのだろう、コトシロヌシも手を振って返し、鍛の匠たちと共に前へ出て来た。互いに歩み寄ることしばし、六つ、七つを歩んだほどの先で、それらの者共が跪いた。

「コトシロヌシにございます。新たな長じゃと話は聞いておりましたが、ようやくお目に掛かれましたな。まずはホホデミ様に、勝ち戦のお祝いを申し上げましょう」

「うむ、痛み入る」

低く朗らかな声を聞き、ホホデミは円やかな笑みを返した。その面持ちが好ましいと見たか、コトシロヌシは「わはは」と笑った。

「いやはや。トミビコに眞金を掠め取られて、磐余の里も三輪山も困っておったのです。聞けばホホデミ様の日向にも眞金を打つ技がおありだとか」

「ああ。豊葦原と日向は兄と弟、互いに同じ技を持っておったのだろう」

とは言え、全てが同じではない。ホホデミは腰に佩いた布都御魂を外し、コトシロヌシの手に委ねる。

「鞘から抜いてみよ」

「はて。如何なるお話か」

幾らか戸惑いを漂わせるも、力強い笑みを消すことなく、言われるままに抜く。すると。

「おお……これは」

面持ちが驚きに塗り替えられた。ホホデミは小さく頷いて返す。

「ウマシマデが兄・カグヤマから委ねられた剣だ。しかし豊葦原には、この合わせ鍛えの技はないという話だった」

「大昔にあった技が、いつの間にか失われたのでしょうや。わしも初めて見ましたわい」

やはり、そうか。豊葦原には元々、鉄を鍛える優れた技が受け継がれ、日向には日読みの技が受け継がれたのに違いない。天津神の血筋、饒速日《ニギハヤヒ》と瓊瓊杵《ニニギ》は、それぞれ違う技を以て里を拓いたのだろう。

「いや、良いものを見せていただきました」

コトシロヌシからフツノミタマを受け取り、ホホデミはにこりと笑った。

「私も眞金の値打ちは心得ておる。トミビコが如く掠め取ることはせぬと誓うゆえ、何とかしてこの技を蘇らせてはくれぬか」

「ありがたき思し召しにございます。畏まりました」

コトシロヌシが恭しくひれ伏す。と、後ろにある小さな体が目に入った。これは、磐余に入った日に会った五十鈴《イスズ》媛《ヒメ》ではないか。コトシロヌシの娘だそうだが、父の大きな体の陰になって見えずにいたらしい。

「イスズ。そなたも参っておったのか」

先に会った時には、顔を見るなり逃げられてしまった。ゆえに努めて穏やかな声を向けたのだが、イスズは今日も「あの」「その」を繰り返すのみ。ホホデミは、なお優しく語り掛けた。

「恐れ――」

「お……めでとう、ございます」

恐れずとも良いと言うつもりだったのに、ひと言だけ残して走り去ってしまう。かわいらしい後ろ姿を眺めつつ、苦笑いが浮かんだ。

「すっかり嫌われてしまったな」

しかしながら、これからは三輪山と手を携えて行かねばならない。イスズとも長く時をかけて親しまねばならぬだろう。

思う傍ら、コトシロヌシが後ろを向いて「戻れ」と叱った。イスズは足を止めてこちらを見たが、目が合うなり、また逃げてしまう。

「うん？」

コトシロヌシは軽く首を捻り、イスズとこちらを代わる代わる窺う。あちら、こちらと顔を向け直すほどに、面持ちが緩んでいった。

「これはこれは。いやはや、何とも」

「コトシロヌシ。山に帰ってからも叱ってやるなよ。私が怖がられているだけだ」

「はて？　そうでしょうかな」

大男の顔に、何とも言えぬ薄笑いが浮かんでいた。この面持ちと物言いには覚えがある。初めてイスズと会った時に、オオクメを除く皆が同じような様であった。

「おい。どうしたのだ」

些か面白くないものを覚えて眉をひそめる。コトシロヌシは「いやいや」と大笑いで返した。

「どうも致しませぬわい。まあ、とりあえず山へ帰ってイスズと話しますゆえ」

「ふむ。まあ、わぬしがそう申すなら」

訝しく思いながら返すと、後ろで「ぶは」と噴き出す者があった。じろりと見ると、笑いを堪えきれないウヅヒコと、オオクメの萎れた面持ちが並んでいた。

この日を境に、ホホデミは豊葦原に散らばる各々の里へと使いを立てた。

優れた田作りの技を教えるゆえ、抗うことなかれ。ウマシマデが降った今、ホホデミこそが豊葦原の長である――冬の終わりから水温む春まで、粘り強く説く。ほとんどの里はこれに従い、磐余に使いを寄越して膝を折った。

もっとも、撥ね退ける者もあった。ホホデミは致し方なく兵を動かし、層富《そほ》、和珥《わに》、臍見《ほそみ》、高《たか》尾張《おわり》などの里を討った。

豊葦原はようやくひとつになり、春の終わりを迎えた。

山に若葉が繁る頃には、鶯も巧く鳴けるようになる。その声を楽しみながら、ホホデミはミチノオミとオトシキを連れて野の中に足を運んでいた。

「あの山は何という名だ」

野原の中に、ぽっかりと突き出た低い山がある。四方を山に囲まれた豊葦原にあって、こうした眺めは珍しい。ここは磐余の里に入った日に見た山でもあった。寒さ厳しい冬にも木々は葉を湛え、そのあちこちが赤く染まり、斑になった様が美しかったのを良く覚えている。

「あれは畝《うね》傍《び》山《やま》と申します。それが？」

オトシキが答えて言う。ホホデミは「ふむ」と頷き、ミチノオミに向き直った。

「畝傍山は美しく、磐余にも近い。この辺りに我が宮を築こうと思うのだが」

「よろしいのではございませぬか。磐余で為すべきことがある日でも、ここに宮があらば色々とやりやすいでしょう。朝に出て務めを果たしても、昼過ぎには帰って来られます」

　すると、オトシキが目を丸くした。

「何を仰せです。磐余におられたら良いでしょう。ホホデミ様に差し上げた里なのですぞ」

　しかしホホデミは「いや」と頭を振った。

「なるほど、わぬしの磐余と弟猾《オトウカシ》の菟田は我が里と申して良かろう。だが元々は、わぬしらの兄が治め、わぬしらが助けておった。民のためには里を知り尽くした者が治めるのが良い」

「とは申せ、ですな」

　オトシキは物足りなさそうな顔をしている。慕われているのだな、と笑みが零れた。

「頼む。我が願いは、全ての民が心安く暮らす日々なのだ。膝元の菟田や磐余で民が困ることがあってはいけない。それに」

「それに？」

「私は豊葦原の全てを従えた。いずれ然るべき位に就くであろう。全ての里を束ねる者として別の宮を構えるべきだと思う」

　まだ名残惜しそうなオトシキに、ミチノオミが「はは」と笑いかけた。

「それで良かろうに。これほど近いのだから」

「……まあ。それもそうだな。ミチノオミも、たまには顔を見せてくれよ」

「旨いものを食わせてくれるなら遊びに行く」

笑みを交わした二人の姿に、ホホデミは目を細めた。睦み合い、和み合い、全ての倭人が共に生きる国を建てるべく、旅に出たのだ。小さいながらも、それが形になり始めている。

美しき豊葦原の春、吹き抜ける風が馨しい。草の息吹と若葉の力に、来るべき夏の香りが漂っている。日向を出てより五年目も、はや半ばまでが過ぎようとしていた。

*

ホホデミの宮は、畝傍山の東の麓から少し南寄りの野と決まった。

新たな宮――橿原宮《かしはらのみや》は、安芸の埃宮や吉備の高嶋宮とは違う。旅の最中に築いたのは飽くまで仮宮、間に合わせだったが、此度は終の棲家である。僕の家まで整えねばならないため、築くにも長くかかった。

年がひとつ過ぎ、さらに秋を迎えて、豊葦原は刈り入れを終えた。ホホデミの前にはオトシキが跪き、この度の貢ぎについてあれこれを報せている。

「葛《かづら》城《き》からも届きましたぞ。これで全てです。それにしても、日向の技には目を見張るばかりですな。この二年《ふたとせ》、かつてないほどの米が穫れております」

橿原宮を築き終わるまで、ホホデミはやはり磐余の宮にあった。それが嬉しいのか、オトシキの舌も滑らかである。三輪山ではどれだけ鉄を打っているだの、狩りで獲れた獣の肉がどれだけ増えただの、訊ねもしないことを長々と話していた。ひとつひとつに頷きつつも、いささか呆れた笑みが浮かぶ。

と、部屋の入り口に足音が近づいて来た。

「待てオトシキ。誰か参ったらしい」

「何と。まだお耳に入れることは多うございますのに」

つまらなそうに眉を寄せる。そこへ楽しげな笑い声が響いた。

「おまえの話は長えちゃ。もう、ええやろ」

ホホデミは「お」と目を見開いた。

「ミチノオミ、ウヅヒコ。戻ったか」

「長らく空けてしまい、申し訳ございませなんだ」

ミチノオミが懇ろに頭を下げ、ウヅヒコも「お久しぶりです」と柏手を打った。

「して、如何であった」

ミチノオミとウヅヒコには二つの務めを言い付けていた。ひとつは、日向の里から豊葦原に移りたく思う者を集め、連れて来ることである。

「八十《やそ》と六《むっ》が参りました。向こうで受け継ぐ田のない者ばかりです」

ミチノオミの面持ちは晴れやかだが、ホホデミには幾らか物足りなく思えた。

「少ないな」

「ウガヤ様のお導きにて、土の作り直しが思ったより捗っておるらしく。もう少し日向で力を尽くしたいと申す者が多いのです」

ホホデミは「なるほど」と頷いた。誰にとっても故郷は捨て難いものだ。何とかなるやも知れぬという光が見えるなら、留まる者が多いのも頷ける。

「では父君も日向に留まられたか」

「豊葦原はホホデミ様の里だと仰せられて。岐須美美《キスミミ》様と共に日向を守ってゆきたいと」

ホホデミは軽く目を伏せた。父・ウガヤフキアエズと、若長の位を譲った我が子・キスミミの顔が瞼に浮かぶ。

「日向が元に戻るかどうかは、我らが如何に助けてゆくかに懸かっておるな」

「そうやね。で、もうひとつの務めやけんど。こっちも、きちんと果たして来たっちゃ」

ウヅヒコが浮かれた声を寄越す。それに続いて、静かな足音が入って来た。

「父君！　お会いしとうございました」

「おお……」

ホホデミは腰を浮かせた。もうひとつの務めは、吉備の里に預けた手研耳《タギシミミ》を連れて来ることであった。

「寂しい思いをさせて、すまなかった。だが父は成し遂げたぞ」

「はい。されど父君が願いは道半ばでしょう。これよりは私もお助け致します」

タギシミミは見違えるほど大きくなっていた。旅立ちの頃は生まれて六年の幼子だった。吉備に残した時は十年である。あれから二年余りを経て、父を思いやれるまでに育ったとは。ホホデミは目頭を熱くして「頼むぞ」と頷いた。

その夜は、ささやかな宴となった。

酒の白い濁りを嘗め、高坏に盛られた菜物や肉を食う。オオクメが故郷の来目《くめ》歌《うた》を唄えば、ウヅヒコが「珍しゅう口数の多い」と混ぜ返した。

皆で笑い、楽しんで夜は更ける。若いタギシミミは早々と眠ってしまった。オトシキは酒が弱いようで、その次に高鼾となった。

共に酒を酌み交わすのは、もうミチノオミとオオクメ、ウヅヒコのみ。旅の初めから共にあった者だけとなった。ホホデミは盃を傾け、我が子に目を遣って呟く。

「寝顔はまだ幼いな」

「ええ。それに、やはり吾平津《アヒラツ》様に似ておいでです」

ミチノオミが、しみじみと頷いて返す。ホホデミは半ば目を伏せた。

「あれは、まことに我が妻であった。誰よりも私を知り、私の至らぬところを危ぶんで、自ら身を引く形で支えてくれた」

縁を断った後は他へ嫁いだと聞く。そうでなければ、何を措いても豊葦原に迎えたかった。今となっては叶わぬ願いである。

「せめてタギシに長の位を継がせ、アヒラツに報いたい」

心からの呟きであった。ところが。

「なりませぬ」

「そいじゃあ、いけん」

オオクメとウヅヒコが驚いた顔を見せる。ホホデミは少し戸惑い、ミチノオミに向いた。

「俺も、ならぬと思います。アヒラツ様が何ゆえ俺に貝輪を委ねられたのか、それを思い起こしてくだされよ」

「それは」

このホホデミの心を支え、背を押すためだった。

だが、もうひとつある。

アヒラツの貝輪は、丹敷浦で女盗人と戦った時に割れてしまった。だが、その後も常に懐に抱いている。ホホデミは衣の胸を探り、麻布に包まれたものを取り出した。

包みを開き、目を落とす。

これを受け取った時、ミチノオミから伝え聞いた。

日向の民が移り住んだとて、豊葦原では余所者に過ぎない。血を分けた里であると認め、重んじてくれるのは向こうの長だけなのだ。ゆえにホホデミは豊葦原で妃を娶るべし。日向の皆が余所者でなくなるには、それしかない。それがアヒラツの言葉であった。

「私に……日向のホホデミから、豊葦原のホホデミになれと」

「そうです。全ての倭人を束ねるなら、まずホホデミ様が豊葦原に溶け込まねば」

ミチノオミが力強く頷く。続いてウヅヒコが溜息を漏らした。

「頼まれちゃおらんかったけんど、わしらアヒラツ様にも会うて来たんですわ。わしゃ初めてお目に掛かりましたが、ありゃあ良うできた人や」

アヒラツは、かつての夫が成したことを大いに喜びつつ、改めて諫めたという。この先こそが長い。豊葦原を平らげる戦いでは人死にも多く出ただろう。死んだ者の親兄弟、妻、子ら——ホホデミを新たな長に戴くに当たって、晴れない靄を胸に抱える民もいるはずだと。

「恨まれたままじゃいけんて、仰せやった」

割れた貝輪を眺めていると、丹敷戸畔に襲われた夜を思い出した。あの時、己はこの欠片で指を切った。流れる血がアヒラツの涙に見えたものだ。すっかりその傷が癒えた指から、今また同じように血が流れているかに見える。

「アヒラツ。おまえは」

かつての妻を讃え、敬い、何かしら報いたいと願う。人として正しく清い心根には違いあるまい。だが願いのままに振る舞えば、アヒラツはまた涙を流すのではないか。

捨てた妻に思いを残し、先々へ続く道を閉ざしてはなりません。わたくしを捨てたなら、わたくしを思う心さえ捨ててください。あなたにとって、まことの願いとは何なのですか――割れた貝輪が、そう語り掛けているかに思えた。

「参った。私などより」

アヒラツこそ、長が重んじるべきものを知っている。何と誇り高き女だろう。ホホデミは目を閉じて俯き、少しの後に顔を上げた。

「分かった。豊葦原で妃を娶り、その女との間に産まれた子を次の長とする」

ミチノオミが「はい」と頷き、右の掌で目元を拭った。

「良くぞ、お聞き容れくだされました」

「おまえたちやアヒラツの諫めがあってこそだ。とは申せ」

筑紫の北、あの面土が二つ入るくらいに豊葦原は広い。その中から誰を妃に迎えたら良いのだろう。思うところを口にすると、ウヅヒコが「は？」と呆れ顔を見せた。

「そげな話、決まっちょうでしょうに。三輪山のイスズ様やわ」

「は？」

たった今のウヅヒコと同じ声を返し、ホホデミは眉根を寄せた。

「確かに三輪山は豊葦原の皆に敬われている。だがイスズヒメは私を恐れておるぞ」

「やっぱり、分かっちょらんのですか」

ウヅヒコは半ば煩わしそうに、あれこれを説いて聞かせた。初めて会った時、イスズはどういう顔をして逃げたか。ホホデミを見て頬を染めていたのだ。恐がってなどいない、照れていただけであると。

「ひと目惚れしたんやわ。戦から帰った時なんぞ、コトシロヌシ様でさえ見透かしとったんに。何でホホデミ様にゃ分かんねえっちゃ。ミチノオミとオオクメでも使いに出しゃ、すぐ妃になってくれますわ」

ミチノオミを向くと、笑いを噛み殺して俯き、小刻みに肩を震わせながら幾度も頷いていた。

「あ。ああ！　そうか」

思い当たる節はある。イスズに逃げられるたび、ミチノオミやオトウカシ、オトシキにウヅヒコ、果てはコトシロヌシまで薄笑いを浮かべていた。それを腹立たしく思っていたものだが、今まで分からずにいたとは。何とも照れ臭くなって、ホホデミは「はは」と笑った。

「ではウヅヒコの勧めに従う。二人には明日にでも使いに立ってもらおう」

するとオオクメが「え」と顔を強張らせた。

「わしこそ恐れられておりますが」

身の置きどころがなさそうに、あたふたしている。ウヅヒコが「阿呆」と嘲った。

「人の話、聞けや。イスズ様はホホデミ様ぁ見て照れたんやて、言うたでねえか」

確かに「入れ墨を恐がっている」とも言ったが、それはオオクメが「怖がられた」と思っているから、からかっただけだ。ウヅヒコはそう言って困ったように溜息をついた。

「おまえの顔やら、イスズ様は端から見ちょらん。それに、むっさ苦しい鍛に囲まれて育った娘やど。その入れ墨も珍しがるだけや」

　堪えきれなくなったか、ミチノオミが腹を抱えて笑う。オトシキが「ふご」と鼾を詰まらせ、何ごとかと寝惚け眼を寄越した。

　ウヅヒコの見立ては、果たして正しかった。

　明くる日になってミチノオミとオオクメを使いに遣ると、コトシロヌシもイスズもこの申し出を喜んだという。またイスズはオオクメに向け、何とも楽しそうに「あなたはどうして顔に絵を描いているのですか」と訊ねたそうだ。

　秋の終わり、イスズはホホデミの妃として迎えられる。橿原宮は未だ築き上がっておらず、嫁入りの宴は磐余の宮で開かれた。

「いやいやいや、めでたい。さあ里長様も」

　ホホデミの舅となったコトシロヌシは、昼間から瓶ごと酒を呷っていた。相手をさせられているのは磐余のオトシキである。こちらは酒が弱いとあって、小さな盃を少しずつ嘗めるのみ。傍らでは菟田のオトウカシが舞い、豊葦原にある全ての里から駆け付けた長たちが手を叩いて囃し立てた。

　その中にはウマシマデの顔があり、その兄・カグヤマの姿がある。二人は何とも楽しげな笑い声を上げていた。豊葦原の長という位を捨てながら、露ほども悔いている素振りはなかった。

「ここから始まるのだな」

ホホデミが小さく呟くと、左に並ぶイスズが控えめな眼差しを寄越した。そうと知って顔を向ければ、初めて会った日——二年も前になる——のように頬を染め、目を逸らしてしまう。生まれて十六年を生きたというが、四年若いタギシミミよりも幼く映った。

＊

イスズを娶り、冬を経て、少しずつ春の息吹を覚えるようになった。ホホデミは今日、磐余の里を後にする。

「長いこと留まらせてもらった。忝く思うぞ」

労いの言葉をかけてやると、オトシキは大きく首を横に振った。

「ホホデミ様がお運びになられて、豊葦原は変わりました。私の行ないが助けになったなら、誇らしきことです」

「ありがたき心根よな。私はこれより橿原へ移るが、磐余とは目と鼻の先だ。いつでも顔を見せに来てくれよ」

オトシキと磐余の皆が柏手を打つ。ホホデミたちは見送りの皆に手を振り、橿原宮へと向かった。

磐余から田畑を縫って、西へ、南へ。田作りには早い頃だが、畑では春先の菜物を育てる民が今日も生業に勤しんでいる。それらの者はホホデミの姿を認めると、耕す手を止めて「ホホデミ様」「我らが長よ」と声を上げた。

田畑を抜けると、少しして畝傍山の東の麓に至る。やや南へ足を運べば、そこには小さいながらも華やかな宮が築かれていた。

濠の土橋を渡った先には、日向から移った民と吉備で加わった兵の住まいが並ぶ。そうした小さな家々を過ぎて行くと、ホホデミの住まう宮と六つの家があった。

宮は山を背にした横広の構えで、入ってすぐのところには、各々の里長を集めて話し合う時の広間がある。それを挟んだ左にはホホデミの部屋とイスズの部屋、そして二人の閨《ねや》と空き部屋がひとつ。右手にはタギシミミの部屋と、宮を訪れた者に宛がう部屋が三つ。裏手には高床の倉が四つあった。

これを囲う六つの家は、旅を支えた僕の住まいであった。宮を挟んだ左側はミチノオミの、右はオオクメの家で、この二棟は宮の半ばくらいに広い。他の四つは今少し小さく、宮の前を守るひと棟はウヅヒコ、その前に並ぶ三棟は真ん中がウマシマデ、左がカグヤマ、右がヤタガラスの住まいであった。

「良き香りだ」

未だ冷たい風に乗って、家々の壁に張られた白木が真新しい匂いを漂わせて来る。各々の屋根には硬く焼かれた瓦が黒々と光り、昼下がりの日を鈍く跳ね返していた。

「さあ。まずは宮にお入りなされませ」

ミチノオミに促されるも、ホホデミは「待て」と頭を振った。そして引き連れた兵と民に向き、高らかに唱えた。

「我が僕と兵共、そして全ての民たちよ」

皆が背筋を伸ばし、居住まいを正す。それらをざっと見て頷き、なお声を張った。

「私は日向の里に生まれ、日向を救うための旅に出て、豊葦原の長となった。しかし、この先は豊葦原と日向だけを重んじるものではない」

旅に出たのには、もうひとつ、さらに大きな願いがあった。倭のあちこちに散らばる里、互いに争い合う者を束ね、ひとつの大きな国を建てることだ。

「日向にあった頃、塩土《シホツツ》の翁に教えられた。我ら倭人は諸越に勝る技を持つが、その技がいつまでも勝っているとは限らぬと」

翻って、技に見劣る諸越——漢がどうして力を持っているのか。それは全ての民を束ね、ひとつの国を成しているからだ。

「倭が諸越に呑み込まれぬためには、我らもひとつにならねば。ゆえに私は、この豊葦原に国を建て、他の里を束ねてゆく」

日向の持つ日読みの技を伝え、和み合いながら互いをひとつにしていく。豊葦原でもこの二年にそれを成し、全ての里と懇ろになった。

だが、ここまでの道のりは辛く悲しいものであった。

「旅の中で多くの者が死んだ。戦いの中で山ほどの兵が死んだ。その者共の命は、今ここに国を建てることで高い値打ちを持つであろう。命を懸け、命を落とした甲斐もあると言える。だが、まことは人が死なぬ形で成し遂げるのが何より正しい」

なぜなら民にとっての幸せとは、常に心安く、健やかに日々を暮らすことだからだ。人の上に立つ者は、そのためにこそ働かねばならない。

「他の里と話し合い、和み合うて束ねたいと申すのは、それゆえぞ。豊葦原の皆がそうであったと同じく、日向の日読みと田作りを教えなば、手を携えようと思うてくれる者は必ずある」

そして自らが豊葦原から妃を迎えたように、従ってくれる里とも縁を交わす。この国の長たる自らに娘が生まれたら、この媛を嫁がせよう。僕の血筋に他の里から嫁を取るのも良い。そうして互いを結び付け、溶け合ってゆくのだ。

「とは申せ。それを拒む者もまた、必ずあるだろう」

世の中には悪しき心しか持たぬ者がある。シホツツに教えられた時には、どうしても頷けなかった。だがナガスネヒコと戦うに至り、身を以て思い知った。

「悪しき心のみの者は、互いに睦み合うを嫌う。ゆえに私はナガスネヒコと戦い、豊葦原を奪った。まことを申さば、許される行ないではなかったはずだ。しかし、豊葦原の中にもナガスネヒコを快く思わぬ者は多くあった」

争わずに手を取り合い、互いに何かを恵み合えば、民は心安く生きていられる。これを嫌ったがゆえ、ナガスネヒコは疎まれた。そういう者を滅ぼすのは、果たして悪しき行ないと斬って捨てられるものだろうか。

「私は、そうは思わぬ。平らかなる世を嫌う者あらば、むしろ除かずばなるまい。力で抑え込まれ、泣く泣く従うておる弱き者を救うことも、人の上に立つ者の務めである。私はこの旅でそれを学んだ」

世を治めてゆくには他を慈しむ心が要る。だが、それのみでは足りない。良きことを良いと唱え、悪しきことを悪いと示すには、時に猛々しく戦うことも厭うてはならないのだ。

「豊葦原で戦い、惨たらしく殺される兵たちを目の当たりにして、私は嘆いた。命を落とした者にも親があり、血を分けた兄や弟、姉や妹があろう。妻や子を持つ者とてあったはずだ。我が兵のみならず、敵方にも同じことが言える。それらの人々を、私は悲しませた」

己が戦うと決めたからこそ、そういう者ができてしまった。が、だからと言って争いを避けて良いものか。

答えは否。己が戦うと決めなければ、他の誰かが代わりに決めるだけなのだ。そして戦うと決めた者が同じ苦しみを負う。

「兵を死なせ、人を泣かせるのは、長として辛く悲しい。それでも他に手立てがなくば、私は自らの心を苛みながら、皆に言い付けるであろう。戦えと。より多くの者を生かすために死んでくれと」

国をどう動かすのか。どう纏めてゆくのか。それについても同じだ。ひと握りの者の幸せを重んじて、他の全ての幸せを損なってはならない。

「この先、多くの里が我らと共に歩むだろう。戦って従えた里とも追って分かり合い、睦み合っていかねばならん。しかしだ。それら全てが喜び、幸せに日々を暮らせるやり方は、果たしてあるのだろうか」

ない。あり得ないのだ。人はそれぞれに違う。誰かにとって喜ばしい話でも、他の誰かは苦々しく思うかも知れない。人が集まれば集まるほど、全ての者が頷けるやり方は少なくなる。やがては、そのような手立ては全て消えるのだ。

「だから私は、心を汚して皆に申し付ける。より多くの者を幸せに導くため、ひと握りの者は泣けと。恨まれるだろう。だが恨まれたままで良い。報われなくとも良い。私を恨む者あらば、その者の幸せをさえ願い、そのために心を砕くのが長たる者だ。民を導く身が、民のために何かを為そうとする時、これが妨げられてはならない」

他の里が妨げようとするならば、戦って退ける。自らの心が妨げとなるなら、我が身の弱さを押し殺して呑み込まねばならない。倭人をひとつに束ねてゆくのは、そうした道だ。

道のりは長い。日向を出て豊葦原を従えるまでの旅よりも、遥かに遠いのだ。自らの命がある間には、成し遂げられないかも知れない。成し遂げられねば次の長へ、またその次の長へと受け継いでゆくのみである。

「皆にはその心構えを持って、私に付いて来て欲しい。ここで建てる国を、いつの日か倭人全ての基と成さん。日の出づるところに日の神・天照《アマテラス》の血筋が国を建てる。我らは大いなる倭の国、日本《ひのもと》である」

兵と民が、わっと沸いた。拳を突き上げ、手を叩き、躍り上がって叫ぶ。我らが長よ、大いなる王よと。

日向から旅立って六年余り、生まれて三十年を迎え、ホホデミは日本の大王《おおきみ》となった。

そして——。

これより後、日本は日読みを用いた田作りを伝え、また鉄作りの技を伝え、多くの里を従えていった。従えた里には大王の媛や臣《おみ》の娘を嫁がせ、互いの血を束ねて力を増してゆく。

だが、ホホデミの命があるうちに倭の全てを束ねることは叶わなかった。

日本の国を建てた大王は、生まれて六十九年目の春、この世を去った。倭人は一年のうち春と秋に齢を重ねる。宝算、百三十七であった。

ホホデミは橿原宮のほど近く、畝傍山の北に築かれた塚に葬られ、神日本磐余《カンヤマトイワレ》彦大王《ビコノオオキミ》の名を贈られた。この諡《おくりな》にもホホデミの願いが込められている。妃となったイスズの故郷、磐余の名を取って、豊葦原と自らがひとつであると示したものであった。

その後、日本には乱れがあった。跡継ぎはイスズとの間に産まれた渟名川耳《ヌナカワミミ》と決められていたが、日向から伴って来たタギシミミがこれに逆らい、国を奪おうとしたものである。しかし日向と豊葦原は、既にひとつになっていた。タギシミミは臣たちに疎まれ、闇討ちにされて命を落とすに至った。

タギシミミの死を以て、ヌナカワミミは次の大王となる。そして父のやり方を踏まえ、遠く筑紫にある諸々の里とも縁を結んでいった。

筑紫では元々、面土およびそれに連なる里が強い。これらは諸越と交わって力を伸ばしたのだが、ヌナカワミミはそれには倣わなかった。ホホデミの目指したものを重んじ、諸越との繋がりよりも、まず倭を束ねることを先に立てたためである。それは次の大王へ、また次の大王へと受け継がれていった。

ホホデミの死から四十年近くが過ぎ、曾孫の彦耜友《ヒコスキトモ》が大王となった頃、諸越では漢帝国が滅んで新《しん》帝国が建てられていた。しかしその新も瞬く間に滅び、再び漢が興される。日本が諸越と交わらなかったのは、そういう乱れの中にある国との繋がりを危ぶんだためでもあった。或いは、そうでなくとも諸越とは交わらなかったのかも知れない。諸越の乱れを差し引いても、国としてのまとまりに於いて、倭人は未だ大きく遅れていたからである。

さらに時が過ぎると、筑紫で大きな争いが起こった。この乱れは耶馬臺国《やまたいこく》——面土から名を変えた国が、女王・卑弥呼《ヒミコ》の下に各々の里を従えることで収められた。

もっとも耶馬臺国は、各々の里を独り立ちさせたまま従える形を取っていた。そのせいか、卑弥呼が黄泉へ渡ると再び筑紫は乱れ、見る見るうちに力を失っていった。

日本は違った。手を取り合おうと歩み寄る里は取り込み、そうでない里は戦って下し、二つの形を使い分けて力を伸ばす。各々の里は独り立ちさせたままにせず、縁を結んで血を束ね、国そのものを大きくしてゆく。

そして日本は、衰えた筑紫をも呑み込んだ。ホホデミが世を去ってから六百年ほど後のことである。

かつてシホツツが言ったとおり、倭の技の数々は、この頃には諸越に勝るものではなくなっていた。日本はこれを認め、倭を束ねる国として諸越の隋《ずい》帝国に使いを立て、多くを学び始める。

この交わりが進むと、大王は天皇《すめらみこと》と呼び習わされるようになり、諡も諸越の帝に倣った形に改められてゆく。彦火火出見命、神日本磐余彦大王にも、新たに神武天皇《じんむてんのう》の諡が定められた。

あとがき

私はこれまで著作にあとがきを付けたことがない。今回それを敢えてするのは、この物語の立場が特殊だからである。

通常の歴史小説では、信頼性の高い史料と、それを元に考察が加えられた研究書を参考にするのが常だ。その点、神武東征の物語は異質と言わざるを得ない。

この物語の底本とするべきは、日本国の正史・日本書紀、およびそれに先んじて編纂された古事記（二つを合わせて「記紀」と呼ばれる）を措いて他にない。ところが現在に至るまでの通説では、神武天皇に関する記述は「作り話の神話」と看做されている。第二次世界大戦後、記紀が「悪しき皇国史観」の象徴とされ、学校教育や国史研究の全てに於いて否定されたからだ。

私は一介の戯作者であって、記紀の信憑性を云々するべき立場にない。だが、それでも常々疑問に思ってはいた。記紀の記述が事実である可能性は、本当にゼロなのかと。たとえ「作り話の神話」だとしても、そこにはモデルとなった事実があるのかも知れない。そうした事象の存在まで否定することは、誰にもできないはずである。

その考えを強くしたのは、本著にも登場する「河内潟」の存在を知ってからである。

七千年前から四千年前まで、大阪平野は内海の湾であった。そこには主に琵琶湖から川が流れ込み、川によって運ばれた土砂が次第に沖積した結果、縄文時代晩期から弥生時代中期――つまり三千年前から二千年前の頃には干潟と化した。このこと自体は地質調査で明らかにされている。河内潟は細い水路で現在の大阪湾と繋がっていたそうだ。

そして、記紀に記される神武東征には、浪速津に至る経緯に於いて河内潟を示す記述がある。

「難波碕に到るときに、奔《はや》き潮《なみ》ありてはなはだ急《はや》きに会いぬ」

これが河内潟の記述である理由は、牧村健志氏や長浜浩明氏、梶山彦太郎・市原実氏の著書、参考文献に挙げさせていただいた三冊に詳しい。

そして記紀の成立した八世紀、既に河内潟は平野と湿地帯に変わっていた。だとすれば神武東征の「神話」を作り上げた人は、弥生時代の大阪平野がどうなっていたかを知っていたことになる。つまりこの「神話」は、その頃から連綿と語り継がれてきたものであって、一面の真実が隠された逸話かも知れないのだ。

そう思った時、私の中に神武天皇——彦火火出見命の姿が、大業を志す一青年として浮かび上がった。今まで「作り話の神話」で片付けられてきたことを「作り話の戯作」に再編したくなったのだ。

もちろん、そこには確定した史実が何ひとつ存在しない。だからこそ、古代史の主流でない説や、通説の立場から黙殺されている説であっても、私が「その可能性もゼロとは言えない」或いは「その方が物語として面白い」と判断したものは躊躇わずに取り込んだ。戯作である以上、それは「まことしやかに語られる嘘」であって構わないはずだからだ。

本著は史実にあらず、飽くまで「その可能性もある」という物語に過ぎない。しかし、そうした「嘘」を通じて弥生時代の空気や風を心に感じ、この国を建てた人が抱いていたはずの志、誇りといったものに思いを馳せていただければ幸甚である。

主要参考文献

『現代語訳　日本書紀』福永武彦・訳　河出書房新社

『現代語訳　古事記』福永武彦・訳　河出書房新社

『国史大辞典』国史大辞典編集委員会・編　吉川弘文館

『よみがえる神武天皇——日本書紀の暗号を読み解く』牧村健志　ＰＨＰ研究所

『大阪平野のおいたち』梶山彦太郎・市原実　青木書店

『神武天皇はたしかに存在した　神話と伝承を訪ねて』産経新聞取材班　潮書房光人新社

『古代日本「謎」の時代を説き明かす』長浜浩明　展転社

『盗まれた神話　記・紀の秘密』古田武彦　朝日新聞社

装画　浅野隆広
装幀　國枝達也

この物語はフィクションです。
本書は書き下ろしです。

吉川永青（よしかわ・ながはる）

1968年東京都生まれ。横浜国立大学経営学部卒業。2010年「我が糸は誰を操る」で第5回小説現代長編新人賞奨励賞を受賞。同作は、『戯史三國志 我が糸は誰を操る』と改題し、翌年に刊行。12年『戯史三國志 我が槍は覇道の翼』、15年『誉れの赤』でそれぞれ第33回、第36回吉川英治文学新人賞候補となる。16年『闘鬼 斎藤一』で第4回野村胡堂文学賞受賞。7人の作家による〝競作長篇〟『決戦! 関ヶ原』『決戦! 関ヶ原2』『決戦! 三國志』『決戦! 川中島』『決戦! 賤ヶ岳』にも参加している。他に、『関羽を斬った男』『治部の礎』『裏関ヶ原』『孟徳と本初 三國志官渡決戦録』『老侍』『雷雲の龍 会津に吼える』『憂き夜に花を』『ぜにざむらい』などがある。

新《しん》風《ぷう》記《き》 日本《にっぽん》創《そう》生《せい》録《ろく》

二〇二一年六月二十三日　第一刷発行

著者　吉《よし》川《かわ》永《なが》青《はる》

発行者　鈴木章一

発行所　株式会社講談社

〒一一二-八〇〇一

東京都文京区音羽二-一二-二一

電話　出版　〇三-五三九五-三五〇五

販売　〇三-五三九五-五八一七

業務　〇三-五三九五-三六一五

本文データ制作　講談社デジタル製作

印刷所　豊国印刷株式会社

製本所　株式会社国宝社

ISBN978-4-06-523254-5 N.D.C.913 406p 20cm

KODANSHA